U1017347

读客®文化

隐疾

弋舟 著

江苏凤凰文艺出版社
JIANGSU PHOENIX LITERATURE AND
ART PUBLISHING

图书在版编目（CIP）数据

隐疾 / 弋舟著 . -- 南京 : 江苏凤凰文艺出版社，2022.7
ISBN 978-7-5594-1209-6

Ⅰ . ①隐… Ⅱ . ①弋… Ⅲ . ①短篇小说 – 小说集 – 中国 – 当代 Ⅳ . ① I247.7

中国版本图书馆 CIP 数据核字 (2022) 第 004192 号

隐疾

弋舟 著

责任编辑 王昕宁
特约编辑 李晓宇 景柯庆
装帧设计 刘小梅
责任印制 刘 巍
出版发行 江苏凤凰文艺出版社
南京市中央路 165 号，邮编：210009
网 址 http://www.jswenyi.com
印 刷 河北鹏润印刷有限公司
开 本 890 毫米 ×1270 毫米 1/32
印 张 9.5
字 数 204 千字
版 次 2022 年 7 月第 1 版
印 次 2022 年 7 月第 1 次印刷
标准书号 ISBN 978-7-5594-1209-6
定 价 59.90 元

江苏凤凰文艺版图书凡印刷、装订错误，可向出版社调换，联系电话：010-87681002。

目 录

平 行

自退休那天起，他就开始思考“老去”的含义。其实，很久以来，“老去”这个事实已经在他身上悄无声息却又无可置疑地发生着——不知何时，他已经变成了秃头，性欲减退，眼睛也老花了。但对这一切，他都熟视无睹。他罔顾秃了的头和老花了的眼睛。在他的意识里，这些细节只是“老去”的外衣，顶多算是表层的感觉材料，而“老去”应该是某种更具本质性的突变，生命由此会有一个质的翻转——就像扑克牌经过魔术师的手，变成了鸽子。

这种偏执的思维方式也许来自他的职业。退休前，他在一所大学里教书，尽管他教授的是地理这样一门看似刻板的学科，但并不妨碍他养成那种善于抽象性的思维习惯。他习惯将大千世界进行去粗取精、去伪存真和由此及彼、由表及里的分析。

退休意味着老年的正式降临，一种源自生命本身的紧迫感随之而来。他认为自己必须面对这个重大的问题，想清楚它，从而全面、客观地把握它。如此一来，就像一个浸泡在水里的人，自己却对水温毫无体察，他已然身陷在老年的岁月里，却孜孜以求着老去的含义。

老去是怎么回事呢？他绞尽脑汁地想。这成了他退休后的一门功课，每个夜晚入睡前，每个清晨醒来后，他都会在心里向自己发问。有时候，内心的诘问不自觉脱口而出，还会令他像一个真正的老人那样喃喃自语起来。这样的时候，他不免要梳理一番自己的生活，但生活本身却并不足以给出他所认可的答案，那无外乎就是由“秃了头、老花了眼睛”这样的碎片般的材料构成的浅显的表象。而他，需要的则是一个本质性的结论。

日复一日，十几年过去，中风袭击了他。好在救治得及时，并没有给他落下格外影响生活的后遗症。在床上瘫痪了一段日子后，他只是变得有些老年痴呆了。最初他记不清亲人的名字，后来干脆时时需要反复回忆才能记起自己的名字。十几年来困扰着他的那个问题却历久弥新，始终盘桓在他的脑袋里，以至有时他会突然口齿不清地向着虚无发问：老去是怎么回事呢？中风清空了他的脑子，只留下了这个唯一的问题折磨着他。原本可堪承受的冥想变成了备受煎熬的考问；然而事物总是有两面性，这个问题同时又激发了他几近告罄的记忆力，让他以此为基点，有限地恢复了一些脑力。

春天里的一天，就像醍醐灌顶了一般，他想起了自己的一位老同事。他们都是“困难年代”毕业的大学生，就读于同一所著名的大学，不同的只是一个学了地理，一个学了哲学。毕业后他们被分配到了同一所学府，后来一度又结伴被“下放”到边远地区。共同的履历让他们成了心有戚戚的朋友，尽管平时交往不多，但彼此之间却都怀着一份默契。他不记得已经多久没有联系过这位老同事了。如今，对于具体的生活，他顶多只保留两天左右的记忆，两天前的事情对他的记忆来讲都是遥不可及的。但他觉得这并不重要。重要的是，现在他终于想起这位教授哲学的老同事了，由此唤醒的记忆接着提示他，这位老同事睿智、深刻，差不多就是那个问题完美的回答者。他决定去向这位老同事请教。他让儿子送他去这位老同事家。其实他们住得很近，都在学院的家属区里。具体方位他当然是记不得了，好在他的儿子对一切都还算熟悉。在儿子的陪同下，他登门拜访了这位老同事。

老同事鹤发童颜，腰背挺拔，但精神却有些萎靡。对于造访者的到来，老同事并没有表现出太大的热情，甚至还流露出了某种令人难堪的冷淡。老同事甚至都没有给造访者让座。

他自己落座了，一时却不知从何说起。他的儿子为此显得有些尴尬，站在父亲身边向主人问好。

“我一点儿都不好，”老同事居然生硬地回答，“你不要跟我说普通话，你的普通话说得一点儿都不标准。”

“伯伯您真幽默。”他的儿子只好讪笑着给自己找台阶。

老同事不再理睬他的儿子，转而看向他。“你怎么变成这副样子了？你都不知道自己擦口水了吗？”老同事就这么刻薄地向他发问。

他下意识地揩了一下嘴角，果然有口水抹在了手指上。他感到有些羞愧，同时也生出了一股冲动。“退休这么久了……”他说，“有个问题我始终没有搞明白。”他的口气好像是在为嘴角溢出的口水辩护。

可是，老同事一点儿也不接受他这样的辩护。“你从来就没有搞明白过什么，”老同事不屑地说，“你只知道经度和纬度这些没用的知识。世界的本质是什么，你何时搞明白过呢？”

关于“世界的本质是什么”，“下放时期”他们有过激烈的争论。那时他们都很年轻，在繁重的劳动和“触及心灵的检讨”之余，私下里一个以地理学为武器，一个以哲学为武器，各自立论，相互辩难，以此支撑着他们的精神生活。从那时候起，哲学便对地理学充满了蔑视。但他从未因此恼火过，这不仅仅因为那是一个哲学强势的年代，还因为从年轻时候起，他就是一个温文尔雅的人。他的这种性格，维系了两个人之间的友谊。而且，那时期他们所蒙受的一切困厄，用哲学来分析似乎更能够给予他们撑下去的理由。哲学是那么有效！为此，他在心底是对这位老同事怀有敬意的。

“你说得没错。”他像个小学生那样态度端正，“但现在我对一切问题都不关心了，我只关心一个问题。”

“什么问题？”老同事似乎被勾起了一些兴趣，“人在四十岁就应该不惑了，你都老成了这样，差不多活了两个四十岁了，居然还有问题！”

他看出了老同事的兴趣，却不急着说了，顽皮地揩着自己的嘴角。

“我对你的问题毫无兴趣！”老同事干脆任性地说。

“好吧，”他用妥协的口气说，“我的这个问题就是有关老年的——”

老同事翻着眼睛。

“老去是怎么回事呢？”他顿了顿，严肃地说出了他的问题。

“这会是一个问题吗？”老同事的这句话他再熟悉不过了，他们曾经无数次在这句话的提领之下开始对话。他想，如果不出所料的话，老同事下面大约又会说起康德或者海德格尔的名字。记忆像沙尘一般涌进他已经萎缩了的大脑，每一个能够被他记起的瞬间都像一颗颗粗糙的砂砾。但是，老同事接下去的话却令他感到了意外。“这难道不是一目了然的事吗？”老同事出其不意地问道，“——你早晨还会勃起吗？”

“勃起？”他喃喃地重复了一遍这个词。

“二十岁每月六次，三十岁每月七次，五十岁五次，七十岁两次。”老同事屈指对他数算道，“明白了吗？老去就是这么回事儿！”

“哪里有这么简单！”他激动起来了，觉得这笔账跟“秃了头、老花了眼睛”一样，都是些障人眼目的把戏。

老同事兴致勃勃地继续着他的计算，劈头向他问道：“你现在一年还有几次欲望？”

“没有，我已经很久不做这种事情了……”他支支吾吾地回答，开始拼命回忆自己上一次自慰是在什么时候。

“那你已经老得不能再老了！”老同事大声训斥道，“老去就是这么回事！”说完他扭身离开了客厅，好像已经愤慨到不能自已。

这组如同方程式一般玄奥的数字令人眩晕，主人已经离去的客厅里依然回旋和充斥着数字的风暴。他莫名惊诧，感到匪夷所思。用数字来说明问题，从来就不是这位老同事的风格啊，这更像是他所擅长的项目。他不知道教授哲学的这位老同事从何处得来的这些数据，仅仅这份记忆力就令他自愧不如；同时，“很久不做这种事情了”的认识，也令他突然感到了隐隐的伤心。这个认识以前他也有过，和“秃了头、老花了眼睛”这样的现状一同出现在他的意识里。但那时他的心是麻木的，并不会为之所惑。他不知道为什么此刻自己会因为这个事实而伤心，他想：也许这组数据从一个学哲学的人嘴里说出，才格外地令人惘然吧！老了恐怕就是这么回事吧？——一个哲学家开始历数勃起和射精的次数，以此来雄辩地说明问题。

“爸爸，我们走吧！”主人一去不回，他的儿子终于忍不住对他说。聆听了这样一席话后，他的儿子显然有些无所适从。

他还陷在沉思里，嘴角的口水一直滴到了胸前。这时候老同事再次回到了客厅，脸色依然有些激动之后的潮红。老同事直接向他走来，把手搭在他的肩上。

“对不起，”老同事说，“我说话有些粗鲁。那组数据是以美国人为对象做的统计，可能和我们会有些差异。我也是刚刚在一本画报上看到的——就在你们进门前。”

他没有接话，他觉得对方还有什么话要说。

“好吧，这都不重要。”果然，老同事声音低下去说道，“我太太上周刚去世，我情绪很不好。”

“哦，”他由衷地说，“真是件让人难过的事。”

老同事站在他的身边，搭在他肩上的那只手在微微颤抖。“太难了，我们在一起生活快五十年了，我根本没办法适应没有她的生活。”老同事脸颊搐动，忍不住抽泣起来，“没有她，我连自慰的兴趣都不会有了！”

他看到自己的这位老同事哭了。这个桀骜的哲学家，这个从来蔑视经度和纬度的人，在丧妻的悲痛里哭了。这好像让他此行得到了一个答案。老了恐怕就是这么回事吧？但他还不能完全被说服，他只是隐隐约约感到了一丝烛照般的光亮。他无法感同身受地理解老同事的悲伤，他觉得这一切还是和他有些隔膜。因为他在四十岁的时候就和自己的妻子离婚了，他无从以丧妻这样的处境来参照“老去”的真谛。

当天晚上，他临睡前的最后一个念头依然是那个问题；第二天清晨，他依然被那个问题唤醒。甚至和老同事见过一面后，他想要解答这个问题的愿望变得更加强烈了。老去究竟是怎么回事呢？它居然可以将一个学哲学的家伙改造得那么脆弱和失魂落魄！

昨天的拜访给了他灵感，他自然地想到了自己的前妻。虽然生活在同一座城市里，他和自己的前妻却三十多年都没有见过面了。尽管人海茫茫，尽管世事无常，但身在同一座城市却彼此经历这么漫长的间离，不能不算是一个小小的奇迹。三十多年，几乎是将他的岁数对折了一下，前妻如今在他的记忆里完全算得上前世一般的存在。那么，他想去造访自己的“前世”，以此来观照垂暮之年的自己。没准儿，对于那个问题的回答，就藏在他与昔日妻子的重逢里呢。这个念头让他兴奋不已。他十分迫切地想要见到自己的前妻，看一看那个女人老去之后会是什么样子。

他的儿子依然和自己的母亲保持着联系。当他将他的愿望讲给儿子时，儿子并没有表现出多大的诧异。他的儿子是位公务员，已经有了一定的级别，身上有着一种他和他前妻都没有的冷漠气质。

“好吧，我来安排。”他的儿子说，“你们是该见见面了。”他的儿子为什么这样说呢？潜台词无外乎是——既然你们所剩的时间都不多了。“下周日吧，其他时间我没空的。”他的儿子说。

其实他恨不得立刻就与前妻见面，他认为，这次见面，没有儿子在场可能效果会更好。但是目前他离了儿子就寸步难行。如今，除了在小保姆的陪同下偶尔出去散散步外，他已经很久不曾出过远门了。这里所说的“远门”，不过是指学校家属区大门以外的所有地方。中风以后，他不但腿脚迟钝，连大脑都是迟钝着的，只身一人，他会走不动，会记不得路，会迷失在无尽的“远门”里。他只有按捺住自己急迫的心情，等待“下周日”的到来。对于自己如今的状态，之前他从来没有抱怨过，即使中风康复期瘫痪在床上的那些日子，他也不曾为自己行动的不便而沮丧。他不觉得一张病榻和一个世界有多大的差别。他是教授地理学的，世界的物质形态早已经令他厌倦。但是这一周的等待却令他生出了绝望感。他终于认识到，随着年华的老去，他正在逐渐丧失着独立自主的人格。他只能仰仗他人，必须仰仗他人，被搀扶，被引领，否则，他压根无法自由地去回溯他的从前。

儿子将他的这次回溯安排在一家星巴克咖啡店里。当天他特意换了一身西装，打了红色的领带，还刮了胡子。兴奋的心情让他仿佛变了一个人，思维和行动都敏捷了不少。他乘着儿子的车来到了约会的地点。前妻却姗姗来迟。等待的过程中儿子不断接听着电话，一副日理万机的样子。

“有事的话你就走吧，到时候来接我就行。”他对儿子说。

他的儿子狐疑地看着他。“也好。不过我还是有些不放心，”儿子调侃着说，“万一你们打起来怎么办？”

“怎么会。”他难为情地笑了。

“现在你可不一定能打得过她了，她很健康，天天跳广场舞呢。”他的儿子说。

“怎么会。”他再一次温和地说。的确不会，他一直是一个温文尔雅的人，即便当年闹到离婚的地步，他也没有对自己的前妻动过一根手指头。

儿子得到保证后像是松了口气。“那好，两小时后我来接你。两小时够吗？”儿子问。

他矜重地点点头。

儿子刚刚离开，前妻就出现在了他的面前。她的出现令他眼前一亮。这也许和她的着装有关，她穿了一件亮度很高的明黄色的风衣。看上去，眼前的这个女人居然还有着一种毫不勉强的风韵。尽管这种风韵是一种老年女性的风韵，但性别的因素依然在她身上熠熠闪光。她没有像大多数老人那样，活成了平庸而中性的人。并且，在他眼里，前妻的风韵中还有着一种别样的威仪。这真是一种奇怪的感觉，即使在他脑力丰沛的时候，对于这个女人，也从未有过“威仪”的感观。前妻的职业是舞蹈演员，年轻的时候，性格就像她的腰身一般柔软，“威仪”压根儿就和她扯不上关系。

直到前妻在他面前落座后，他才找到了这股“威仪”之感的来源。他的前妻随手拎着一把雨伞。坐下后，这把雨伞自然地搭靠在她身后的落地玻璃窗上。这是一把老式的雨伞，黑色，紧紧地卷着，收进细长的套子里，笔直而又饱满，无端地令人确信它展开时一定浑圆开阔，足以遮挡所有的风雨。是这把雨伞，赋予了一个老年女性以“威仪”之感，它就像一把随身携带的、彰显身份的佩剑，充满了自尊的意味。前妻和一把雨伞同时款款地呈现在他眼前，背景是咖啡店落地玻璃窗外明媚的街景。在这样一个晴朗的春日里，她干吗要带着一把雨伞呢？他想。

时隔三十多年，曾经的一对夫妻开始对话，而话题却从一把雨伞开始。

“干吗要带着雨伞呢？”他率先说出了自己的疑问。对于眼前的这个女人，他显得多么熟稔，仿佛白驹过隙，分离的时光只应该从昨天算起。

“人老了，总会懂得未雨绸缪吧。”他的前妻微笑着说。

话题如此直截了当地进入了他所期许的范畴，让他感到微微的头晕。“是啊是啊，我们都老了！可是——”他紧张地说。

“可是一切就像发生在昨天。”前妻打断了他的话，“我刚刚走在街上，心情就像我们离婚的那天一样。我是说，那种感觉就好像不久前才经历过。”

“哦……”他只好咽下已经到了嘴边的问题，本来他已经决定开门见山地向前妻发问：老去是怎么回事呢？它当然不是“懂得未雨绸缪”这么简单吧？

“那一天，我从家里离开，外面下着小雨，除了随身的背包，我什么也没拿，是你追出来给了我一把雨伞。”他的前妻意味深长地看了一眼靠在玻璃窗上的雨伞，“这些，你还记得吗？”

“不记得了。”他诚实地说，“你知道，我中过一次风，记忆力衰退得厉害，许多事情我都不记得了，有时候，连自己的名字都需要想上好半天。”他这么说并不是想替自己辩解，他只是不愿让前妻太失望。这时候，他才发觉“老去”原来可以成为一个很好的理由，在一切问题上用以给自己开脱。

“没关系，”他的前妻大度地说，“我们都老了，即使不中风，有些事情记起来也会吃力。要不是那天发生了后来的事情，我可能也不会记得这个细节了。”

“后来的事情？对不起，我还是什么也不记得了。”他内疚地说。

“当然，你当然不会记得，这又不是你的错，那件事情你又没有经历。”前妻的语气里含有怜悯的嗔怪。“我走到街上后，遇到了一起抢劫事件。”她煞有介事地说。

他惊讶地睁大了眼睛。

“在街角拐弯的地方，那个男人迎面向我走来。我都感觉到了，他像一头随时准备咬人的恶犬一样蓄势待发。女人是有第六感的，我当时紧张极了。”他的前妻继续说，昔日的余悸浮上了她的脸颊，“他肯定也很紧张，始终盯着我，但奇怪的是，就在我们近在咫尺的时候，他却突然放弃了伤害我的念头。他和我擦肩而过。潜意识里的恐惧已经吓软了我的腿，我根本走不动路了。当我回头去看他时，就看到了那恐怖的一幕——他劈手抢走了我身后一位女士的手包，同时伸手在她的脸上抹了一下。然后他就飞快地跑掉了。时间完全静止了，过了半天，我才惊叫起来。没错，不是那位女士惊叫，是我在惊叫。因为我看到那位女士的脸上绽开了一条猩红的口子，血像喷泉一样涌了出来！”

“哦！”他呻吟了一声。

“真的很恐怖，要知道，这一切本该是发生在我身上的！我本来应该更加倒霉，在那一天，离了婚，还要被劫匪割伤脸！”他的前妻吁了口气，仿佛溺水者从水底探出了头，“我确信，最初他是准备对我下手的，但一个细节令他转移了目标。”

“是什么？”他完全被前妻的叙述攫紧了。

“雨伞，我手中的雨伞，它就像一个护身符一样保护了我。那个男人企图对我的伤害止步在那把雨伞前。可能他心里做出了权衡，攻击一个手握雨伞的女人，风险会变大。”他的前妻莞尔一笑，“那天的雨很小，我的心情又很糟糕，所以我并没有撑开那把雨伞，只是像拎一柄剑一样拎在手里——而这把雨伞，是你追出来塞给我的。”

他分明从中听出了某种感激之情，但这种感激之情是他愧于领受的。“我并没有想到它会帮你这么大的忙。如果知道你离开家后会遭遇这么危险的事情，我一定不会让你走的！”他动情地说。是的，他动情了，但他自己却没有意识到。他只是感到许多回忆被某种深邃的情感所唤醒。他仿佛再一次看到了年轻时候的妻子，看到了她曼妙的舞姿。那时候，她常常在舞台上穿着宽大的束腰长裙……

“我也知道你是无心之下做了件天大的好事。”他的前妻怅然若失地说，“但是老了之后，我却不这么想了。我觉得这一切都是天意和宿命，我觉得，这一生，你总是会在严峻的时刻挽救我。这么一想，我们之间所有的恩怨就都冰释了。从此每次出门我都会带着一把雨伞，我把这当成一个纪念或者仪式，就像自己每次走上舞台时先要起一个范儿——”她的手腕优雅地挥动了一下，说道：“我不再恨你。”

“我也从来没有恨过你……”他嗫嚅着说。

“人老了，就是这么回事——会变得宽容，会从自己的经历中发现神的旨意。”不期然，他的前妻说出了这样的话。

老去是怎么回事呢？这是他期望得到的答案吗？他不知道。此刻，他只是被奔涌而来的情感撞击得胸口发痛。当他的目光再次落在那把雨伞上的时候，他痛切地觉得，要说那是带鞘的刀剑或者上帝的权杖都完全可以成立。

痛切的感受贯穿了这个周日余下的时刻。

他的儿子准时来接走了他，驱车将他送了回去。父子俩在楼下的电梯口分了手。

小保姆不在家，不知道又跑到哪里去了，这种状况最近时有发生，已经引起了他儿子的强烈的不满。他昏昏沉沉地躺在了床上，过去的时光依然在脑中萦回：“困难时期”的爱情，“下放时期”的诺言，“开放时期”的婚变……他被某种懊悔之情所笼罩。他想，同样是老了，为什么他就没有学会宽宥一切？既然他和他的前妻此生是被宿命捆绑在一起的，既然他们共同吃了那么多苦，度过了那么多非常的“时期”，那么为什么还要分离，为什么还要各自孤独地老去……他在这种情绪中睡着了。醒来后已经是黄昏。小保姆依然不见人影，而他却感到了饥饿。他从冰箱里翻出了一袋冷冻水饺，开火煮了吃。然后他又回到了床上。再次醒来的时候，他看到的是儿子忧心忡忡的脸。

起初他还有些摸不着头脑，在儿子对小保姆的训斥声中，他才逐渐明白过来。原来他煮过饺子后，又一次忘记了关闭煤气阀门。溢出的水浇灭了火苗，煤气却源源不断地泄漏着。幸好儿子适时而来——分开后儿子总是感到心神不宁，于是决定来看看。这样的事情以前也发生过一次，那次是小保姆回来得及时。这种事情太危险了，平时他还是汲取了教训的，甚至趁小保姆不在的时候有意训练过自己——开了火，然后回客厅转一圈，赶紧再转回厨房，看看阀门关上没有，一看，哦，关上了，可是出了厨房又不放心了，又转回来看一眼；如是来来回回地看，可心里就是不踏实，即便在梦里都觉着能闻到一屋子的煤气味儿。警惕性他是有的。但是今天他又一次犯下了同样的错误。老去可不就是这么回事吗?

盛怒之下，儿子赶走了小保姆——看起来，这个冷漠的公务员似乎有了新的决定。这也怪不得他的儿子，今天儿子若是晚来片刻，悲剧就酿成了。门窗洞开着，他的儿子在客厅和人通着电话，具体的内容躺在卧室里的他无从知晓，他只是能够隐约感受到儿子发出的官腔。他有些灰心丧气。空气中依然弥留着淡淡的煤气味，甜丝丝的，有种致幻的味道。

当天晚上，儿子破天荒地留下来陪他过夜。他却怎么也睡不着了，心里有些担忧和焦灼，觉得有某件不好的事情即将发生。

第二天一早，儿子为他做好了早餐。他一边默默地吃着，一边看着儿子将他的两身换洗衣裳装进了一只纸袋里。随后，儿子驱车将他送到了市郊的那个大院。

他知道这是所养老院，是老人住的地方——他又不瞎，满院子的老头老太太，他还想不出这是个什么地方吗？他不愿意待在这里，心里抵触极了。但是他却突然变得非常消极，以一种漠然处之的态度看着儿子向一些陌生人移交着自己。他的鼻息里似乎还残留着煤气那甜丝丝的、致幻的气味。他的脑子像一台老朽的发动机，怎么使劲，也难以发动起来。愤怒和不满只是一个模模糊糊的轮廓，他已经无力调动和感知那些激烈的情绪。这一刻，他很气馁，脆弱极了，仿佛是一个对着世界无能为力的儿童，面对加害，只能坐以待毙。他天真地想：也许儿子只是将他暂时寄存在这儿的，过几天就会接他回家，就像过去他忙不过来时，也会暂时把年幼的儿子放在邻居家一样。

儿子把他安顿好，转身走的时候，他很想大声哭出来。可他看上去却非常平静。这不是因为自尊，他只是不敢放声哭泣。旁边围着一堆人，到了一个新的地方，他的胆子一下子变得很小了。

这样，他就开始了养老院的生活。

老去是怎么回事呢？这个问题依然困扰着他。尽管现在他满眼都是有关这个问题的答案。养老院里集中呈现着老年人的衰老：痴呆、病态，疯疯癫癫和邋里邋遢。有什么好说的呢？老去不就是这么回事！

这里不好吗？也不是不好，可他觉得他害怕这地方。里面的人对他也不错，见面就冲他笑，伙食也不差，可是他心里就是害怕。有时候院领导视察，一个屋子一个屋子地去看望老人，每次他的心里都直打哆嗦，也不知道为什么，反正就是害怕。现在他明白了，为什么儿童们都排斥幼儿园——不是幼儿园的阿姨不好，是儿童们心里害怕。那种集体的、整齐划一的、四列纵队式的生活方式，天然就有着一种粗暴和残酷，完全有悖于人的天性。和他同屋的一个老头，常年卧床。老头睡在墙根，他的铺位在门口。这个老头早糊涂了，每天除了吃就是睡，睡着了说梦话，声音粗得吓死人，而且声色俱厉，看得出是在梦里和人凶狠地吵架；醒着的时候老头就瞪着眼睛看天花板，喉咙里呼噜呼噜的都是痰声，在他听来像是一声一声的恫吓。他都不敢看这个老头，每次偷偷看一眼就赶快把头扭到一边儿去。

难道“恐惧”就是老去的真义？可现实又唤醒了他“下放时期”的那些记忆。那时候他多么年轻啊，可当时的恐惧，又同如今的恐惧何其相似——世界对于一个恐惧者而言，如出一辙，都是一个神秘莫测的迷局。这样的类比令他生出了逃逸的心。重温昔日的恐惧实在太令他绝望了。

出逃的前一刻，他收拾了自己的衣服——不过是可以塞进纸袋里的两身内衣。养老院还给他发了一身里面老人都穿的那种衣服，红颜色的，质量还好。他想了半天，该带走还是不该带走？他知道这衣服一定是儿子付了钱的，不是白给他的，那么他就该带上走；可他转念又害怕自己会因此背上偷窃的罪名。为此，他踟蹰了半天，最后还是决定不带走。这个决定有悖于他一贯的节俭作风。他的心里还是害怕。紧绷的神经唤回了他的生命经验，他惨痛地记起，这世界总是会不由分说地给人栽赃。

天气晴朗。他在午休的时候踅到了养老院的大门口。门卫从窗户探出头来，问他干什么去，他镇定地撒了个谎，说儿子一会儿要来，他在门口迎一下儿子。说完他并不敢拔脚就走，他害怕对方看出破绽。他在门口站着，尽量不露声色地一点儿一点儿往外挪着脚跟。他偷眼观察，直到超出了门卫的视线，这才放开胆子快步疾走起来。

关于他这一天的行动，日后他的儿子百思不得其解。养老院在城西，他的家在城东，之间横亘着一座庞大的城市，几十公里的路程呢。他的儿子无法想象，一个随时会忘记关掉煤气阀门的老人，是如何穿城而过，回到了自己的老窝。他已经许多年没有出过“远门”了，活动半径基本就在距自家一里地的范围内；如今城市日新月异地发展，变化之大，有时候连年轻人都找不着北。他的儿子想不通，他是怎么摸索着走上了归家的路。要知道，他如今连自己的名字都时常想不起来了，他居住的地方，也早已经换了新的路名；他肯定不会打出租车，这已经超出了他如今的智力水平；从养老院出来，最近的公交车站也在几里地之外……但他就是凭着两条腿，凭着几乎是某种神秘的直觉和突然焕发出的如同年轻人一般的体力，误差不大地反复换乘着公交车，用了大半天时间，成功地完成了他的逃离。

那一天，他一路蹒跚着，碰见公交车就上车。他身无分文，但是没有一个司机向他索要过车票。他苍老的面容就是一张通行无阻的证件。一趟车不走了，他就换下一趟车，每次上车后，都会有人热情地给他让座。其间有一阵，天空飘起了小雨，雨丝飘进车窗，他不免想到了雨伞和手握雨伞的前妻。小雨很快就停了，阳光穿透云层，潮湿的路面闪着微光，世界显得格外明亮。他根本不担心自己会误入歧途。他的心里非常笃定。他好像能闻见自己家里的气味——那股甜丝丝的、致幻的味儿。这种气味由远及近，越来越浓，不过是按图索骥，他就知道没错了。就这样，他在这一天顺畅地奔向了自己的终点。

去养老院的时候，儿子开着车，他被不好的预感笼罩着，没有顾上看看车外的景致。这一天，深居简出多年的他，终于有了打量这座城市的机会。在他眼里，这座城市当然已经完全变样了，到处是林立的高楼，公交车一会儿就上了桥，在桥上转个弯，又上了另一座桥。他在这种陌生的、周而复始的运行中犹如滑入了母亲的产道，他觉得，一次重生似乎就在不远的地方等着他。这种感觉不禁令他百感交集，眼里不时地盈满热泪。

他在黄昏的时候回到了自己的家。客厅的窗帘没有合拢，落日的余晖铺在木地板上，防盗窗的栅栏在木地板上投下栅格状的影子——多像一只鸟巢啊！他欣慰地想。他就像一只归巢的倦鸟一般，跌坐在沙发里，手捧着头，感到了从未有过的疲惫。这样静静地枯坐了许久，直到天色完全暗下来后，他才起身进到厨房，动手为自己做了一顿晚餐。他的确是饿极了。冰箱里只有半袋速冻饺子，但他已经记不得这正是自己上次吃剩下的了。

吃饺子的时候，他的心里浮上了某种强烈的不安，但他无法找到自己这种不安的根源。吃完后，他很认真地在厨房里冲洗了碗筷。他回到了客厅，打算看一会儿电视，但是他立刻恍悟到了什么，疾步折回厨房。他看到水龙头是关紧着的，但他还是伸手仔细地又拧了拧。这时他惊讶地发现，自己不过短短离开了几天，却已经有蜘蛛在水槽的边上织了网。这给他的眼前平添了一种废墟的气息，同时也中断了他内心悬着的那股不安。再一次打量了一番关紧的水龙头后，他如释重负地重新回到了客厅，心里有种对某件事情奇怪的不可避免感。

电视还没有打开，茶几上的那部电话却响了起来。

“爷爷，我猜得没错，你果然在家！”话筒里传来孙女惊喜的声音。

他的孙女正在读高中，夏天就要高考了。这孩子很懂事，经常会在晚上给他打电话，陪他聊几句。他很看重这样的通话，但他知道孙女晚上的学习负担很重，他不能耽误她太多的时间。此刻，他并不能领会孙女的惊喜。“你吃饭了吗？”他问道。

“哎呀，你还顾得上问我吃饭没有！我爸找你都找疯了，养老院的人已经报警啦！”孙女快活地嚷嚷着，“可我总觉得你不会跑丢，我猜你一定是回家了！”

“是的是的，我回家了！”他说。

“你是怎么找回去的啊？爷爷我真佩服你，你这是飞越老人院！”孙女一惊一乍地说，“我这就给我爸打电话，让他别在街上瞎找了。”

“不要，你让他再找一会儿吧！”他也被孙女的快乐感染了，“谁让他把我扔到那里的呢？”

挂了电话后，他在一种松弛的情绪下回味着孙女所说的话——你这是飞越老人院！他注意到，孙女使用了“飞越”这个词。他觉得孙女说得真好，他可不就是像一只候鸟一样，自己“飞越”着回来了吗？他感到这个想法有着一种说不出的魅力，让他如同感受到了山重水复之后的柳暗花明。

此刻他觉得自己正在一点儿一点儿变得轻盈，僵硬已久的躯体也开始变得柔和，而头颅中却有沉沉的睡意袭来。他仰身躺进了沙发里，闭上眼睛，好让自己更加充分地体会此刻——他下意识地觉得，这将是重要的一刻。他恍惚地想，这一生，自己都力图与大地站成一个标准的直角，如今是时候换一个姿势了，不如索性躺下去吧，与地面保持平行。他觉得自己的身体像躺在云端上飘浮着似的，有种“已经没什么可再失去”的释然之情盈满了胸腔。他在上升，而一个答案在徐徐降临，在某个恰到好处的维度，两者完美地对接了。他的鼻息里弥漫着一股甜丝丝的、致幻的气味，好像这气味是从他身体里释放出来弥漫到了空气里的。他深深地呼吸着，深深地松了一口气。多年来，那个一直困扰着他的问题终于迎刃而解，有了一个答案。

他高兴地想，原来老去是这么回事：如果幸运的话，你终将变成一只候鸟，与大地平行——就像扑克牌经过魔术师的手，变成了鸽子。

安静的先生

离职后，安静的先生开始了自己的迁徙生活。他决定每年冬天的时候，就去温暖的南方旅居。常年生活在北方，他对自己委身的城市已经受够了。但南方夏天梅雨的潮湿，他也觉得受不了。考察了几次，安静的先生给自己制订了这样一个候鸟般的计划。

深秋的时候，安静的先生整装待发，一俟立冬将至，就奔赴南方。待到来年，惊蛰的时候，安静的先生像从冬眠中苏醒的动物，踏着春天的惊雷，回归北方。至于南方与北方的界定，很简单，在安静的先生这里，就是黄河流域与长江流域的分别。他委身的省份，是一块不折不扣被黄河横穿而过的土地，而长江流域的面积不小，严格说，毗邻的青海，都要算在里面。但显然，青海不是安静的先生眼里的南方。地理学意义上的这些知识，很折磨人的，安静的先生不耐烦去梳理，只结合着本能与直觉，比附约定俗成的概念，草草在心里制定了蓝图。可不是嘛，哪只候鸟会怀揣着一本地理教科书呢？离职后，安静的先生就甩掉了一贯的严谨作风，坚决地让感性压倒理性的那一面，将一切都大而化之，删繁就简，粗粗弄出个轮廓就行了。

第一年，安静的先生去了江苏。他的祖籍在无锡，所以选择江苏开始自己离职后的第一次迁徙，就没什么可说的了。家乡已经没有任何血亲了，起码，安静的先生无从知晓这里还有谁流着与自己同宗的血。眼里的故乡，尽管陌生，但心理终究是要暗示出一些熟悉的。他不免会伤感，有些乡关何处的喟叹。但安静的先生勉力纠正了自己的情绪。他不允许自己伤怀，认为这不符合如今他对自己的要求。他对自己有什么要求呢？那就是，如今，他百无所欲，但求安静。安静的先生在每一个内心起伏的时刻，都会提醒自己的心：安静，请你安静。按理说，有些乡愁，并不会过分有碍一个人的安静，但考虑到刚刚离职这个背景，安静的先生如此约束自己，就不难理解了。他是怕这些貌似正当的情绪会被借助，不可避免地衍化为恋栈怀禄。

安静的先生转身去了苏州，在同里古镇住下来，潜心临摹了一个冬天的王宠，归来时，本就不凡的一笔小楷，愈发精妙了。就是在这里，安静的先生找到了自己旅居的方式。

本来，安静的先生住在一家私人客栈里，倒也不是很贵，由于要常住，店家给了他优惠，统共每月收他两千块钱。住了不足一个月，一位当地的老先生和他熟起来，向他推荐自己的家，说也收他两千块，但管饭。

这位老先生日日黄昏要在镇里的思本桥上肃立一回，如是肃立了几十年。就是在这里，他和同样在黄昏中前来流连的安静的先生搭讪上了。当时安静的先生立于桥头，正以指为笔，在自己的肚子上默书。老先生善书，看出了名堂，这就和安静的先生投缘了。一来二去，两个老人熟络起来。老先生的家同样临水，还搭建了伸向河面的阁楼。安静的先生受邀去体验了一下，立刻就回去收拾了行李，搬进了老先生家。那管着饭的两千块，就只是一个象征，表明安静的先生不白吃白住而已。但安静的先生没有体察到老先生的善待。对于金钱，以及金钱的价值，安静的先生缺乏实践性质的体会。他也懂GDP，也懂CPI，只是不懂两千块钱在同里包吃住意味什么。所以安静的先生安之若素，平静的心没有丝毫波澜。

其实他是有些冒失。三言两语，就住进了一个陌生人家，难怪他的儿子要在越洋电话里替他担心："您知道这家人的底细吗？住私人客栈我都不放心，您这可好……"

安静的先生摁了手机，不愿听儿子的聒噪，保守着内心的宁静。这家人的底细？有什么呢？安静的先生觉得是一目了然的：一位退休多年的老先生，儿女都在苏州，只有一个在镇里做导游的孙女陪在家里。"国泰民安的！"安静的先生在心里向着异国的儿子咕哝了一声。想一想也是，要说冒失，这家的老主人比他还冒失，平白无故，就领回一个老头，连吃带住的只收一个象征性的两千块，连赢利的目的都说不过去，何苦来哉？当夜，安静的先生就听到祖孙俩在外屋说起来。孙女当然是在埋怨，有一句没一句的被安静的先生听到。大意无外乎是说人心不古，爷爷老糊涂了。

老先生吼了一声："哪儿有那么多鬼！鬼都是人心里生出来的！"又压低了声音，说，"小小年纪，你不要那么复杂！"

安静的先生心如止水，对因自己而起的争执充耳不闻，蘸着茶杯里的水，在茶几上写王宠的句子：水怀丽泽兑，时歌角弓篇。

老先生的确心里无鬼。对安静的先生，他根本没有过多的打探，甚至两个人互相连姓字名谁都没有多问，说应该是说了，只是彼此之间几无称呼，不过点头示意，开口讲话，就忘了姓字名谁这回事。这一点，很令安静的先生宽慰。如果遇到的是一个饶舌之人，即使连两千块都不收，他也不会跑到别人家里来。两个老人的媒介是王宠——这位同里名人，明代的大书法家，穿过五百年的时光，使两位爱书者在这个冬天惺惺相惜，结伴数月。当安静的先生在黄昏中流连桥上，以指画肚时，他们之间便犹如打了暗语，接上了头。

在这个南方的冬季，安静的先生获得了自己迄今最为安静的一段时光。笔墨是现成的，茶饭是清淡的。在安静的先生心里，还额外加了两般好：无丝竹之乱耳，无案牍之劳形。白天，两位老人伏案摹写。老先生的一笔行草不激不厉，颇得王宠神髓。安静的先生也不简单，笔随心走，亦是疏淡秀雅，直追前人。日暮时分，二人并肩立于桥上，拍遍栏杆。安静的先生觉得，岁月静好，现世安稳，已经在自己的眼前徐徐呈现。

住到来年惊蛰，安静的先生与主人作别。二人以书结缘，自然以书为别。安静的先生临了王宠的《游包山集》，老先生临了王宠的《自书五忆歌》，二人互赠，多余的话依然是没有。只是在最后的时刻，安静的先生坐在开往上海的大客车里，朝着车下的老先生挥手时，不自觉又是一副矜重的派头了。这个不由他的。车外在下雨，车窗上雨水纵横。老先生举着把伞，冲着窗内朦胧不清的安静的先生耸了耸伞尖。

回到北方后，安静的先生在自己的皮包里发现了一沓钞票，恍惚了一阵才觉醒，老先生这是将他的住宿费全还给他了。安静的先生有些感动，生出给人家寄回去的念头，但苦于没有一个确切的地址。这件事，如果安静的先生坚持去落实，还是不会太费周折，有人会给他办妥的。但离职后，安静的先生就给自己立下了规矩：不再因为私事动用以前的任何权力。最后，一个两全其美的办法被安静的先生想了出来。他亲自去了一趟红十字会，将这笔钱捐了出去，名字呢，安静的先生留下的是：王宠。

第一次南徙堪称完满，愈发坚定了安静的先生去做一只候鸟的心。

第二年，安静的先生去了江西。有了上一回的经验，他打算在当地租间民居住。不是付不起酒店的费用，是同里一行，让他落实了自己迁移的模式。他觉得，在一个地方栖息这么久，住在酒店里就仿佛没有接上地气。安静的先生联络了当地的一家中介公司，让对方提前为自己租下一套住宅。同样，在价钱上安静的先生听由对方张口，他只是提出了一个要求：住宅的窗口，要看得见长江。这种事情，办起来不免琐碎，但就是这样琐碎的事情，居然被安静的先生做成了。在银行给对方的户头打了定金，安静的先生不禁对自己颇为满意。这件事情的办理，对于安静的先生有着别样的意义，说明了在俗世中事必躬亲，他依旧有这样的能力。

由北而南，安静的先生首先飞到了南昌。当晚住在酒店里，他便遭到了电话的侵扰。这让他安静的心倏忽躁烦。安静的先生忍不住摔了电话，依然不能平愤，连连掌击了数下床头的矮柜。

换在离职前，他是要追究责任的。安静的先生坐在床上，努力安妥自己紊乱的心，对自己的心说：安静，请你安静。心情刚刚有所平息，房门又被敲响了。门外站着的，当然是一个女人，横看有十五六，竖看有四十五六。安静的先生知道这是怎么一回事，但他不知道该怎么处理。安静的先生没有处理一个失足妇女的经验。他不知道该怎样开口，训斥和规劝都不恰当，只好不怒自威地挡在门前。女人居然试图挤进来。老实说，安静的先生在一瞬间有些失措。他什么时候遇到过这样的局面呢？

“请你离开！”安静的先生重重咳了一声。这也是习惯使然，以前，每逢在会场上要强调什么时，他都会用重重的咳声打出预先的招呼。安静的先生沉声说：“否则我要报警了。”

女人知趣地离开了。也不知是那声咳嗽还是安静的先生声言要报警吓退了她。

安静的先生认为自己受到了侵犯和羞辱。手在微微颤抖。现在，让他不满的已经不是那个离去的女人，而是这种尴尬的状况，居然会强加给他。安静的先生不能忍受这种强加给一个人的干扰，觉得这是不合理的事情。安静的心被扰乱了，他打电话给前台：“喊你们经理来。”

经理很快就来了，不过是一个毛头小伙子，不像一个他心里的经理。听完他简单的陈述，经理不解地看着他：“怎样呢？你有什么要求？”

安静的先生一愣，难道是自己说得不够清楚吗？这个经理怎么就不能领会他的精神？

“作为酒店的管理者，”安静的先生严肃地说，“你们负有责任！”

经理笑了，一摊手说：“这个责任我们可不好负，我们总不能把女人都挡在外面吧？谁知道她们是做什么的？而且，真要挡，连有些男人都是要挡的，那样我们关门好了，不要做生意了。”

“你们不负这个责任？”

“这个责任要你来负的。你不是就负责任地把她挡在外面了吗？”

安静的先生一阵眩晕。少顷，他挥手让对方离开。安静的先生一再对自己默念：安静！请你安静！如是良久，他才打消了进一步打一通电话的念头。

翌日一大早，安静的先生就离开了酒店。连南昌他都不愿待下去。本来他是可以在这里逗留几天的，像一只途经的候鸟，盘桓几日。但昨夜的遭遇让安静的先生对这座城市厌恶起来。他决定立刻奔赴自己此行的目的地——九江。为什么会是九江呢？也没有一个非常令人信服的理由，不过是因为白居易。秋天的时候，安静的先生捧读《白氏长庆集》，香山居士被贬江州的史实启发了他。尽管安静的先生是正常离职，但从江州司马的遭际中，他隐约体味出了某种感同身受的况味。当然，抚今追昔，好像还略显无病呻吟，这有悖于他对自己的要求。但毕竟留下了印象，所以，计划南飞的一刻，安静的先生将目标随机定在了九江。这也说明了如今的他，还是有些盲目的，随心所欲，没有条分缕析、足以说服人的动机。安静的先生以为，盲目有什么不好呢？自在而为，恰恰有利于心的宁静。安静的先生不愿再像从前一样目标明确地规划什么。

南昌到九江有动车。安静的先生很久没有坐过火车了。所以，坐在车上，他有一股孩子般的兴奋。这一次，安静的先生任由自己的心波动荡漾。他想起了当年考上大学时第一次坐火车的情形。安静的先生宛如看到了当年的那个自己：单纯、羞涩，满怀着憧憬和离家的伤心，一路上提心吊胆地看护着自己的行李——那口皮箱，是父亲特意买给他的，当年算得上是一件贵重的家什了，如今被丢在哪里了呢？安静的先生不禁怅惘。他动情地安抚着自己的心：安静，请你安静。车上有九江的宣传册，上面印着这样的内容：九江境内的鄱阳湖水域是现今世界上最大的候鸟越冬栖息地。这句话瞬间感染了安静的先生，让他那颗候鸟一般的心仿佛找到了归宿。

车到九江，只用了五十分钟。这样的速度令安静的先生感到惊诧。他不是不知道动车的快捷，但亲历一番，毕竟和简报上读来的认识不同。安静的先生想，当年，他离家的时候，是在火车上颠簸了整整三天啊。

按照地址找到那家中介公司，出乎意料的事情发生了。此地依然还是一家中介公司，但说了半天，安静的先生才明白，此公司已经非彼公司了。换人了。安静的先生走出店门，抬头看那招牌，果然不是与自己有合约的那一家。那家叫“百亿”，这家叫“百忆”。这两个店名之间神奇的差别，让举头仰望的安静的先生一阵目眩神迷。他感到自己一脚踏在了虚空里。毕竟是安静的先生，多年的历练，已经造就了他的临危不乱。简单分析了一下局面，他不得不承认，自己是跌在了一个骗局里。世风坏到了如此的地步，不能不令他义愤。但眼下他无暇追究，当务之急是，他需要先在这座城市安顿下来，住进一栋窗口看得见长江的房子。接待他的公司职员一边替他的遭遇鸣不平，一边飞快地从电脑上替他找出一长串的房源。

然后马不停蹄地去看房子。房子当然有优有劣。一直奔波到了正午，陪同的公司职员买了盒饭给安静的先生吃。盒饭当然没什么，安静的先生访贫问苦时，和群众吃过更糟糕的饭食。是吃的方式为难了安静的先生。这家街边的简陋排档，坐落在他们刚刚看过的一栋房子的楼下，说是违章建筑也不为过，而且人满为患。于是，他们只能捧着塑料饭盒蹲在路边吃。一时间，安静的先生不得不再一次说服自己的心：安静，请你安静。他不想继续看下去了，吃完盒饭，就决定重新回到楼上去，租下刚刚看过的房子。

房子不好。三十年前的两居室。唯一符合要求的是，推开北面的窗户，长江便尽收眼底。入冬的长江已经进入了枯水期，江滩裸露着，江面上漂浮着静止的船舶。一瞬间，安静的先生消极到了顶点。进入这座城市，他就不断妥协着，随波逐流地被现实拽着走。他不愿意自己的心被激起不满和抱怨，一再告诫自己随遇而安好了。但一再妥协之后，当这幅冬天的江景横陈在窗外时，他还是深深地失望了。

安静的先生有些沮丧。草草签了租住合同，付了全部的租金，他就打发对方走了。一个人枯坐在这栋目前归自己支配的旧房子里，安静的先生恍若禅定。后来他便睡着了。一觉醒来，安静的先生虚汗淋漓。他一动不动地躺在一张老式的木板床上，怔忪地打量着这个陌生的所在。已经是傍晚了，房间里幽暗阒寂，仿佛有氤氲的气流萦动，那股尘封已久的气味扑面而来。安静的先生依次在幽暗中看到了五斗柜、沙发、写字台，还有书柜的轮廓。他突然觉得，时光倒流，这一切都变得熟悉起来。安静的先生似乎回到了自己的壮年。那时候，他在一所大学教书，住在一栋与此情此景近乎一致的二居室里。木板床、五斗柜、沙发、写字台，还有书柜。那种二十世纪的况味，陡然重现。

回到从前——安静的先生在这个冬季，找到了安抚自己内心的理由。他开始在一栋看得见长江的房子里，重温过去的岁月。他租住的这套房子，据说主人举家去了国外，把房子全权委托给了中介公司。从房子的陈设来看，应该许久没有人居住了。好在铺盖是收在柜子里的，除了一股经久不散的樟脑味，倒也勉强可用，只是被子的棉胎很重，压在身上，让人的梦境都沉甸甸的。安静的先生不紧不慢地搞了一周的卫生，晒被褥，除灰尘。随着房子一天胜似一天地清洁起来，他渐渐找到了一些主人的感觉。家务活他有几十年没有做过了，上手后，发现自己居然还很在行，这让他甚感喜悦。那时候，他在大学教书，常常和妻子吵得天翻地覆，吵过之后，所有家务就甩在了他的头上。后来，随着他的升迁，吵架和做家务的日子就都一去不复返了。妻子三年前离世了，死前他还没有学会让自己安静，等他赶到妻子的病榻前时，妻子已经咽了气。咽了气的妻子，眼睛却依然睁着，仿佛下了决心，要和他最后吵一架，把多年来被冷遇了的愤懑一次性地倾泻出来。安静的先生在这个异乡的冬天，一边做家务，一边追忆着自己的亡妻。他当然会安静地总结自己的人生，那些得失与成败，都被他安静地重新界定着。

这些日子安静的先生都是在楼下那家小排档就餐的。他已经习惯了那样的就餐方式，人多的时候，很自然地蹲在马路边。后来房子的厨房也被他收拾停当了，他决定自己做饭，彻底地过过日子。他去超市为自己采购了必备的油盐酱醋和大米、蔬菜，费了番力气才拖到家。一切就绪后，他却吃惊地发现，这个家使用的仍是蜂窝煤炉子，厨房最上面的那扇窗户，还开着以备穿烟囱的圆洞。可是如今，哪里还有蜂窝煤呢？这个打击一下子挫伤了安静的先生，他颓然地靠在厨房的墙壁上，望着那个圆洞，感到了一股无法言说的悲伤。有一瞬间，他几乎决定立刻返回北方，回到自己衣食无忧的日子里去。在那里，尽管已经离职，但总有几个人会围在他身边。秘书、保姆、司机，最不济，大院里的警卫员还是随叫随到的。但也只是一转念，安静的先生很快就平复了自己仓皇的心。请一个保姆吧？他和自己商量道。

在一家劳务市场，安静的先生替自己找到了一位保姆。之前每一个被雇佣者都严格地盘问着安静的先生：老伯，你一个人住吗？家里人呢？您身体有什么毛病？妇女们对一个孤身的老头都很警惕，让安静的先生觉得自己反而像一个待价而沽的人。只有这一位很沉默，连酬劳都没有自己的主见，于是就被安静的先生带了回来。她是位中年妇女，不像是乡下人，瘦得惊人，走在安静的先生身边，像一根嶙峋的拐棍。好在做起事来一点也不含糊，当天，她就置办齐了一套新的炊具，一个人将新买的煤气瓶很有气概地扛上了楼。晚上，安静的先生吃到了此行的第一顿家里饭。两个彼此陌生的人对坐在餐桌旁，就着一盏几乎吊在了鼻尖的五十瓦的灯泡。

日子就此按部就班了。安静的先生，这只越冬的候鸟，可以安心地蜗居在南方等待春天了。也的确是蜗居。对于这方胜迹如林的土地，安静的先生并无踏访的兴致。他不是来旅游的，就像上一次住在古镇同里，老先生的孙女就是当地的导游，他都没有因此遍游一番。安静的先生将自己置身异乡，不过是为了回到日常的安静，给自己以往亏欠了的岁月做些人间的补偿。在这个冬天，安静的先生沉浸在对《白氏长庆集》的阅读里。

一个夜晚，有人敲响了房门。安静的先生已经睡下，听到保姆在外面压低了声音和人说话。他没有在意，以为是收水电费的物业人员。但是旋即保姆叩起他的门来。造访者是一位老年女士，一头银发像漂亮的丝缎。此人于昏暗的灯光下，看到从内室里出来的安静的先生，禁不住呜咽了一声，扶墙跌坐在客厅的一张椅子里。安静的先生莫名其妙地打量着对方，直到对方站起来，颤抖着向他靠近时，才威严地咳了一声。这个奇怪的造访者显然很激动，以至于语无伦次。

“你回来了，你终于是回来了，”她说，“我在楼下看到了你家窗户上的灯光……”

安静的先生默默地告慰自己的心：安静，请你安静。他对造访者同样沉声说道：“安静，请你安静。”

可是，让对方安静却并不容易。她反而抽泣起来，并且伸出双手，试图抓住安静的先生。安静的先生临危不乱，机敏地避开了那双抓过来的手。他后退一步，冷静地向对方指出：“你认错人了！”

造访者短促地哽咽了一声，说：“你好绝情哇！”

这里面有误会，这是毫无疑问的，但安静的先生一时间难以澄清。他看到那个保姆愣愣地站在一边，瞪大了眼睛狐疑地旁观着。

“扶她坐下！”安静的先生命令道。

保姆如梦方醒，从身后拖住了造访者，几乎是将她拦腰抱回了那张椅子。

“把所有的灯都打开。”安静的先生继续吩咐。

房子里所有的灯都被打开了。造访者凝泪注视着安静的先生，渐渐地，目光散乱开。当她再一次起身靠近时，安静的先生没有回避，而是挺了挺腰，为的是让对方验明正身。造访者再一次猛烈地哽咽一声，转身跌跌撞撞地走了，就像来时一样莫名其妙。安静的先生本来已经做好了询问与解释的准备，此刻望着洞开的大门，一下子如在梦中。

其后有一天，安静的先生在窗前眺望江面时，不经意间又一次看到了这名造访者。她荏弱地坐在一张水泥凳上，痴痴地凝望着他的窗口。安静的先生不由得大吃一惊，那颗安静的心突然有些发虚和紧张，使得他迅速地闪回了身子。这一次，他忘记了约束自己的内心，躲在窗帘后，偷窥着楼下的女士。那天夜里这位造访者来去飘忽，没有给安静的先生留下审视的机会，但此刻，安静的先生躲在暗处，便有了认真端详的方便。她一头的银发，即使遥望过去，都能给人传递出一种别样的风度。看得出，年轻的时候，她一定很美。作如是想，安静的先生感到了一种莫名的快乐。一种尘世中常有，而于他却是久违了的快乐。

此后，安静的先生就常常看到这名老年女士了。她遥望着他的窗口，和身后的长江融为一幅凝固的画面。经过几次试探，安静的先生认为，她的视力是不济的，其实，纵然他大大方方地立于窗口，对于她，也大约是看不分明的。她看着的，只是一个方向，一个空洞的方向。就像守望着无尽的岁月。安静的先生不由得要去猜想了。猜想她与这栋房子主人的故事。不用说，这种专属尘世的故事，许久已经不曾被安静的先生所关注。多年来，他的眼目都是投注在那些所谓的宏观事物之上。这人间的烟火，他已经如此隔膜。现在，一种探幽入微的猜测，渐渐唤醒了他内心某种直觉，唤醒了他碰触世相的微妙警觉。

安静的先生试图在这栋房子里找到一些线索，譬如主人的旧照。但这栋房子就像一栋时下的样板房，看上去一应俱全，却唯独没有人的气息。在那架老式书柜里，安静的先生发现了一本黑壳的笔记簿。它一定很有年代了，是那种半个世纪以前的款式，壳面上压印着“为人民服务”，里面的字迹，多少都有些漫漶了。它的主人用一种奇崛的笔法在上面记录着自己的日记，第一页如是写道：

> 激情四溢者乘上了西去的列车，前方，新的生活等待着他。他的行囊是一只昂贵的皮箱，这是父亲特意为他买来的。一路上他小心翼翼地看护着自己的箱子，眼睛总是不由自主地要盯向行李架，看看它是否还在那里。每一次落实，他的心里都会吁一口气，对自己说：哎呀，它还在！就这样，他的心里既欢欣鼓舞，又战战兢兢，开始了人生的征途……

安静的先生被这样的叙述迷惑了，感到这个“激情四溢者”，就是当年自己的写照。安静的先生在这几天冷落了《白氏长庆集》，将目光贪婪地放在了这本笔记簿上。它记录了那个“激情四溢者”的大学生活：入学的兴奋转瞬即逝，接踵而来的是爱情的忧伤，但那种忧伤尚未足够透彻，突然的饥馑却降临了。“激情四溢者”将自己的皮箱换了粮食，后来，居然和同学走进了火车站的候车室行乞……

安静的先生在阅读中逐渐丧失了安静。忧愁如此绵长，细密地裹缠着他的心。接下来这本日记会记录些什么呢？如果它写得下，那么，一个时代的基本脉络也不外乎如此吧？安静的先生一度想走下楼去，和那位女士沟通一番。她也是从那个岁月走过来的人，安静的先生想和她谈一谈那个岁月，谈一谈那位“激情四溢者”。对于这位造访者的出现，安静的先生将其视为某种玄秘的启示，她造访的不是这栋他人的房子，而是安静的先生苍茫的老年。他们在时光中不期而遇。这个想法令安静的先生心神不安，他像一个少年般突然感到了些许的羞涩。安静的先生克制着自己，对自己的心温柔地说：安静，请你安静。他打算还是先读完这本日记再说吧。但“读完”这个念头，也倏忽令他犹疑。他在想，自己这样窥伺他人的隐私，是道德的吗？正在举棋不定，干扰却来了。

这天午后，他的房门被人擂得震天响。保姆打开门后，就惨叫了一声，回头疯了一样地跑进了内室。一条汉子紧随而至。安静的先生还没有反应过来，便看到这两个人在自己眼前撕扯起来。

“贱货！看你还躲！”

汉子薅住女人的衣领，就地便将女人悠了一圈。女人的手凌空虚舞着，奋力向汉子的脸上抓挠。几个回合下来，双方的脸上都弄出了血。安静的先生终于回过神来，大喝一声："住手！"

汉子这才注意到他的存在，一把扔了女人，回头瞪住安静的先生。

"好哇！"汉子咆哮道，"原来你跟这么个老东西姘居！"

言罢，左右徘徊一下，还是把目标锁定在了女人身上，再一次扑将过去厮打。

女人嗷嗷叫着，披头散发地向外冲，房子里乒乒乓乓乱作一团。安静的先生不断向后退着，以免自己遭到冲撞。终于，女人挣脱了，一溜烟跑出了房子。汉子紧随其后，也追了出去。安静的先生犹如遭遇了一场飓风，心脏狂跳着，一阵绞痛袭来。他知道，此刻能安抚自己那颗心的，唯有药物了。他努力让自己在床上坐下来，动作缓慢地平躺下去，然后抖索着摸出了口袋里的速效救心丸。

有那么一刻，安静的先生想，自己不会把这条命扔在这栋无人问津的房子里吧？他直挺挺地躺着，很想给异国的儿子打一个电话。房门洞开着，冬天的风回旋着刮进来，不知道什么东西被吹得簌簌作响。他恍然发觉，其实这栋南方的房子，并不比他北方的家里温暖。那么，是什么让他如此漂泊？安静的先生闭起了眼睛，少有地怜惜起自己。然而事情并不算完，就在他刚睡着没多久，却再度被人吵醒了。一名年轻的警察，带着两名不穿警服的中年人，站在他的床前。

他们说了些什么，安静的先生根本没有听进去。当他们要求安静的先生跟他们走时，安静的先生咳了一声，指责道："你们进来应当敲门！"

几个人面面相觑了一番，年轻的警察皱着眉说："我们敲了，你没听到。而且，你的房门是开着的。"

他似乎有些权威，身后跟着的两个人应声给他帮腔。

安静的先生其实并不需要一个解释。他始终是恍惚着的。直到被一辆警车带进了派出所，他才约略知道了一些因果。那种多年来养成的通观全局的能力，让安静的先生在身心俱疲的时刻，依然抓得住问题的要害。总之，他被人告了，那位保姆的丈夫，说他拐带妇女。

现在，安静的先生面临着复杂的局面。首先，他被检查了身份。身份证他倒是随身带着，但身份证后面他那个真实的身份，却足以引起轩然大波。其次，他需要说明，无亲无故，他这把年纪，为什么要跑到异乡来独居。在这一点上，他还有违法的嫌疑：喏，没有来派出所登记暂住证。盘问者的重点更在于：他是如何拐带妇女姘居的。

安静的先生再一次表现出了一个久经风浪者的风度。对于这些荒唐的问题，他气敛神肃，保持着庄重的沉默。他的身份证已经被拿去在网上比对了。他知道，一切行将结束。那个巨大的存在，将要把他迎接回去，让他连坐在派出所里的自由都宣告完结。是的，那位造访者与江面融为一体的画面完结了，将永远凝固在岁月里，所有尘世的故事，还未及展开，便告终了。此刻，令安静的先生迷茫的是，他该如何让他们明白，一只越冬的候鸟，是不需要办理暂住证的呢？

问不出什么名堂，年轻的警察将安静的先生一个人丢在了办公室里。窗户上焊着铁条。窗外雾蒙蒙的，望出去，隐约可以看到一座古典的楼阁。那应当是“琵琶亭”吧？

浔阳江头夜送客，枫叶荻花秋瑟瑟。主人下马客在船，举酒欲饮无管弦……

安静的先生不由得默背起香山居士的名诗来。但背到“夜深忽梦少年事”时，他却无论如何也记不起下句了。这个遗忘突然令他痛苦万分。时隔多年，他在这间派出所的办公室里，恍然想起，自己原来是一个学中文的啊！当年，他踌躇满志地离开了教职，哪里想得到会有这样的一天，那些古典的诗句将如此令他眷恋。安静，请你安静！安静的先生轻声慰藉着自己的心。当遥远的诗句重新在心里萦绕而出的一刻，他感到一种从未有过的、巨大的安静将他托举了起来。他觉得，像一只候鸟般的，自己终于长出了自由的羽翼。

锦瑟

上　篇

我被人叫作“老张”已经有四十多年了，从三十岁开始，一直叫到了现在。这说明我真的是老了，从骨头到心脏，都向着死亡打开。我不知道其他像我一样老朽的家伙是怎么活着的，他们在电视里幸福地举着小红旗跋山涉水，说“腰好，背好，腿脚好”，这令我感到羞耻。我以为这羞耻只是属于我的——一个枯槁的老年琴师，连皮肤都已经发脆，睡一觉都不知道还能不能再醒来的家伙，却不愿意搬回去和子女们住在一起颐养天年，死皮赖脸地留在剧团的院子里，为的只是能够时常看到那些如花朵般新鲜的女孩子。这真的是令人羞耻。因为我干瘪的身体里还不恰当地保存着欲望的水分，它们腌渍着我，像是在酱着一根老黄瓜。我常常躲在窗角下，用浑浊的目光偷窥窗外。剧团里的那些女演员常常会从我的窗前走过，那时她们刚刚练完功或者洗完澡，热腾腾、水淋淋，神态慵懒。我用眼睛就可以呼吸到她们身体微酸的气味。这种用眼睛呼吸到的气味令我发抖，身子像是被锐利的光刺中，却冷得出奇，只有那个部位是热的，尽管热得微不足道，但被整体的冰冷对比成了灼烧。一个完全意义上的老年人，还被灼烧，这就是羞耻。

这种羞耻真正成为内心的煎熬，是从我的外孙女杀了人那天开始的。之前，我基本上没有明确过它。我只是藏在自己的窗下用眼睛呼吸，没有侵犯过任何人的利益，而且我是那么的衰老，心都像皮肤一样长满了褐色的斑，一个老年人应该具备的豁达我早应该具备了。我已经逼近了肉体的本质，一般不会再对肉体的问题进行谴责了。可是林杉杀了人。她是我们一家人的骄傲，读书读到了博士的份上，怎么会不让人骄傲呢？但林杉却杀了她们学校里的一位女校工。所有的人都痛不欲生，他们都在声嘶力竭地问为什么，为什么，林杉杀人的理由何在？——这一点连公安局都给不出答案。只有我不去问这里面的究竟。我只是在一个刮大风的日子，一个人去了看守所。我等在那扇大铁门的外面，从早上一直等到了黄昏，终于见到了那位具体办案的警察。他是一个毛头小伙子，嘴巴上刚刚长出灰灰的绒毛。我郑重其事地对他说："你把我抓进去吧，把林杉放出来。"他看都没看我一眼就骑上摩托车走掉了。我知道这种不可理喻的话他一定是听得太多了，已经没有耐心再去做解释教育的工作。其实这一点常识我也是懂得的，但我还是要来这一趟，要把这句话说出来。我已经是走到生命出口的人了，就像一个穿越了漆黑隧道后已经看到光的胜利者，我已经有资格用生命的方式提出自己的要求。我一个人往回走，风很大，黄昏迷蒙的光似乎都是被风吹来的，它们刺痛了我。我走在空虚的光和空虚的风里，出神地想：这一切都是我造成的，老天给了我最严厉的处罚，他把一头老公羊犯下的错施加在了一头无辜的小羊身上。这么想着的时候，我的左腿被一辆飞奔而过的农用三轮车卷在了轮子下面。我没有感觉到一点儿痛，心里面更加坚定了自己的判断：这都是给我的惩罚——那天夜里，我就是用这条左腿迈进的那家洗头店啊。

那天是重阳节。上了年纪的人就比较注重阴历了，我们就活在阴历的气氛里。更何况还是重阳节。我的身体在那一天出现了反常，它在没有任何气味的刺激下一整天都间歇着灼烧。这似乎说明，我的欲望其实是来源于头脑的。节日的气氛就可以暗示和感染我，令我的身体被腌住，蠢蠢欲动地发酵。甚至这种来自头脑的欲望比女人微酸的气味更加凶猛，它令我的心在那一天的清晨就突然被烫醒。蒙眬中，我的心突然像是一块滚烫的铁被淬进了水里，吱啦一声冒出了烟。我从梦中醒来，立刻就做出了那个决定。这个决定和重阳节一样不可动摇，它来自时间的陷阱，理所当然，没有进退的余地。我身陷其中，只能随波逐流，就像岁月一样，无法转圜。但我还是尝试着做出了抵抗。我靠一壶酒打发了整个白天。一个老年人似乎不应该如此优柔寡断，他应该更多地被身体牵着往前走，这一把年纪，就应该是最妥帖的理由。但是，这时身体的干瘪又已经可悲地成了障碍。所以，那一整天我一边喝酒，一边还有一些悲愤。我不知道，我家林杉这一天也是靠着一壶酒打发掉的。悲愤和在酒里，让我在傍晚的时候失去了知觉。当我再一次灼烧着醒来时，已经是深夜了。就是说，已经过了严格意义上的重阳节。时间已经向前流转，我已经错过了节日才有资格放纵的机会。我固执地认为，如果这时我接着睡觉，我家林杉现在也会顺顺当当地继续读她的博士。但是，黑暗怂恿了我。在黑暗中，我用手战战兢兢地抚摩自己瘦骨嶙峋的肋条，突然就感觉到了安全，它们隐匿在黑暗里，好像被保护了起来。我从床上摸索着起来时，打碎了那把陪了我一整天的酒壶，残存的酒气洇进我张开的毛孔里。

我从自己的屋里出来，许许多多的回忆都等候在漆黑的夜色里，一下子就包围了我。我想起了自己恋爱的时光，想起第一次和女人做成好事的那一刻，还有那个唱青衣的女子，每次上床前都要求我先拉一段胡琴……夜晚的寒露和回忆一同给我的身体注入了水分，令我所有的器官都灵活起来，以至当我经过剧团澡堂时，耳朵敏锐地捕捉到了里面传出的那种声音。那种像是生病的声音，立刻加重了我的灼烧。我知道这声音是那个看澡堂的女人发出来的。她是一个粗鲁的中年妇女，肥胖不堪，挤在澡堂的门框里，任何一个逃票的人都休想闯过去。但是，就是这样的一个女人，在那一刻都令我觉出了可人。我走在黑暗里，四周都是壅塞着的，像是被这个肥胖女人的身子挤在了门框里。那种绵软的挤压令我的骨头发出咯咯的响声。那一刻，我家林杉也行走在黑暗里。

我们剧团的四周布满了那种叫作“洗头店”的小房子，有关里面营生的消息早已经灌满了我的耳朵。步入老年后，我所有的器官似乎都变成了鼻子，我靠嗅觉活着，看到的、听到的、摸到的，最后都会变成一种味道，直接扑到我的肚子里，然后成为温度。这些洗头店的消息也成了气息，对我构成了温度，并且在今夜如火如荼。我对那里一直心存幻想。我已经有将近二十年的时间没有触摸过女人的身子了，我几乎已经要忘记她们究竟是什么模样了，我幻想着在洗头店里重温她们。但我对自己的身体没有把握，我不知道那种对于我而言的灼烧还能不能对女人有效。我佝着背在黑暗里摸去的方向，也许还不完全和胯下有关，我想要重温的，也许不光是女人的身子。这么说，我的目标就似乎不是那么明确了。我是在将要迈进那家洗头店时产生了这样的疑惑——我究竟想得到什么呢？但是已经不由我多想了，那扇贴着玻璃纸的门一下子被拉开了，一个胸脯鼓鼓的女孩子伸手就把我拽了进去。我脑子晕晕的，只看到是自己的左腿先跨进了那道门槛。后来这条左腿就被卷进了车轮子下面，谁能说这不是报应呢？

我被女孩子安置在一张破烂的椅子上，她笑嘻嘻地问我先洗头还是直接进去按摩。她说的“进去”是指一面布帘的后面，从那里扑出的一种味道令我一下子变得六神无主了。我嗫嚅着跟她讲，我洗头，我都八十岁了还进去做什么。我不知道为什么要跟她讲自己的年纪，而且我也只是七十岁刚刚出头，可是为什么我要夸大其词呢？她依旧笑嘻嘻的，说八十岁才要过老神仙的日子呢。我觉得她有些傻兮兮的，不知道怎么再跟她讲了，僵硬地坐在椅子上，从镜子里看她把我的头抱进了怀里。这时候我发现，我所要求的“洗头”有多可笑了，我的脑袋上已经没有几根头发了。随后，我被她带进了那面布帘的后面。我想，一定就是这一刻，我家林杉把那位女校工推下了楼。

我的心里就是在那一刻充满了不祥的忐忑，羞耻像刀子一样砍进了身子，齐刷刷地斩去了里面残存的所有欲望。我把裤子拎回腰上，我说我都八十岁了，除了洗头我还能做啥？她居然对我说："你有老年优待证我就可以给你打折扣。"说着又不依不饶地贴过来。我慌了，两只手死死地攥住裤腰，说我不要她优待，多少钱给她好了。她果真就把手伸进了我的裤兜，从里面扯出了我的钱夹。我的两只手被固定在裤腰上，一松开，就会暴露出来，所以只好夹紧膝盖缩成一团，眼睁睁地看着她从我的钱夹里往外扯出三张一百元的钞票。我根本没有感到心疼，因为我的心已经乱成了一团麻，说不出的恐慌夹在烦躁当中，令我只想快一些逃出去。

我像一条丧家的老狗一样跑回了自己的窝，蜷缩在床上，簌簌发抖，惊恐不安地等待着某种灾难的到来。

第二天，我家林杉就被公安局带走了，说她把学校里的一个女校工从正在施工的楼上推了下去。家里立刻陷入悲惨的气氛当中。我女儿从早到晚哭哭啼啼地问为什么，为什么，为什么会这样。她不能理解自己读博士的女儿怎么会在一夜之间成了杀人犯。这也是全家人的疑问，大家如此悲伤，似乎都是因为不了解，好像如果有个足够的理由，林杉杀了人他们就不会痛苦。只有我不作声，只躲在阴影中，偷偷地用鼻子嗅着他们不住口的追问。我在想，既然我这样一个老家伙都可以跑去嫖娼，林杉为啥就不可以去杀人呢？这同样都是不可理喻的事情，冥冥之中它们互为因果，根本就不需要理由的。我无限相信自己的感觉，认为自己令人发指的荒唐就是导致我家林杉杀人的根本原因。

我真正地体会到了衰老，已经没有丝毫的力气用来伤心了。有时候我企图调动起一点儿情绪来让自己痛恨自己，哪怕只有很微弱的一点感觉都好，但是我还是做不到。我已经成了一具空空的壳，连情绪都不听我指挥了。直到那一天，张老出现在了我的面前，给出了我家林杉杀人的理由，我才放声大哭起来。我哭得那个凶啊，好像把一辈子积攒的眼泪都哭了出来。我不在乎别人怎么看我，即使我知道，自己哭得像一条呜咽的老狗。

张老有着和我相同的年纪，但是我被人叫作“老张”，他被人叫作“张老”。他完全有理由被称为“张老”，他是大学问家，不然也做不成博士的导师啊。我家林杉就是他的学生，所以他能够给出我家林杉杀人的原因。

那天下午，我坐在轮椅上，在医院的草坪上晒太阳。我远远地就看到他缓慢地从明亮的光里走向我，一种类似樟脑的陈旧又亲切的气味由远而近。那样的情景很缥缈，一个银发的老头，一身灰色的布衣，一柄桃木手杖，像神话里的人，即使脚步蹒跚，也有种让人敬重的风度。他在我面前的石凳上坐下，告诉我他叫张君励。他说：“你是林杉的外公吧？我今天是特地来找你的，希望你有耐心听完我下面要讲的话。这些话我本来是要讲给林杉父母的，他们当然也有权利知道事情的真相。但是昨天夜里我突然改变了主意，我想，也许把一切讲给一位同我一样老迈的人，他更能做出真实的判断。我这么做，不是为了博得同情和宽容，我只是想得到最恰当的判决，哪怕它是最严厉的。”

他的话让我在阳光下发冷，但我没有力气表达异议。他其实也没有打算征求我的意见，二目半睁半闭，声音细微地自说自话，嘴巴里专心地咬着每一个字，像是咬着肺腑里的每一段肠子——

下　篇

我被人称作“张老”已经很多年了，自从我又可以站在讲台上，他们就这么称呼我了。其实那时候我还不到五十岁。他们认为我是研究唐代诗歌的权威，尤其是对李商隐的研究，在国内已经无出其右。李商隐你应该知道的，就是那位写“相见时难别亦难”的唐代诗人，他的有些诗常被用在戏文里，你是京剧团的琴师，应该不会陌生。你看，我又扯到了李商隐，习惯了，请原谅吧，我们都老了，很多毛病已经长在了骨头上，改不掉了。

我已经快八十岁了，成了名副其实的“张老”，这个称呼伴随了我三十多年的时间，它是一种荣誉吗？现在我也说不清楚了。林杉是我带的最后一名学生，她来得太晚了。她应该在我三十岁之前出现，而不是在我垂暮之年。你的确有一个相当出色的外孙女。林杉有着很独特的精神气质，天生就具备某种诗性，非常贴近义山的诗意（哦，义山是李商隐的字），有着透明的虚无。这种透明的虚无是我所钟爱的，我的一生都浸沉其中。所以当我第一眼看到林杉，就有一种被光灼伤的心悸和紧张。这种感觉，我只有在吟诵义山的那首伟大的《锦瑟》时才会有：锦瑟无端五十弦，一弦一柱思华年……你看，我又离题了。

我也可以感觉到林杉对我的爱戴。你听出来了吗？我用“爱戴”，但没有力量使用“爱”这个字。我和你一样，已经丧失了那种明朗的勇气，也许我从来就不具备率真和果决的气质，年轻时不具备，到了老年，被“张老”定义后，就更加不具备了。

那一次，林杉要求我写一幅字给她，提起笔来，我不由自主地就写下了“锦瑟”二字。我知道，这首诗也是令林杉非常着迷的。但她却阻止了我，用一只手拉住我的袖口，声音低低地说：“老师，我要你写那首‘昨夜星辰昨夜风’。”我回过头看她，发现她的神态像喝醉了酒一样地漫漶，双眼迷离，两颊微酡。那是一个午后，阳光正打在她的脸上，犹如被一面同样明亮的镜子反射过来，一下子就刺痛了我的眼睛。你知道，林杉要我写的这首诗，是义山非常有名的一首情诗，其中有两句你一定不陌生——身无彩凤双飞翼，心有灵犀一点通。这之前，林杉虽然明显地对我表现出了某种眷恋，但从来没有像那天这样直白过。她不知需要鼓足多少勇气，才敢于如此清晰地向我示意。后来我才知道，她果然是喝了酒的。她把酒藏在包里，趁我展纸研墨的时候，偷偷地在我身后大口大口地灌进了自己的肚子。这样的举动，本身就具有烈日的特质。在那个光明的午后，我这样一个老朽，突然被如此众多的光明的事物包围住，一瞬间就有了炽热的眩晕，两眼也像是被强烈的光线刺盲了一样，在短时间里失去了方向感。我感觉自己被林杉从身后拥抱住，她的两只手从我的腋下穿过来，紧紧地揽住我，头贴在我的背后，反复厮磨。我身上所有的血突然都涌向了同一个地方。这种身体上的反应令我惊恐，就像一个成年人在某天夜里不可思议地尿床了一样。我哆嗦着去掰林杉揽在我胸前的双手。但她的十指非常地执拗，我根本无法掰开它们。她那么年轻，我们的力量根本形成不了对比。我只有把身子向下缩，因为直立着，那里就明显地微微凸起一块，令我无地自容。这样的状况就有些滑稽了，我像一个顽童般地要滑到地上去，林杉就只好不遗余力地从身后架住我，阻止我的下坠。这样僵持了一段，林杉终于失去了信心，小心翼翼地松开我，然后一言不发地走掉了。我喘息着瘫倒在地板上，心像被烈日暴晒过一样裂出许多的皱褶。

你相信吗？我就相信，每个人的身体里都隐匿着另外一条命，更多的时候，它以鬼的面目跳出你的身体，驱赶着你掉到一个又一个黑暗的洞穴里。年轻的时候，我曾经历过女人，那是我这辈子唯一经历过的女人。那时候，我在一座林场，当地的一对中年夫妻给予了我人类最朴素的关怀。但我身体里的那个鬼却跳出来，把黑暗中最弥足珍贵的这点微弱光芒也掐灭了。那是最困难的时期，饥饿死死地扼住每个人的喉咙，只给人留下一口气，从嗓子里嘶嘶啦啦地呼进呼出。你应该有这样的记忆，你知道，饥饿能够让人的呼吸都变成一件痛苦的事，仿佛空气都成了刀子，吸进身体里会锐利地刮割你的肺腑。那天夜里，我东摇西歪地走向那对夫妻的家。我已经饿过了头，脑子里都有了幻觉，觉得黑夜其实是被漫天的鸟翼遮住了太阳，我甚至都听到了无数只翅膀扇动时发出的喧哗。我已经很多次在这样的夜晚饥饿地走向他们家。这家的男主人经常会潜入林区里面，用一杆祖传的火枪猎取到一些食物。尽管林子里的动物也已经十分罕见了，但他凭借着高超的手段，总是能够带回些什么。这么做，当然是有很大风险的，一旦被抓住，他就有可能被送进监狱里。那些从林子里带回来的食物有多么珍贵，我想任何一个从饥饿年代走过的人都会懂的。但是，他们总是慷慨地分食给我，一次次把我从喧哗的幻觉中拉回这个世界。那天夜里，我从改造自己的地方摸出来，一步三晃地去赴他们赐予的盛宴。我在下午劳动时就得到了邀请，那家的大嫂悄悄地告诉我，大哥又进林子了。走到他们家门口时，我感觉自己已经剩下最后一口力气了。我几乎是扑倒在那扇门上。门却是虚掩着的，我踉跄着冲进去，眼睛立刻被强烈的白光灼伤了。那光来自一具女人的身体，她在无尽的黑暗里发散出无尽的亮。大嫂赤裸着立在一口木盆里，浑身的水渍在我眼里就成了席卷而来的大水。一切都被放大了，饥饿已经促成了谵妄，它挤出了我身体里所有的本能，并且在这一刻，无限地放大。我不知道自己怎么会做出这样的事情，我绝不想开脱自己，但是我真的只能把一切归咎于饥饿。饥饿的时候，人只是肉体的。当我被一声响亮的撞门声唤回到现实中，我发现自己竟然压在那女人赤裸的身子上。男主人一身寒气地立在我的面前，一杆火枪威武地扛在肩上，枪筒上挂着一只无比丑陋的瘦弱的野鸡。我真的没有感到恐惧，我像一个濒死的人，安静地望向他，望向他，等待着他的枪口指向我的头颅。但是，他没有对我进行任何暴力的惩罚，只是凝视着我，目光里充满了怜悯。这怜悯是何其深切，像子弹一样地穿透了我，推涌着我从虽生尤死的肉体中复活。我从他的目光中逃离出来，虚弱地跑进黑暗的夜，像一个贼。风吹草动，我的耳朵里、心里，响彻了那首《锦瑟》的词句……我是如此地，空虚。从此，我再也没有触摸过女人的身体，并且，对自己的身体也充满了警惕。

你看，我为什么会跟你讲这些呢？这些我从来没有对第二个人讲过，对林杉都没有，但是现在却对你讲了。我想，任何事情都应该是有因果的吧？你听完我所有的话，也许就不会觉得我啰唆了。

还是回到林杉吧。我已经到了垂暮之年，生命已经残弱暗淡，本来以为已经剥去了生命所有的限制，却在那个午后，被自己身体里奇迹般涌出的欲望吓坏了。如果没有肉体的参与，也许我会毫无顾忌地接纳林杉。但是肉体曾经深刻地戕害过我，使我在壮年时就刻意地去规避它，更何况如今，我不仅已经气血衰竭，还被那些大而无当的荣誉覆盖着，我已经丧失了正确地使用自己身体的能力了。我很惭愧，义山一生经历过酣畅淋漓的磨损，甚至敢于和女道士相恋，才有了一唱三叹的抒发，而我，却一辈子没有真正意义上拥有过女人。林杉的到来，给了我最后的机会，但是我已经耳聋目瞑。爱，不仅需要心灵，还需要有体力啊，从某种角度讲，它甚至更关乎肉体。是的，肉体，这才是所有问题的根源，我也许夸大了精神层面的东西，这不是我来见你的目的。我来见你，是要实话实说的。可是你看，我还是不由自主地伪饰了自己。我要对你说的就是肉体，甚至我应该更直白地告诉你，林杉杀人，完全是因为我——一个老年人的性欲问题！

你在发抖吗？请你一定不要动怒，允许我把事情讲完。我今天来见你，已经做好了被你——一个老人——唾弃的准备。我拒绝了林杉，哦，其实应该是我的身体在排斥她。她是如此锦绣的一个女孩子，像义山的诗句一样，朴素而又华丽，对于一个老人来讲，她几乎是不可逼近的。她对我形成的压迫更甚于诱惑。她虽然唤起了我的身体，但我的欲望却无力指向她。这样，后来发生的一切就成了宿命。一天中午，我坐在椅子上睡着了。睡梦中我吟诵着《锦瑟》，这几乎已经成为一个标记，每当我的命运发生重要转变的时候，这首诗就会回响起来。我从梦中跌落，摔倒在地板上。我的左腿摔坏了，喏，就像现在的你一样，被送进医院里。就这样，那个女人出现在我的生活里了。

她叫秦美，是学校派来护理我的，四十多岁的年纪，有着非常健康的身体。她的丈夫我见过，是学校车队的师傅，两年前出车祸，和车上的一位副校长一同死掉了。当时秦美好像是下岗了，一个人抚养正在读大学的儿子，学校照顾她，就让她做了校工。秦美对我护理得相当好，我很快就出院了。但是我的左腿还没有痊愈，于是她就自然而然地跟到家里去照顾我。我说过，秦美有着非常健康的身体，我所说的“健康”，是指中年女人那种独特的丰硕和饱满。尤其她的臀部，总是让我无端地担忧。我总感觉她裤子的缝合处会突然间绷裂。我也不知道自己为什么会对她的身体这么留意。也许是腿上的伤让我对肉体的意识空前地苏醒过来，也许这与先前林杉已经对我形成的诱惑有关，总之，我身体里的欲望居然可耻地在自己的老年泛滥起来。我非常羞愧，一个被称作“张老”的人，却陷入了对于女人屁股的担忧之中。这样迟早是要出事情的。终于在那一天，我身体里那个鬼又一次跳了出来。可是这一次我不再能够得到悲悯的宽恕，那个鬼直接葬送了林杉，并且永远不会再给我获得救赎的机会。

那时候正是盛夏，我用不惯空调，所以天天需要冲凉。秦美会伺候着我进到浴室里，等我洗完后，再进来架我出去。但是那一天，我刚刚泡在浴盆里，她却进来了。她对我说："先生，我来帮帮你吧。"说着就很自然地过来替我撩水。起初我还是很平静的。人老了，就是这样奇怪，有时候对自己的身体非常紧张，有时候却又非常松弛。但是当她的手抚弄到我的那个部位时，我的脑子一下子就紊乱了。我的耳朵里刹那间布满了那种不祥的鸟翼之声。我衰老的身体在柔美如林杉这样的女子面前充满了卑下，只有在秦美这样非常具体地拥有着肉身的女人面前，才坦然地昂扬了。是她，令我有生以来第一次品尝到了身体的快乐，品尝到了诗歌以外那种同样能够使人自由坠落的空虚。

只有这一次，其后不久，秦美就离开了我，继续回到校园里维护花木了。但是，这仅有的一次就足以使我怅惘。我的左腿已经恢复，我常常会走到窗前，出神地向外张望。因为，有时候我可以看到秦美在我房子不远处的那个花坛侍弄花木。看到她，我就会温暖。

如果事情就到此为止，那该多好。但是秋天的时候，秦美走进了我的房间，带着泥土和花木的气味，带着巨大的影子。她十分坦率地告诉我说："先生，我们应当结婚。"并且从衣兜里掏出了那块手帕，作为"应当"的注释。我的喜悦一瞬间消散，我看到了混世的阴谋和卑劣的诡计。也许她有足够的理由这么做，她很艰难，收入微薄，还要供养正在读书的儿子，并且转瞬间也会苍老。但是，她不应该把这一切指向一个老人。我的愤怒在当天夜里却平息了。因为我在黑暗中突然看到了一双充满了怜悯的眼睛，它凝视着我，深切地凝视着我，整个世界都为之发出了集体的叹息。我做出了决定，和这个女人结婚。直到现在，我也不认为自己的这个决定是错误的。我最大的错误，是不应该把这个决定告诉林杉。林杉在听完我的决定后，瞳孔一下子就放大了。她一言不发地听我讲了上面我对你讲的这些话，然后泪流满面地离开了。

林杉在清晨就出现在我面前。她穿着一身白色的衣服，手里还捧着一壶酒。她说："老师，今天是重阳日，我来陪你过节。"我根本没有料到，她已经约好了秦美在那天夜里见面，说是要跟她谈关于我们的事情。她把地点定在了那栋正在施工的图书馆。秦美真是蠢啊，居然会跟着她爬向七楼。我们整整喝了一天的酒。那壶酒似乎永远也倒不完。我们是平滑地进入了醉意。朦胧之中，我的手被林杉握住，一点儿一点儿伸进了她的衣内。她芬芳的脸紧紧地贴在我的脸上，在我的耳边呢喃着说："老师，女人的身体都是一样的，身体只是身体……"我真的是醉了，唯一记得的是，那天夜里，我吟诵了那首《锦瑟》：

锦瑟无端五十弦，一弦一柱思华年。
庄生晓梦迷蝴蝶，望帝春心托杜鹃。
沧海月明珠有泪，蓝田日暖玉生烟。
此情可待成追忆，只是当时已惘然。

天色微亮的时候，我被一个男人发出的惊骇的叫声惊醒。法学院一位年轻教师晨练的时候，被脚下的什么东西绊倒了，用手一摸，摸了一手的脑浆。接下去就是响彻校园的警笛声了，凄厉、纷乱，犹如鸟翼扇动时发出的喧哗。一名让人看不出年龄的警察敲开了我的门。他有着一张沉郁的脸，并且脸色青灰，令人过目难忘。他自我介绍说自己姓吴。他在我的对面坐下，开始讯问有关秦美的事情。当然是没有所指的，我听得出，他只是例行公事，因为秦美在刚刚过去的那个夏天是终日与我为伴的。但是一听到他的嘴里说出“秦美”这两个字，我的腋下就渗出汗来。我感到有什么东西正从自己的指缝中滑出去，流失掉，无可挽回地奔涌而去。我们没有交谈几句就被打断了。又一名警察闯进来，兴奋地对姓吴的警察说：“已经抓到了，你绝对想不到，居然是一个女博士生，是她自己投案的。”我的脑子里一片空白，恍然地看着地板上一些亮晶晶的碎片——它们源于一把打碎的细瓷酒壶。姓吴的警察临走时留下一张名片给我，并且对我说他十分喜欢李商隐的诗，希望有机会能够来请教一些问题。

学校里充满了各种猜测，他们都在分析林杉杀人的动机。但是这里面实在缺乏合理的逻辑，一个如花般美丽的女博士生，纵是有一万种可能，也似乎不足以构成她杀一个普通女校工的理由啊。当然也有联想到我的，因为毕竟这两个人，一个是我的女弟子，一个曾经照料过我。但我“张老”的称谓对他们的想象力构成了阻碍，他们也只能把一切定格在“偶然”这样的层面上。校领导甚至登门来慰问我，怕我在这件事上受到什么刺激，影响了身体的健康。从他们的嘴里我得知，警方也没有获得合理的动机，林杉被抓进去后，就变成了一个哑巴。但是证据非常充分——正在施工的大楼里很容易留下痕迹，林杉的脚印赫然在目。这样一来，林杉似乎已经注定会被定罪了。我想，只有我可以救她了。

我按着那张名片找到了姓吴的警察。他如约在一个傍晚走进了我的房子。我平静地对他说了自己和秦美的关系，说她借此要挟我，于是我杀了她。姓吴的警察同样平静地听完了我的话，然后用一双非常严酷的眼睛盯住我。我知道，这一定是他惯用的手法——坚定地与对手凝视，直到对方的眼睛开始躲闪。但是他选错了对象，他一定很少遇到过快八十岁的罪犯，他不该和一个老人对视。这一点你一定会赞同的，我相信，你也一定不会惧怕看着别人的眼睛。没有一个老人的眼睛会是软弱的，如果他们决定要凝望出去，那目光就会是用整个岁月炼就的。我们就这样对视着，足足有十多分钟。这十多分钟里，整个世界在我眼中无限扩张然后无限收缩，最后变得空无一物。他终于认识到了自己的失败，站起来点了一支烟。然后他对我说："我们出去走走吧。"我以为他已经决定对我采取行动了，只是出于对一个老人的尊重，才使用了"走走"这样的词。

我们走出了房间，但是他却没有向那辆停在我门前的警车走去，而是向着相反的方向。我不安地问他："怎么，你还是不相信我的话？"他面无表情地说："我相信，我们从秦美的口袋里找到了那块手帕。"尽管我已经作出了替林杉顶罪的决定，而且那也是我迫切想要的，但是听到这个消息，还是禁不住微微战栗起来。我一下子变得心烦意乱，一切都理不出头绪来了，只是茫然地跟在他的后面。直到走到那栋正在施工的大楼前，我才有所醒悟。他一言不发地走进了大楼，自顾沿着楼梯向上走去。我跟在他的背后，一级台阶一级台阶地向上爬。四面通风的大楼里洒满了夕阳的余晖，也灌满了秋天的风。我佝偻着身子，边爬边幻想着那天夜里的情景：两个女人如夜晚绽放的昙花，她们也是这样拾级而上，最后终于抵达了死亡。我的眼泪突然夺眶而出。因为我终于发现自己已经面临了失败。我的身体再一次背叛了我，那个鬼，他不允许我救赎自己——我真的是老了，已经根本无力爬上七层的高楼了。当我已经用尽了所有的气力，甚至把命压上后，我发现只是攀上了四楼。我的生命只能抵达这样一个高度了，七楼，那个死亡之地，却荒谬地超出了我生命的范围。

姓吴的警察和我一起坐在四楼满是灰尘的楼梯上，他安静地抽着烟，安静地看着我像一条苟延残喘的老狗那样泣不成声。他的目的达到了，他用这种方法戳穿了我的谎言。我是被他背回去的，他把我放在了床上，临走时居然轻声背诵了两句义山的诗：天意怜幽草，人间重晚晴。

哦，你为什么也流泪了？这不是我来见你的目的，我不是想要博得你的原谅。我只是想把这把老骨头抛掉，只有死亡才针对身体，就像这夕阳，这空虚的光，针对我们。

被远方退回的一封信

那么多我以为已经忘掉的事
带着更奇异的痛楚又回到心间：
——像那些信件，循着地址而来，
收信的人却在多年前就已离开。

——拉金

一

师范学校在沽北镇，沽北镇在沽河边。秋天的雾来到沽北镇，沽河上下像一个通体朦胧的容器，贮满了过去乃至未来时光的水分、空气和尘埃。沽北镇的尘埃比其他地方多，一条狗跑过去，黄尘都要跟着跑上一阵。

正午的时候，十七个年轻人在小镇的火车站下了火车，步行五公里，从朦胧里走来，一路踢踏出滚滚的黄尘，像一支虚张声势的大部队。

一群新到的师范教师走在沽北镇的街上，当然是一件大事。摆在街道两旁的凉粉摊、肉摊、布匹摊、菜摊，还有挂摊，发生了片刻的骚乱。沽北镇的人被这群灰头土脸却又趾高气扬的年轻人吸引住啦。市声倏忽敛住，仿佛被一双大手拎了起来，又陡然撒手，将攥紧的喧哗一把松开。这种动静，令年轻的教师们颇感有趣。他们认为，是自己队列中那个戴黑墨眼镜的家伙造成了这样的局面——他不仅戴着黑墨眼镜，还穿着西装，打着一根火红的领带。这个招摇过市的人物，是未来的美术教师小虞。

一干新人被安置在师范学校操场边的一排平房里。一排平房，不多不少，正好十七间。是专门为他们的到来配套搭建的吗？又不像。房子的外墙用和着麦衣的黄土垒就，金灿灿的，但内里，乌漆墨黑、烟熏火燎，显然不是一两天酿成的。那么就是凑巧了，十七对十七，这里面暗含了哪种玄秘的因果呢？平房的后墙外是铁路，路基高于学校，从操场上展望过去，火车宛如悬浮于空中。当天夜里，未来的语文教师小宋上了趟厕所，回屋时恍惚间扫视了一眼十七间亮着灯光的平房，便觉得自己是面对着一列夜行火车的十七节车厢。这个比附令小宋一阵激动，恨不得立即将大家召集起来，当众指认一番。

第二天早起，大家在房门外蹲成一条线，就着脸盆洗漱。小宋激动依然，大声宣布道："知道吗，咱们的宿舍像一列火车！"

无人响应他的激动。大家都有些莫名的消极。这队人马，尽管只有小虞戴黑墨眼镜，穿西装打火红的领带，但每个人的内心，也都是颇为洋气的。不是吗？毕竟他们都读了大学，是时代的骄子。可十多颗洋气的心，如今被扔在了沽北镇漫天的黄土里。

也真是漫天的黄土。未来的化学女教师小范，此刻便对着自己的脸盆呆愣起来。那盆水，刚刚还可见底，但小范她洗了把脸，水就成了黄色的。小范记得昨夜是洗漱干净了的，难道，一夜之间，自己便蒙尘如斯？

可不就是一夜之间！

小范感到自己想哭，扭身回了房子，将那盆黄色的水遗弃在外面，像是一个控诉。

地动山摇，一列火车呼啸而过。大家集体仰望，感觉那压在头顶疾驰而过的火车仿佛碾压在了他们年轻的神经上。连小宋心中那微不足道的关于车厢的诗意，都在顷刻间荡然无存。

宛如一套组合拳，火车过后，更多的打击接踵而至。其中最为凶狠的一拳，是关于纪律——当然是纪律，除了森严的纪律，还有什么更加令一群年轻人的心疼痛？学校组织了欢迎大会，但主旨，却是向十七个新人宣布纪律。校长是一个墙皮一般黄灿灿的、像土里长出来的人。在他的授意下，教导主任——另一个土里长出来的黄灿灿的人，一、二、三、四地罗列：禁止与学生发生纠葛，禁止不备课，禁止迟到早退……

大家都听明白了，用目光心照不宣地交流。其实，诸般禁忌，唯有第一条事关重大——禁止与学生发生纠葛。什么样的纠葛呢？真是暧昧，莫不是和学生拳脚相向，打作一团？怎么会！谁都清楚此间含义。未来的男教师们就去打量未来的女教师们。女教师们正襟危坐。小范依然纠结在清晨的那盆水中，是怅然若失的神情，仿佛在用自己的专业知识分析着那盆水经历了怎样的化学反应。这个核心的禁忌，只能意会，不可言传。为了强调出纪律的严肃性，教导主任唯有在其他律令上严厉规定，将迟到早退这些事情格外夸大，似乎触犯了，便无可饶恕。可不是吗？这些鸡毛蒜皮的规矩都如是重大，那个核心的禁忌，大家就自己掂量好了。就好比做次贼都要枪毙，杀了人会如何，还需要说明吗？

气氛有些凝重了。当然，这是防患于未然。但那个莫须有的禁忌，还是令年轻人感到了刺激。这刺激又被疾言厉色地警告着，所以便凝重了。

会议室的门突然洞开。一个姑娘施施然进来，花衣裳、大辫子，气定神闲。姑娘环视一圈，亮起嗓子叫："刘双喜！刘双喜！"

年轻的人们面面相觑，然后拭目以待，看哪位应声而起，成为一个刘双喜。孰料，一下子站起来三两位老教师，一言不发地围过去，簇拥着将姑娘请了出去。姑娘也配合，不过是出门前又回头响亮地叫了两声："刘双喜！刘双喜！"

小虞嗬地笑了，把自己胸前火红的领带捏在手里，抖个不停。

大家以为对此会有个说明，但是没有。没有人替大家解释，这个倏忽来去的"刘双喜"是怎么一回事。还在错愕间，新人们便被率领着去熟悉校园了。公允地说，在那个年代，在沽北镇这个背景下，校园还算堂皇。教学楼、宿舍楼、小石桥、东边的花园、西边的树林。

学生们果然需要提防，那些女生，个个朝气勃发，头从窗口探出来，迎风吃土，观望着自己的新老师们。未来的数学教师小汪抬头仰望，自觉不能看得分明，便摘了眼镜，擦一擦，重新戴好，扶正，仔细凝视那一张张兴奋的脸。这招来了女学生们的哄笑。教导主任重重地咳嗽一声，以示告诫。

"刘双喜！刘双喜！"

又来了。那个姑娘旁若无人地闪出来，穿过参观的新人，顾自四下里放声呼唤。戴黑墨眼镜的小虞更加敏感一些，拉住身旁的一位前辈问："她是谁？在找谁？"

前辈愣了一下，继而羞涩地摇摇头，一脸讳莫如深的样子。

就此，时间开始了。开始了吗？新人们又觉得时间是停滞了，凝固了，出了故障，不动了。

大家很快对一切都熟悉起来，一切在大家眼里却都愈发含混不清。教物理的小孙始终分不清镇上卖蒜的刘二与骟驴的吴七。教生物的小张对四处可见的柿子树感到迷惑。柿子树大都冠盖如云，绿荫匝地，即使小张有心为它们编了号，也常常发生混淆——当他依照内心的序列按图索骥来到某棵柿子树下时，往往发现自己仍是迷了路，本来要去火车站，却来到了邮局。这种状况，不怪柿子树，怪小张。沽北镇的路其实平直畅通，是小张自己，一厢情愿地沉溺在他的专业里。小张对柿子树太着迷啦。用不了很久，他就知道了哪一棵枝杈平斜，能让他躺上去；哪一棵腰身粗壮，令他无从攀爬。一来二往，反而忽略了其他的常识，天不辨冷暖，路不分东西。所以本来要去火车站，结果却到了邮局。

说到邮局，那可是新人们的一个重要去处。报到的当天夜里，十七封书信便在那排火车车厢般的平房内生产了出来。第二天接受完入学教育，不约而同，大家就在去往邮局的路上相遇了。就像每个人都成了一封信，被某种力量所指派，前进在被投递的路途上。

信丢在了邮筒里，人的心居然会随之发出咣当一声，一下子便仿佛失去了依托，没有了底气。于是就开始了等待。等那咣当一声再回来，重新给自己添力。也有等不回来的。教政治的小莫就陷入了杳无回音的境地。信的收发都需要他们前往邮局亲自办理，小莫往来的次数最多，每一次都是“有去无回”。所以小莫便越来越落寞。小张比较关心小莫，一个周日，他躺在邮局前的树杈上招呼小莫：“上来躺会儿？”

小莫索然地望他一眼，低了头，走自己的路了。

二

一个寒暑过后，新人们成了旧人。

尽管大家仍是难以明白，沽北镇周边几百顷几百顷的麦子齐刷刷绿了，又齐刷刷黄了之后，是怎样在一夜之间又齐刷刷地倒伏在地——大家当然知道这是怎么回事，但这种风驰电掣的速度，还是让人心生疑窦。

尤其是美术教师小虞，当他透过自己的黑墨眼镜观察一切时，沽北镇便在他的眼里发生了小小的错乱。他一度相信，麦地的底部会有一架精密的仪器，至少也是几组性能良好的滑轮，而耕作其上的农民，在他的眼里，被固执地看作了采矿的苦力。小虞将这样的场面描绘在了画布上，送去参加美展。参展无果，但这样的画面，打动了教化学的小范。小范跟着小虞去采风。他们来到农家，农家妇女擀面条招待两位教师：擀好的面就地铺展，晾晒在扫净的黄土地上。小虞吃下这样的面条，觉得自己吃下了黄土中的力气。沽北的黄土里埋着用不完的力气——麦子收完后又是一茬玉米，而且是豆角洋芋套种，如此这般，作物都能保持茂密的态势。一想到这些，小虞就觉得浑身来劲儿。小范怎么想，他却并不知道。

原来小范和小虞的感受不同。吃过几次黄土，小范就不再跟着小虞采风了。小范开始出没于音乐教师老杨的宿舍。老杨五十多岁了，据说刚刚平反出狱不久。从老杨弹奏的曲子当中，年轻的人们都相信，在他那架脚踏风琴的旋律里，一定藏着长袍和礼帽，藏着花前与月下。老杨把老旧的音乐教材摊开，然后唱歌：

可怜的秋香，暖和的太阳他记得：
照过金姐的脸，照过银姐的衣裳，
也照过幼年时候的秋香。
金姐，有爸爸爱，银姐，有妈妈爱，
秋香，你的爸爸呢？你的妈妈呢？

哦。真令人神伤。唱歌时的老杨，细长的布满皱褶的脖子，让人想到一根拼命疯长的丝瓜。小范被老杨的歌声俘获，小虞就只有形单影只地浪迹乡间了。

语文教师小宋喜欢将学生带到沽河边去朗诵。河面上总有男人背着缰绳，握着长篙在撑船。小宋这样启发自己的学生：“想一想，你们想一想，这些男人，会从河里打捞出什么来？”

“鱼！”

“烂泥！”

“花裤衩！”

“尸体！”

小宋在一片嬉笑中，郑重地指出：“不错，都很不错。不过，如果要我来想象，我会想，没准，他们能打捞出一本线装的书。”

学生们噤了声，被某种无法说明的感触吓住了。

不仅仅是小宋，在沽北镇，青年教师们都活在一股玄想的情绪里。生物教师小张在课堂上言之凿凿地宣讲：柿子树在某一天会结出碗大的太阳。英语女教师小林和校园里著名的女疯子要好起来。女疯子就是那位满世界寻觅“刘双喜”的姑娘。关于她的身世，大家还是不明就里，只听说她是这所学校数年前的学生。至于那个“刘双喜”，对不起，就更加无从知晓啦。教物理的小孙好奇心重一些，他被抽到校办帮了几天忙，于是趁机翻阅了教师花名册，结果也是一无所获。疯姑娘日复一日地穿行在几百人的校园里，青年教师们很快就习以为常了，熟视无睹，习焉不察，随着自己置身的这所学校沉浸在一个白日梦里。英语女教师小林，本身就是一个孤僻的人，所以，当大家发现某一天小林和疯姑娘并肩而行时，也没有感到太大的诧异。

“刘双喜！刘双喜！”

疯姑娘依旧喊。她喊的时候，小林就警觉地替她四处张望。因此，这个时候被小林看上一眼是很可怕的。被看的人会张皇失措，骤然觉得自己摇身一变，成了一个刘双喜。教地理的小赵一直在暗恋小林，看到小林与一个疯子为伍，内心不免忧愁。小赵怨怼地向大家说：“沽北镇是全世界黄土最厚的地方！”

鉴于他的情绪，大家不知道是不是该相信他。可这个论断毕竟是出自他这个专业人士之口，于是，大家便口口相传，随即还将这句话写在了书信里，作为一种抒发离愁别绪的凭据：

洁北镇是全世界黄土最厚的地方……

教政治的小莫想必也将这句话投递了出去，但收效甚微。他依然难以等到及时的回复。渐渐地，大家都有些为他着急了。有一天，躺在柿子树上的小张看到，小莫站在邮筒边将一张明信片塞了进去。这好像不值得大惊小怪，但小张却大惊小怪地跑回学校，向同伴们散布惊人的消息。

"我看到了，明信片是用血写的，是一封血书！"小张急迫地向大家说明。

"看清楚了？"小虞持怀疑的态度。这时候他已经不戴黑墨眼镜了，西装也换成了粗布的褂子，同样是标新立异，让自己看起来像是一个沽北镇上的人。

"没错，我在树上，一切尽收眼底！"小张信誓旦旦。

"什么颜色？血什么颜色？"

"血？——当然是红的喽……"

"写成血书，血就不是红的了，跟黑的差不了多少。"

"这个我当然知道！"小张有些张口结舌，"我解剖了那么多动物，我当然知道血是怎么回事。"

"那你确定看到的是血？"

"我确定！"

小虞就决定信任小张了。色彩小虞拿手，但毕竟教生物的小张，血见得比他多。

莫衷一是地说了半天，最后拿出来了一个方案：由小宋落实，以匿名的方式给小莫回一封信。小宋在这封信里写了什么呢？没有人知道。大家追问，他便含糊其词。唯一明朗的是，小虞却因为这封信而改变了命运。这封信由小虞负责异地投寄。

小虞在星期六的傍晚出发，被大家目送着去了火车站。小虞的家在兰城，坐火车需要五六个小时。本来，这段时间他并没有回家的打算，但借着这封信，他便顺道走了这么一趟。说好了星期天回来，结果星期天小虞却没有回来。由于小虞身负着投递那封信件的使命，大家便对小虞也牵挂起来。

小虞星期一的早晨才出现。他气喘吁吁地冲进正在召开晨会的办公室。七点四十五分，有什么好说的呢？他迟到了五分钟。这可是犯了天条。校长对此深恶痛绝。在校长眼里，准时到校是一切规矩的基础，是篱笆，是栅栏和安全阀，只有守住这个底线，其他的罪恶才能被避免。堡垒总是一点点被攻破的，只有防微杜渐，才能高枕无忧。所以校长要小题大做。他认为年轻人总是得寸进尺的，只有把他们镇压在“寸”的苗头里，才能守住那个致命的“尺”。

勿以恶小而为之，这也讲得过去。但处理的结果，还是让年轻的人们大为震惊：小虞将被扣除全学期的补助。

小虞倒很冷静。他轻微地喘着气，好像还没从赶路的状态下缓过劲来。

三

但是第二天小虞却失踪了。小虞留给大家的最后一个记忆是，前一天的黄昏，他凌空坐在墙外的路基上，将侧影对着操场上的人。他在那里坐了多久？没人留意掐算过。大家只是觉得，夕阳下飘浮的黄尘就要没住小虞的喉咙了。

起初校方认为小虞是在闹情绪，无组织无纪律，私自跑了，过两天便会回来。校长为此还颇为作难。小虞迟到了一次他便使出了霹雳手段，这令他的惩罚措施没有了弹性。校长不知道，旷工的小虞归来后，他该将如何下手。

这个难题很快不存在了。因为难题的制造者小虞，再也不回来了。

一周之后，校长坐不住了。他倒不是担忧小虞的安危，是担忧小虞这样旷日持久地破坏纪律，到头来只能令校方被动。总不能宰了他吧？校长决定派人去兰城一趟，把小虞请回来。至于请回来怎么处理，校长心里提前作了打算。他决定了：开除！教导主任带着两位老教师上路了，去兰城请一个注定要被他们赶走的人。

两天后三位使者回来了。那时小张被大家派在路上瞭望。大家也很挂念小虞，期望早些看到他归来的身影。小张坐在一棵柿子树上。这棵柿子树在镇上被视为树精，下方供台常设，香火经年不断，以致坐在树上的小张纵目四望，觉得远处沽河的流速都变得缓慢下来。小张于薄暮中，于烟雾和黄尘里，看到那三条人影从火车站的方向袅袅而来。一瞬间，小张感到了凄凉。他的内心毫无理由地确信：小虞，他们的这位信使，这位伙伴，再也不会回来了。事后，小张甚至因此谴责自己，好像是自己一刹那的感触诅咒了小虞的命运。

三位使者在兰城遍访了小虞的亲友，结果却劳而无功。小虞压根儿没有在兰城出现。他们的到来，反而惊动了小虞的父母。这下可好，人家向学校索要自己的儿子了。本来黄灿灿的校长，闻讯变得灰苍苍的了。当天夜里，一队人马便被集合起来。做什么？搜！

其实就是排查。排查哪里呢？河岸、枯井、偏远的树林，总之，一切关乎凶险的地方都成了目标。由此可以看出校长的忧思，他已经做出了最坏的打算。不至于吧？校长战战兢兢地想：为了一个学期的补助，这个小虞就会寻了短见？

大家也觉得不至于如此。小宋平时和小虞比较要好，他觉得小虞不会这么狭隘。那个戴黑墨眼镜、热衷在黄土里汲取力气的小虞，不是这样的人。但小虞究竟是个什么样的人呢？在这种局面下，小宋又不太有把握了。毕竟，他们也不算太熟。大家虽然读同一所大学，但却不是一个专业，读书的时候，彼此是连名字都不知道的。如果说有了友谊，这友谊也是来到沽北镇后才建立起来的，而且，还蒙着一层沽北镇的黄尘，显得有些虚无和轻飘。

小宋带了几名男学生潜至沽河边，专往一些死角里找。河面的宽阔之处，依然有人在夜间行船。一个男生旧事重提，于黑暗中沉声道：“宋老师，我觉得他们能从河里打捞出来一个虞老师。”

小宋一惊，就此成了一个认定小虞是葬身在水底的人。

小张带了几名男学生深入镇东头的那片树林里。这片树林长势惊人，密不透风，有森林一般的气势。平日里，少有人迹，即使像小张这样的树木爱好者，也绝少涉足其间。大家举着手电筒，钻进去没多深，陡然被一个叫声惊得魂飞魄散。

“刘双喜！”

叫声之下，有野禽在林子里扑翅乱飞。几道电光一阵缭乱地交错，最后齐齐锁定了目标。不错，还能有谁呢？疯姑娘惊喜地瞪着眼睛。而她的身边，是英语女教师小林。小林侧身躲避着手电筒的照射。小张不禁看得痴了。他那能给柿子树结出太阳的大脑，面对此情此景，也卡壳了。

教数学的小汪视力不济，被分配在校园里。他率众探索了校园里的几口枯井。枯井都有年头了，是建校之初的产物。小汪很负责，对每一口枯井查看得都很仔细，命令学生照着亮，自己将头探在井口，耐心地向里面喊话。喊什么呢？将近十天了，小虞即使在井里，即使一息尚存，也早该没了回话的力气。所以小汪的举动就像那个疯姑娘，不过是呼唤着一个永不应声的“刘双喜”。如是喊了几口井，没有喊出小虞，却喊出了其他的人。一声咳嗽之后，枯井旁的花丛中踱出两条身影。小汪摘了眼镜，擦一擦，戴上，扶正，凑过脸去，隐约认出点儿人影。老杨用手托着自己的头，像是怕那根丝瓜般的长脖子会折断似的。他的身后，躲躲闪闪，露出半个教化学的小范。

于是，这个夜里的行动没有找到任何有关小虞的蛛丝马迹，反倒让这所师范学校隐匿在黑暗中的诸多秘密呈现了出来。

从此，好像是分了责任田，大家各自锁定了自己的职责范围：河边、树林、枯井，有条不紊地各司其职。整个搜索行动持续了一月有余。其间范围一圈圈扩大，周边的村庄农舍也没有放过。上面还来了人，一个教育局的处长，驻校指导工作。

但是小虞踪影皆无。

最终，驻校的处长代表上级领导宣布：此项工作告一段落。这也难免，总不能为了一个小虞，让整个学校的教学都瘫痪掉吧？离校前，处长主持了表彰大会。是工作，总归要有总结，表彰大会将小宋、小张、小汪总结成了先进。大家都看到了，这三位先进都有些魂不守舍的样子。许是太劳累了吧？他们都显得有些委顿，乃至上台领奖时，恍恍惚惚，各自领错了奖状，小张领到了小宋的，小宋领到了小汪的，而小汪，当然领到的就是小张的了。就好像发生了一场微妙的动荡，错乱了，张冠李戴，将先进们混淆成没有面目的人了。

这个结局让校长松了一口气。起码，他没有因为小虞的失踪受到追究。而且，对小虞家人的安抚，也由上面来安排了。校长可以比较自信地说，这件事情的确与他处分小虞的措施无关。于是，小虞的失踪就正式成了一件莫名其妙的事。

校园里看起来趋于平静了，但私下里却暗流涌动。年轻的人们依然在探究着个中秘密。大家恍然记起，促使小虞在那个周末前往兰城的，是一封善意的匿名信。这封信，小虞他寄出了吗？这段日子小张投身在偏僻树林里的追索之中，疏于攀爬邮局前的那棵柿子树，因此无法确知小莫是否收到了那封用心良苦的信。大家观察了一番，小莫似乎依然陷在怅惘的等待之中。即使整个学校都在热火朝天地寻找小虞，小莫也是置若罔闻的。他每日依旧去两趟邮局，空空地去，空空地回，而且，脸色也越来越苍白了——不禁使人怀疑，莫非他将自己的血都用来写血书了，所以就有了贫血的病容。这就更让人无从下手了，总不能对着苍白的小莫发问：你收到过一封兰城来的匿名信吗？

大家就纠缠起小宋。小宋是那封信的执笔者，大家好奇起来：小宋在那封信里都写了些什么呢？没准儿，小虞在火车上就先睹为快了！这不是完全没有可能，小虞也像大家一样，都有着一颗年轻而好奇的心呀！那么，小虞的失踪，会不会和这封信的内容有关呢？怎么说呢？小宋可是个神神鬼鬼的家伙，说话行文，常有惊人之举。譬如，他会将那排平房比附成一列火车的车厢，他会将一只覆满土粒的蜗牛影射为生锈的车轮，如是等等。沽北镇在他的形容之下，就成了一块魔幻之地，搞得大家也常常跟着失魂落魄。小虞会不会是因为看了小宋谶语般的文字，才人间蒸发了呢？小宋被大家逼到了绝境，脸色也像小莫般苍白。他嗫嚅着说："没有，一个字都没有，那不过是一张空白的信纸。"

一张空白的信纸？为什么？小宋他不是被大家授命去写一封匿名信的吗？

"我不会写一封匿名信！"小宋抽泣起来，"那样我会感到羞耻！”

可大家是说好了的呀，我们要帮帮小莫。

“我想过了，一封空白的信，也许对小莫更有益，”小宋平静下来了，茫然地说，“没有什么比只字未有更能给人希望了。”

想一想也是。大家都沉默了，年轻的脸看上去都像一张张只字未有的白纸。

可是总该要有个缘由吧？大家又针对起小范。毕竟，小范一度和小虞形影不离，随着他田间地头地写生和吃土，结果后来又移情于唱民国歌曲的老杨了。这完全可以成为一个诱发悲剧的理由。小范应当是一个知情者。这么一想，大家便对她的置身事外感到了不满。小张一贯侠义，他除了爱爬树，还见惯了血，人就变得很爽气。小张直接就去盘问小范了。大家等着他能讨回一个答案，或者毋宁说是一个公道。小张去去就回来了，带回一个模棱两可的说法。

小范告诉小张：其实小虞有一个大学时代的恋人，这个恋人去了遥远的新疆。小虞一直在筹划着调动工作，可闹了许久，希望仍是渺茫。

“他一定是绝望了，所以干脆一走了之。我想，他一定是去新疆了。”

小范用肯定的口气下了她的判断。转述的小张说：“说的时候，她好像还挺难过的。好像倒是小虞抛弃了她一样。”

这个结论漏洞百出，实在经不起推敲。但究竟漏洞何在，哪里经不起推敲，大家又说不准。正在疑惑间，小范却和老杨偷袭般地结婚了。

四

又一个春天来到了沽北镇。清晨起来，大地安静，山川翠绿，让小宋几乎要相信这个春天是昨夜梦中那列驶过的火车运来的。一条蛹从小张的眼前爬过，像极了远处逶迤而来的火车的腰身。即使在视力不济的小汪那里，崖畔、沟壑也都突然变得分明起来。总之，年轻的人们情不自禁地搭上了某一节春天的车厢。

在这个春天里，接连发生了几件事情。首先，小范和老杨又偷袭般地离婚了。本来小范已经搬离了那排平房，随着老杨住进了宿舍楼，但在春天的一个清晨里，大家又看到了和自己并排蹲在门前洗漱的小范。她悄无声息地回来了，就像当初那样，面对着一盆浑浊的水发呆。老杨呢，也风采依然，照旧弹琴唱歌：

可怜的秋香，暖和的太阳他记得……

好像一切从未改变。

可改变是这样剧烈！接着，教英语的女教师小林去了加拿大，她居然带走了那个疯姑娘。这样一走就是三个人。另一个是谁呢？当然，是刘双喜。宛如一场高潮迭起的演出，最后一幕，是以地理教师小赵出家而告终。小赵的出家有迹可循：他惹了大乱子，触碰了学校那个核心的禁忌。小赵和一个女学生发生了纠葛。什么纠葛？当然不是拳脚相向，打作一团。女学生的家长找到学校来。教物理的小孙依然分辨不出沽北镇人的个体差异，在他眼里，沽北镇的人都是一个模子刻出来的。小孙将女生的家长认作了张三。张三是学校的校工，前几天张三在地里挖洋芋时小孙跟他打过招呼。所以小孙难以理解，为什么张三会对小赵那么不客气。

面对不客气的女生家长，小赵很镇定。他并不推卸自己的责任，一副认打认罚的样子。大家就同情起小赵来。谁都知道，小赵对小林一往情深，无奈小林如今飞往了异国他乡，而且还带着疯姑娘和刘双喜。小赵当然会伤心的。伤心之余，难免就颓废，就自损，就有了纠葛。小赵镇定地赔付了一笔钱给女生家里。校方的反应出人意料。自从小虞失踪后，校长似乎悟出了什么道理，突然对年轻的人们有些放任自流了。既然小赵自己摆平了事情，校长就睁一只眼闭一只眼了。他也不愿意将事态扩大化。反而对于小赵，校方的态度倒有些谨小慎微，似乎生怕他做出什么不测的事情来。

大家看在眼里，不免有些为曾经的小虞叫屈。小虞不过是迟到了一次，不过是试了下水，便从此人间蒸发了，而如今小赵深入雷区，却落得个毫发无损。

好像是为了给大家有个交代似的，毫发无损的小赵却决定出家了。这个决定照理是应当引起轰动的，但春天万物生长，人心动荡，大家对此居然没有太大的波澜。小赵走的时候，大家还去车站送他。他说他此行的目的地是峨眉山。为什么非是峨眉山呢？大家谁都没有多问。

火车鸣叫一声，带走了一个地理教师，带去了一个出家人。小赵临别的时候，还是留下了那句话作为自己给大家的赠言，他说："沽北镇是全世界黄土最厚的地方！"

然后他就消失了。像一只过早动身的蝉，昨天还是一条蛹的样子，今天却只把它的梦境一样虚幻的壳留在玉米叶子上，自己则抽身去了远方。

回去的路上小宋对小张说："小虞可能也在峨眉山，小赵对我说过，假期的时候他在峨眉山见到过小虞，说小虞也出家了，现在是个出家人。"

随行诸人全都止步不前，这个突如其来的消息比小赵的离去更让人吃惊。但也真是奇怪，大家只是错愕了片刻，便都垂头丧气地向学校走去了。

还有更加奇怪的。自从失踪的小虞再一次被小宋提起后，有关他的传闻突然间重新风生水起了。视力不济的小汪有一天郑重其事地告诉大家："小虞在深圳，没错的，现在他肯定做起了大老板。"

那个时候，特区深圳刚刚成为举国的焦点，所以小汪如是说，大家并不怎么在意。因为谁都多多少少听到过这样的传闻：某某某去深圳了！好像那个时候，只要身边的人没了踪迹，便一定是去往深圳淘金了。大家不过是兴致勃勃地诉说，以示自己对于那方神奇土地的景仰。

随之，关于失踪者小虞的诸多说法就在校园里再度流传起来。曾经的小虞有时出现在教师们的饭桌上，有时出现在学生们的课堂上，据说，他还出现在某些教师翩然而至的睡梦里。这股“小虞热”好像是一个预演。因为它毫无理由地热起来，所以当那具尸体惊现于沽河边时，大家只能感叹世间万事之间玄秘的因果。

那具被河水冲上岸来的尸体已经体无完肤，水底的鱼类几乎将它啄食殆尽。毋宁说是一具白骨。但闻讯而来的青年教师们，却空前一致地对这具尸体做出了认定。率先哭泣的是小范。她哇的一声哭起来，三步并作两步地绕尸疾走，给人的感觉是随时要扑上去。大家一边阻止她，一边就受了心理的暗示，顷刻间集体悲从心来。眼前的尸骨，除了是小虞，还能是谁呢？小范曾经与小虞亲密过，她当然最有发言权。她都鉴定出了眼泪和悲伤，还有什么好说的呢？大家看着眼前的这具尸体，觉得它只差戴上一副黑墨眼镜了。至于小虞究竟是溺水还是自尽，这都不重要了。万事都要有个结局，好在他终于出现了。这样，世界的逻辑才能自洽，总好过虚飘飘的让人琢磨不透。

小宋眺望着苍茫的沽河，不由得再一次被某种忧悒的情绪所裹挟。他觉得自己未卜先知，早就洞悉了小虞和水底的关系。如果真要将眼前的这具白骨比附为一本从河底而来的线装书，那么，它除了古旧，还令人不忍卒读。

学校再一次动员起来，有组织地展开了对于小虞的殡葬。教生物的小张和教化学的小范，共同勾兑出一种据说是能够防腐与消毒的药水，大家用来认真地擦洗了这具尸骨。对于如何为这具尸骨着装，大家进行了一番辩论。一方说还是穿西装吧，再打上火红的领带。一方说还是穿粗布褂子吧，这才是小虞后期的趣味所在。最后调和了一下：这具尸骨的上身穿上了粗布小褂，下身呢，是笔挺的西裤。

学校出面买下了一块地，举行了简短的仪式，年轻的人们将归来的小虞掩埋在了世界上黄土最厚的沽北镇。仪式结束后，小张一个人去了那棵常年被香火供奉着的柿子树下。他也点了一炷香，然后爬上树干，望着远方三五个扛着铁锨的农人，和一个提着水罐、闪闪走入麦田的少女。

五

关于小虞的一切，都烟消云散了。所有的传闻和流言，都被世界上最厚的黄土埋在了深处。

沽北镇渐渐变得热闹起来，车流多了，常常可以看到某位途经的司机将车停在路当中，探出头，在黄尘中打问："沽北镇在哪？沽北镇在哪？"

就是这样骑着驴找驴。

小汪突然有一天也离开了沽北镇。再回来的时候，已然是一个在深圳扎下根来的老板了。他请大家吃饭，在饭桌上才获悉，小莫从一个崖畔失足摔下，不幸落下了跛足的残疾。当了教导主任的小孙依然分不清沽北镇人——其实倒也无所谓了，因为他自己如今就是一个地地道道的沽北镇人了。而小宋呢，已经黄灿灿的，荣升为副校长了。大家喝了不少酒，这个时候，他们已经不是年轻人了。

师范学校的格局也发生了变化。地盘大了，学生多了。那排火车车厢一般的平房被拆掉了。校门也挪了位置，正对着曾经压在头顶上的那条铁路。

小汪走后不久，有一天清晨，瘸腿的小莫急匆匆地往学校里跑。他早上又去邮局附近散步了，不留神忘记了时间，眼见就要迟到了，便拔腿颠颠簸簸地奔跑起来。好像是为了配合他的奔跑，一列货车铿锵着与他并肩而行。

就在小莫冲进校门的那一刻，他听到自己身后砰的一声闷响。小莫迟疑了一下，并没有回头张望。若不是对面的小张哇哇大叫起来，他一定会继续向操场冲去的。现在学校的制度也变了，每天早晨不开会了，集合在操场上升国旗。

但小张从校门内的一棵柿子树上纵身跳下，一边在火车驶过的轰鸣中哇哇叫喊，一边连滚带爬地向他的身后示意。小莫下意识地看了一下手腕上的表：七点三十八分，还来得及。

然后他才回头望了一眼。

一个人匍匐在他的脚后，一摊浓酣的血正在汩汩地蔓延。

"跳下来的！火车上跳下来的！"

小张叫个不停。已经有人闻讯围了过来。小张抢过去，将那人翻转过来。

"哇——"

一声凄厉的呜咽骤然响起。是小范，她也围过来了，在看到那人正面的一瞬间，号啕大哭起来。

和小范一样，即使岁月荏苒，即使青春不再，大家依旧还是即刻辨认出了这个人。他是小虞。不过依然是一个死了的小虞。他休止在这个清晨的七点三十八分里。还好，没有迟到。可能他在跃下火车的一刹那，也是读了秒的。时间在这里错乱，当大家在沽北镇倥偬经年，小虞却仿佛只辗转了一个昼夜，他马不停蹄，他只争朝夕——小虞就像从未离开过一样，或者顶多只是在周末回了趟兰城，赶在上班的时刻，准时回来报到了。

身为副校长的小宋分开了人群，金灿灿的他，也在倏忽之间变得灰苍苍的了。小宋隐约想起了当年自己撰写的那封空白的信。事情是这样的：那封信被眼前的这个人带去了兰城，他要在那里投寄出去。结果是，这个人却将自己寄往了远方。直到今天，他被退了回来，也不知道是因为写错了地址，还是因为“查无此人”……

面色苍白的小莫一直在哆嗦。这个人的血溅在他的裤管上。后来小莫深情地跪了下去，他那疑似贫血的脸猝然浮上了两抹红霞。小莫就像一个热恋中的人，终于等到了心上人回复的信件。

光明面

众人合力将华尔街铜牛抬上了楼，重重地搁在房间正中的那块地毯上。没谁给他们指派一块地方，但他们却目标明确似的一口气将铜牛抬到了这个位置；然后仿佛听到了统一的号令，集体撂了挑子。至于为什么放在了这儿，是否因某种心照不宣的默契，那就不得而知了。倒是那一小块地毯，仿佛预先给铜牛准备好的，大小正合适，就像照着铜牛底座的尺寸裁好的一样。他们都有些气喘吁吁。这尊铜牛实在太重了，很能压得住阵脚的派头，落地后依旧气势不凡，在房间的正中向四周辐射着令人不安的动势。

他们搓着手，彼此面面相觑一番，不约而同地将目光投向了自己的头儿。

作为"头儿"的他缩在房间的角落，屁股下的沙发像一团膨胀的发面。铜牛的脑袋端端正正地冲着他——他们是故意的吗？他闭上眼睛，拒绝去看那对耀武扬威的牛角。

众人络绎离去，脚步在楼梯上发出空洞、杂沓的声响。他没什么可跟他们说的了，他们跟他也没什么可说的了。此前，他已经用账面上的最后一笔钱给他们发放了遣散费。树倒猢狲散的时候，他们还能费力将铜牛抬上楼来，也算是仁至义尽了。这栋别墅是租来的，如今，房东收回了别墅的一层，本来放在门厅的铜牛只好暂且挪个地方。他身陷在面团般的沙发里，内心残存的那些动荡的情绪也随着众人的离去消散了。

他觉得自己变成了一具空壳，却徒有重量，不出意外的话，最终将会平静地被身下的沙发吞噬、吸收掉。那么他就将化身为沙发的一部分了——也不知道变身后将迎接怎样一个屁股的落座。这个想法如此搞笑，他听到笑声在自己空荡荡的胸腔里蹦跳了几下。

张开眼睛，首先看到的就是那对昂扬的牛角。牛角虚张声势地凌空支棱着。他几乎听到了牛蹄奔腾而来的轰响，也几乎已经预见了自己连同沙发一起被掀翻在地的情景。要想阻止这一切发生，唯一的办法就是——移开目光，回避迎面而来的威胁。

他将目光低垂。阳光铺洒在木地板上，将地面分割成了光明与阴暗的两块区域。这两块区域的交界线恰好顶在他的脚尖。他下意识地将脚尖向前挪动了一下，试图踩进“光明面”里去。令人震惊的是，那道交界线随着他脚尖的挪动，竟然分毫不差地向后缩移了一寸。岛上的天气瞬息万变，但他却从未捕捉到过光阴的更迭。这一瞬不禁令他目眩神迷。当他的脚尖小心翼翼地再次跟进后，奇迹也连番上演。地板上的光明收缩着，眼见是被他一步一步地逼退了。他索性伸直了腿，将坐姿变成了半躺着的样子。他看到自己的膝盖以下终于伸进了“光明面”里。

天空正有乌云飞渡。云团疾驰而过，遮蔽了阳光。那道分割线从他的小腿上寸移而下，就像落潮的海水一般。他知道，自己正在不可避免地重新回到“阴暗面”里去。仅仅是这个想法本身，就已经足够令人悲伤。“阴暗面”不是黑色，是那种女人们撞伤后皮肤上呈现出的有些发蓝的瘀青色。他再次闭上眼睛。他不愿看到自己被沙发吞没的同时也被瘀青色的阴暗吞没。

手机铃声响起。他摸索着接听，眼睛依然紧闭着。打来电话的人是他最好的一位朋友。他们曾经是合伙人，在事业的鼎盛时期，这位朋友却主动退出了合作。现在看来，这位朋友的选择何其英明，否则，此刻坐在失败阴影里的，就将是两个人了。

“你怎么样？”朋友问他，“本来想和你一起吃晚饭，但这鬼天气阴晴不定的，街上的交通也完全瘫痪了，我想不如改天吧。”

他沉默不语。有什么好说的呢？他此刻正在逐渐变成一张沙发——还是一张旧沙发。他有自知之明。

朋友在电话那端静静等待着他的回音。半晌后，才继续说道：“当然，天气不是问题，我听你的，如果想一起坐坐，我没问题——我只是担心，你现在可能更希望一个人安静地待着。”

他沉闷地“嗯”了一声。

“你真的没事吧？”朋友不放心地问。

他不置可否。此刻即便是应酬性地说一句“我没事”，对他而言都是勉为其难的。但他还是开口了，“没事，我正在变成一张沙发……”他说。

“沙发？”他的朋友惊讶极了。

他“嘿嘿”笑了几声，为自己不期而至的幽默感到骄傲。

“我们还是见一面吧，我晚些时候去找你。”他的朋友说，“你不要乱跑，等我的电话。”

“别来了，”他拒绝道，“街上这么乱。”

朋友叹了口气，似乎是在谨慎地措辞。

许久，他的朋友说道：“咳，你要重拾生活的勇气！”

“可我正在变成沙发——”对方已经挂断了电话，他仍兀自对着手机说道。

有了这番对话，他觉得好受了一些。他半躺着，腰部担在沙发的边缘，幻想着自己的上半身已经融入了沙发里：生命体征发生着裂变，一切都在争先恐后地异化，血管里的血液流得慢了，肌肉正在纤维化，变成了海绵，骨骼与内脏在逐一变成弹簧……

他闭着眼睛，手指随意地翻动着手机。他想继续随便和什么人说说话，这种愿望有种遗言般的性质。当手机里响起母亲的声音时，他一点儿也不觉得诧异，就像这并不是他随机拨通的号码，而是出自一个精确的谋划。

“事情都处理完了吗？”他的母亲轻声问道。

“已经清空了。”他回答。

“清空了？”母亲感到困惑。

他却不想解释什么了。他觉得“清空了”已经将所有的事情都说明白了。

“噢，铜牛也搬上楼了。”但他觉得还是应该和母亲说些具体的事。

“铜牛？”母亲问。

“您见过，原来放在一层门厅的。现在不得不给人家腾出地方来。”他感到自己说了一句非常冗长的话，乃至有些上气不接下气。

“儿子——”他的母亲呼唤道，“没什么了不起，失败了还可以重来。”

“可这次我没法重来了。”他任性地说。

“怎么会？妈妈这辈子失败过无数次……”他的母亲急切地说。

“但您从来没有变成过一张沙发！”他大声打断了母亲的话。

“你瞎说些什么？”母亲的声音也大起来，“你要重新燃起生活的勇气！”

他摁断了通话。激烈起来的情绪让他的手指有些颤抖。朋友和母亲都在对他发出同样的呼吁，只不过一个让他“重拾”，一个让他“重新燃起”；而“重拾”与“重新燃起”的对象，都是那个“勇气”。他觉得这听起来滑稽极了，尤其是他的母亲，像是怂恿他去纵火。他们都忽略了更加本质的问题——是什么让他丧失了那个宝贵的“勇气”？这当然不仅仅是因为生意的破产，否则他不会如此颓丧和深感耻辱。是另外更加严峻的逼迫将他驱赶到了幻灭的死角。而这种严峻的逼迫，却是他这个岛民难以启齿的。他没有“勇气”说出这块巴掌大的独断之地施加于他的晦暗的爱与耻，连去认真思索一下都做不到。

手机铃声接踵而至，他认为是母亲回拨过来的，便任由铃声不绝于耳地响着，直到他被对方的耐心所打败。

“我不想说什么了，现在我一点儿说话的力气都没有。”他闭着眼睛说道。

“不要这样，你要重新拾起生活的勇气！”电话里响起的却不是母亲的声音。

他费力地想了想，才恍悟到这是一个越洋电话，电话那头是自己的前妻。

“你的事情我都听说了，你不要这样灰心丧气。”他的前妻小心翼翼地说。越洋电话让她的声音听起来有些空洞。

“好吧，正如你所料，”他无力地说，“我还是失败了……”

“你要相信，这并不是我想看到的。”他的前妻恳切地说，“我从内心里是希望看到你成功的……”

“那么对不起，就像从前一样，我又一次令你失望了。”他回答得也很恳切。

“不要说这种话，现在不是赌气的时候。说实话，我很担心你……”他的前妻声音有些哽咽。

“你担心我什么呢？”他问。

他的前妻深情地说：“我了解你的。我知道这次失败对你意味着什么。我怕你会崩溃。”

他感到自己空荡荡的胸腔受到了沉重的一击。他很想冲动地回答他的前妻——不会，我不会崩溃。但是，当他张开眼睛，看到自己此刻已经完全被阴影所覆盖时，立刻领受了“崩溃”的全部滋味。

他呻吟了一声说：“是的，这次你猜对了。”

“请你真的不要这样！这个时候，你千万别再上街。要不，你出去躲一躲——”他的前妻试探着说。

“去哪里躲？四周全是海水。”他努力想开个玩笑，但恐惧却不由分说地占了上风。

他的前妻说道：“世界这么大，我不是已经成功移民了吗……”

不等对方继续说下去，他就果断地终止了通话。他宁可认定自己现在是无路可逃的，宁可认定“四周全是海水”，就是作为一个岛民的宿命。入夏以来，岛上发生了严重的骚乱，岛民们为着他们并不知道是否需要的东西行动了起来。愤怒如同瘟疫在岛上蔓延。很多店铺被洗劫，很多人倒在了广场上。他不可避免地卷入了剧烈的动荡。他所经营的公司，本来生意已经每况愈下，又被时局所冲击，终于彻底破产了。

街上现在是什么状况呢？他忧心忡忡地想。房间里昏暗下来，弥漫着湿漉漉的瘀青色。

他的眼睛望出去。越过正对着自己的牛头，他看到窗外正有细雨落下。那面窗子悬在牛头的上方，从他所在的位置望去，就像是被牛角挑起来的一样。雨水打在窗玻璃上，漫漶的景致又像是一口鱼缸被那尊铜牛顶在了头上。

往下好一阵子，他都呆呆地眺望着这面雨水纵横的窗子。最后，在他眼里，眼前的景象既不是窗子也不是什么鱼缸了，那只是“存在”本身。所有的意义都被抽空，他也不再能够意识到自己是在“眺望”。

有人上楼来了，缓慢的脚步踏在楼梯上，听上去沉重极了。

来人是他公司里的出纳。老人从他创业那天起就跟随着他。

骚乱发生的这些日子，老出纳一直没有出现过，他也无暇联系对方。但他始终记得，他给老出纳是准备了一笔钱的。当然，这笔钱杯水车薪，实在不足以报偿老人多年来对他的忠诚。

老人佝偻着身子，被雨淋湿的白衬衫显露出里面贴身背心的轮廓。他吃惊地看到，老人的额头上有一团刺眼的血污。白发黏在血渍里，也被染成了红色。老人站在楼梯口，用手帕捂着伤口，迷惑地望着房间正中的铜牛。他想要跟老人打声招呼，却发现喉头被什么东西哽住了，有种木质化的感觉。这时候，他才觉察老出纳对他的存在熟视无睹，目光压根儿没有看向他。他忐忑地想，莫非自己真的已经变成了角落里的一张沙发？

老出纳茫然地走到那尊铜牛旁边，伸手谨小慎微地摩挲着牛背，像是抚摩着一件易碎品。过了良久，老人从裤子口袋里摸出了一串钥匙，内心似乎经历了一番斗争后，终于选择将这串钥匙挂在了铜牛的牛角上。这让铜牛一下子改变了气质，变成了那种温顺的、带着耳标的奶牛。他知道，这串钥匙是公司的。接着，老人缓步向他所在的角落走来。他想起身迎接，但双腿根本使不上力气，不过是令整张沙发跟着摇晃了一下。老出纳一言不发，紧挨着他坐下。他放在沙发上的一只手来不及移开，被压在了老人的屁股下。他想要将这只手抽出来，却又怕惊动了老人似的，选择了纹丝不动。正当他再次怀疑自己是否真的变成了沙发时，老人喃喃自语地开了口。

“军队已经出动了，还有坦克。”老人说，“事态已经完全恶化了。”

他发出了一声近似“嗯”的声音。

“想开些，”老人像是在自我宽慰，目光空洞，如同望向某片想象中的海岸线，“人这一生有时候就是一个不断破产的过程。”

他觉得这句话说得对极了，但他却消极地放弃了应和的企图。

老出纳沉默了，将脸深深地埋在双手间，湿淋淋的头发滴着水，像刚刚被打捞上岸的落水者。过了一会儿，老人抽泣起来。

窗外的雨下得更大了。

“好了，”老人深深地吸了口气，说道，“你还年轻。你要重新拾起生活的勇气。”

他感到自己的肩膀被人拍了拍。这让他从“已经变为沙发”的幻觉中清醒过来。他张了张嘴，但还是哑口无言。

老出纳起身离去，蹒跚着走到楼梯口。

他急切地冲着老人的背影说道：“我给您准备了一笔钱！”

老人却置若罔闻，一步一步从他的眼前消失了。

有人按响门铃时，他正站在窗前注视着雨水迷蒙的世界。他已经可以起来走动几步了，不再为“变成了沙发”而困扰。外面的砾石路上不时有人冒雨跑过。远处的海面上，史前动物一般的鹈鹕在空中低低地盘旋。海水黑黢黢的，被雨打出白色的泡沫。空气里有股海草的腥味。隐隐有零星的枪声传来。

他走到楼梯口的应答器前，看到屏幕里站着一个打伞的女孩。女孩瞪着一双杏仁样的眼睛，眼白似雪，直直地对着头顶的摄像头，有股“眼巴巴”的倔强。这是一副典型的岛民的神情。他并不想被陌生人打扰，无奈女孩非常执着，不断地按响着门铃。最终他还是打开了对话器。

“有人吗？”女孩直冲冲地问道。

“你找谁？”他回答。

“我是来应聘的。”女孩对着摄像头眨了眨眼睛，手中的雨伞旋转了一下，几滴雨水甩在了摄像头上面。

“应聘？对不起，这里不招人了。”他冷淡地说。

“哦？”女孩恼火地皱了皱眉，“能先让我进去吗？雨这么大！”

他觉得这个理由挺充分的，无可无不可地摁下了按键。

女孩进门前有一个摇摆的动作，像是打了个激灵，也像是小动物在抖落一身的雨水。他站在楼梯口，看着她收了雨伞，左顾右盼地在楼下张望着。女孩抬头看到他，好像见到亲人一般展开了笑脸，露出的牙齿白得发亮。并不需要受到邀请，女孩一蹦三跳地跑上了楼。

这是个十分矮小的女孩，她手里拎着的雨伞几乎就有她的一半高。女孩穿着粗蓝布工装裤和白衬衫，最大的特点看起来是额头前厚墩墩的齐刘海——一望而知，显然不是精心修剪出的，是那种蛮横粗鲁的一剪子下去的结果。她像是扣了顶钢盔。

“怎么，公司今天不上班吗？”女孩四处打量着。

“清空了”的房间有股家徒四壁的味儿。女孩雨伞上的水流到了地板上，很快形成了一片水渍。他似是而非地哼了一声。

“负责人在吗？”女孩偏着头问他，脑袋上的钢盔歪向一边。

“不在。”他说。

“哦，那你是——”女孩有股追问到底的精神。

“我是谁不重要。”他迟疑了一下，含混地说道，“这里现在不招人了。”

“不招人了？”女孩不满地撇了撇嘴，“但报纸上明明有你们的招聘广告嘛。”

“你可能看到的是一张旧报纸。”他呆板地说。

“旧报纸？”女孩不以为然地嘟囔着，开始翻看自己的背包。

这时他才发现女孩是背着一只包的。不过这只有着白色塑料肩带的包的确太小了，如果不是被她动作很大地翻弄，他几乎注意不到。女孩从包里翻出一张叠得皱巴巴的报纸，展开，来回看着。

“一个月前的报纸，不算旧嘛！”女孩做出了自己的结论。

“可这是天翻地覆的一个月！”他激动地指出，继而脱口说道，“总之一切都变了！”说完他感到有些惊讶，想不明白自己为什么生出了说话的愿望。

“你是说一切都变了吗？”女孩挥舞着报纸说道，“我看并不是这样！”

“你看？”他吃惊地盯着女孩。

“至少我没变，没工作，没钱，每天早上都是被饿醒的——世界对我就是一成不变。”女孩虽然着急了，语气却并不激烈。

“那真不巧，”他摊开手说，“你没变，但世界却变了。”

“不可以！”女孩断然说道，“我没变，世界凭什么变？告诉你，我横穿了半个岛来应聘，怎么能被你一句‘世界变了’就打发掉？！”

他被女孩蛮横的逻辑逗笑了，心不在焉地问：“真的吗？”

“什么？”女孩说。

“真的是横穿了半个岛吗？”他问。

“可不是！简直是冒着枪林弹雨！”女孩说。

“街上已经这么糟糕了？”他自言自语道，不禁有些同情这个女孩。

“依我看，也不算太糟糕。地球照样在转，雨照样在下，照样有人在饿着肚子找工作。”女孩歪过头去张望其他的房间，“怎么，这里就你一个人？”

他点点头。

“那我用不着跟你啰唆了，你又不是负责人。”女孩不屑地说。她抖了抖手中的雨伞，看样子是要走了。

但他此刻却希望这个女孩能多待一会儿。她勾起了他谈话的兴趣。重要的是，她也许能给他带来什么新的消息。

“跟我说说，外面现在什么情况？”他问。

“什么情况？下雨呗！”女孩说着已经开始转身。

“你想应聘什么岗位？”他连忙问道，这么做纯粹是为了能多挽留她一会儿。

“无所谓，我什么都能干，做清洁工都没问题。”女孩看上去有些不耐烦了。

“这样啊——”他的语气有些迟缓。

女孩狐疑地看着他，问道：“你什么意思？”

“我不大相信你能做好清洁工。”他浮出了一个勉勉强强的微笑。

“你说了算吗？”女孩的声音尖厉起来。

“什么？”他不解。

“我做不做得成清洁工这个事——”女孩莽撞地问，“——你说了算吗？”她将胯前的背包甩到了身后。

他想了想，模棱两可地回答：“这个我说了倒是可以算的。”

“OK！”女孩打了个手势。

她又四下张望了一圈，将手中的雨伞靠在了楼梯口的墙壁上。

他漠然地观望着。直到女孩将衬衫下摆在腰间打了个结，挽起了袖子，他才隐约明白过来——这个女孩怕是要给他表演一番做清洁工的情形。果然，女孩扭身走开，四处梭巡一圈，很快摸清了房间的结构；她准确地找到了卫生间，从里面拎出了一把拖布。她先将自己穿着网球鞋的脚在拖布上蹭干净，看上去的确蛮在行的。

他退回到角落，两手握在一起，再一次跌坐在沙发里，怀着一份伤感之情看着女孩煞有介事的奋力表演。

女孩的个头太小，拖布杆的长度将她比照得宛如一个儿童。但她却干得虎虎有声，熟门熟路地来回穿梭，一会儿消失在某扇门的里面，一会儿又充满斗志地现出身来。好在楼上的房间有限，用不了多久，她的工作范围就局限在他的视野里了。当女孩的拖布行进到他的脚下时，他不由自主地抬起了腿。即使再伤感，面对一个努力劳动的女孩，他也觉得自己有义务做出配合。

“外面有很多当兵的。”女孩埋头苦干，不期然闷声说了一句。

“当兵的——”他举着双腿，怔怔地重复。

“靴子、盾牌什么的。这是有点儿吓人。有人被打伤了，也可能死了。当然，也有人冲当兵的扔石头。”女孩说。

他深深地吸了口气。对他而言，相对“有点儿吓人”的这些，更加吓人的，恐怕还是随时会找上门来的债主们。

“可日子不还得继续？下雨要被淋湿！要拖地！要挣饭吃！”女孩说得像唱歌一样。

“是啊。”他由衷地喟叹。

“要是我说我已经两天没怎么吃东西了，你信吗？”说着女孩停止了劳动，抱着拖布杆看着他。

他摇摇头，但并不是“不信”的意思。他正在想隔壁房间的冰箱里可能会有一罐白鲸鱼子酱，女孩揉揉鼻子，用一种概括性的口气说道：“你是个没有同情心的人。”

这次他点了点头，但也不是完全认可的意思。

女孩不再搭理他，返回卫生间。一阵冲洗声响起，出来的时候，她手里换上了抹布。可能是手上的倒刺被水灼痛了，女孩用牙齿啃着指尖。他突然感到了饥饿。从早晨起他就没吃过东西。大约那尊铜牛实在太抢眼，女孩的擦拭首先从铜牛开始。她一边擦，一边吹起了口哨。他听出来了，女孩吹的是披头士的一首歌《你得藏起你的爱》。她吹走调了。他听过人唱歌走调，吹口哨走调的却没听到过。

铜牛的高度几乎和女孩相同，当她举起胳膊擦拭牛背的时候，系在腰间的衬衫被扯起，一圈肤色黝黑、瓷盘一样光滑的腰身显露出来。这当中她还会不时耸动一下肩背，或者干脆用另一只手拽拽肩头。从背后观察着的他，敏锐地看出了女孩的这番动作是在做什么。就像戴眼镜的人不时会推一下鼻梁上的镜框，女孩这是在调整自己胸罩的肩带。这个判断一旦成立，他立刻被一股汹涌的、如同饥饿感一样的欲望所唤醒。不，那并不是性欲。他只是为某种久违了的、富有意志力的情绪而感到振作。这种情绪激活了他跟正在摧毁他的那种力量相抗衡的古老而神秘的本能。

女孩擦到牛头时，随手摘下了牛角上挂着的钥匙。她掂量了一下，弯腰将钥匙放在了地板上。而这个弯腰的动作，在他眼里，也是妙不可言，无端地充满了活力与美感。他觉得，女孩现在所做的一切，正是他差一点儿就永远没有能力再去做的事情。被摘去“耳标”的铜牛恢复了原有的神气，那种“华尔街”式的跋扈和蛮横又开始向四周辐射。

“这头大家伙放在这儿不合适啊！”女孩说。

“没错。”他表示赞同。

“没错干吗还要放在这儿？”女孩说罢，好像想起什么似的挥了下手里的抹布，“——哦，你又不是负责人。”

“但我可以决定聘用你。”连他都吃惊自己在一瞬间做出的这个决定。

眼下，这栋别墅的二层他还有三个月的使用权，他在一瞬间几乎看到了余下的三个月里自己将会怎样度过：只要士兵不破门而入将他拖走，他就将选择与世隔绝，做一个孤独自闭、安分守己的岛民，终日默默地坐在沙发里，在电脑上下棋，嘴对着瓶口喝黑啤酒，窗外是肆虐的台风，眼前有一个辛勤劳动着的、年轻的身影，顶着“钢盔”，一边吹着走调的口哨，一边晃来晃去；如果愿意，他也会像参与一个仪式般地同她并肩卖力地清扫房屋……

——这里面有某种东西深深地将他打动了。

“决定了？”女孩并没有表现出格外的惊喜。

“怎么，你不高兴吗？”他有些紧张。

“耶！”女孩夸张地叫了一嗓子，冲他做了个胜利的手势；但她立刻又恢复了神情，撇嘴说道：“还非得让我欢呼雀跃啊？不就是干了个清洁工嘛！”

“对不起，真的没有其他职位可给你干了。”他内疚地说，同时心里飞快地盘算了一遍：嗯，自己手里还有一笔钱（这本来是给老出纳准备的），现在暂时用来雇一个清洁工吧，支付她三个月的薪水应该是够了。

“干吗要说对不起？”女孩过来一屁股坐在了他的身边，两条腿直直地伸出去，舒服地呻吟了一声。劳动让她发热，但她没出汗，只是像树木分泌油脂般地散发出香气。“你是干什么的？别告诉我你只是个门卫，我知道你不是。你的衬衫很合身。”女孩说。

他却没有做出答复——他万分错愕地看到，女孩伸出的那双腿竟然被朗朗的阳光所照耀。

不知何时，窗外雨水收敛，涛走云飞，阳光从云层后正一点儿一点儿地露出头来。这其实没什么好奇怪的，太平洋上这个岛国的夏季总是阴晴莫测，海风毫无规律地随意把云雨吹过来，又吹过去。但他愿意把此刻看到的视为一个奇迹。他像目睹事故现场似的目睹了一片“光明面”顺着女孩的双腿爬了上来，直到彻底将他们两个人完全笼罩。天空一定是被戳了个洞，世界敞在下面。耳边是棕榈树努力对抗着海风时发出的声音。女孩被突如其来的光亮晃痛了眼睛。她侧过身子躲避，将目光移向他，头盔也歪向一边。

“你这个人有些消极。”女孩像一个医生似的做出了诊断。

身陷雪崩一般光明之中的他忍不住捂住了自己的脸。

“是的。”他顺从地承认道，发出的声音连他都不知道是从哪儿冒出来的。

可他本来是一个积极乐观、对生活跃跃欲试的人——否则他也不会在生意开张的时候弄来一尊华尔街铜牛给自己加油。十岁的时候他还相信地球只有一座岛屿那么大。二十岁的时候他相信自己的岛国是全世界最幸福的乐土。三十岁的时候他离了婚，但依旧积极乐观，和前妻保持着良好的关系，在她移民之前，他们还一同捧着爆米花看电影，剧终时，他们会一直看完长长的片尾字幕，为的是向那些幕后的电影人致敬——这是对生活消极的人完全无法做到的。两年前的一个夜晚，积极乐观离他而去，他发现一切原来并不是这么回事。那天夜里他喝醉了酒，和一个巡逻的警察发生了口角。对他而言，这绝对是个意外。之前他从来都是循规蹈矩的守法岛民，连抗议堕胎这类的小型集会都没参加过，每次开车都用安全带将自己紧紧地捆上。他被痛打了一顿，警棍造成的瘀痕过了两个月才消退。这其实倒算得上是个常态，没什么好稀奇的，就像岛上的海风经常从纱窗吹进来将某扇门砰地关上一样司空见惯。但他的世界却因此改变了。原本牢固的一切就这么轻而易举地被一通警棍给敲碎了。曾经稳如磐石的一些东西开始动摇，他觉得脚下的岛屿正在沉没……

“跟我说说，”女孩开始翻弄她背着的小包，“最消极的时候是什么感觉？”

“我……觉得自己变成了一张沙发。”他捂着脸说，听得见自己脑袋里的血管砰砰作响。

“哦，沙发。”女孩若有所思地重复着。“想开点，”她说，“就算变成了一张沙发也没什么不好。地球这么大，而我也占了一席之地。心情糟糕的时候，我就会想想这个，然后就开心得不得了——因为这让我显得像是一个地球性的公民。”她从包里翻出了一个褐色的纸袋，扒拉开，里面是半个发蔫的汉堡。

女孩用胳膊撞撞他，问道：“你也吃点儿？”

他不得已放下了自己的双手。但是他的头却扭向一边。他不敢与女孩正视。他担心自己没准儿会流出泪来。白光灼灼，像十一月份的阳光，或者假冒的月光，亮度很高，却没什么热力。这当然不正常。日后岛民们必将如此纪念这个夏季。

他竭力掩饰着，站起来，迎面走向了那尊铜牛。铜牛已经被女孩擦得锃亮，在白光中熠熠生辉；牛眼瞪得浑圆，好像在考虑自己的处境——究竟是做一头华尔街铜牛，还是做一头漂亮的如同女人一样的奶牛？他也并不知道接下来该做些什么。他只是被这样的念头所打动：此刻，世界在土崩瓦解，而他却身在光明面里。这个念头尽管充满了侥幸，但也显得那么能够抚慰人心。在地球上占有一席之地的女孩有滋有味地吃着她的半个汉堡。同样也占有一席之地的他弯腰捡起了地板上的那串钥匙。这就好像是重新拾起了生活的勇气。

女孩警觉地耸起了耳朵，向他发出“嘘”声。她的直觉像猫一般惊人，不一会儿，楼下传来了震耳欲聋的撞门声。

他做出了一个选择：转身动情地向女孩张开了双臂。女孩望着他，居然会意地笑了，在一种不可思议的平静下起身向他走来。他搂住了她。他们加在一起，增大了彼此在这个孤独星球上所占的份额。他感觉着自己放松后的软弱，感觉她那么小，却装满了他整个怀抱。

桥

胜利在即，革命军摧枯拉朽般地一路凯歌。但是战局却发生了突变，看起来似乎已经是强弩之末的敌军得到了意外的增援，这支援军从背后向革命军的大本营逼近——而革命军在前方获得的优势是以背后的空虚防卫换取的。在一派恐慌当中，最高指挥者突然想起，在敌军意图突破的那个脆弱地带，刚刚有一支革命军奉命抵达了那里。

眼下，这支几乎不在作战序列里的部队，却成为这场战争胜败的决定因素。

一

团长的部队如期赶到了指定地点。

由于天气，他们一度在路上耽搁了几天，但是经过短暂的休整，团长就命令部队全速进军了。“要不惜一切代价！”团长热情洋溢地号召自己的士兵，“按时到达指定位置，事关战事的大局，更是对我们尊严的检验！”团长显然有些亢奋。这不是他往日的风格，瓢泼的大雨和崎岖的山路出人意料地鼓舞了他。

战争爆发以来，作为一个并没有经过实战检验的军事长官，团长的战绩实在乏善可陈。经过一次小的战役后，他的这个团就几乎减员了一半。当自己的士兵像挨了镰刀的麦子一般齐刷刷地在眼前倒下时，瞠目结舌的团长渐渐滋生出一股深刻的厌恶情绪。

但细究起来，团长的厌恶并没有具体的对象。毕业于日本士官学校的他似乎厌恶的不是战争本身。譬如，当马克沁机枪在身边交织出壮观的火力时，他的厌恶情绪反而会得到一些排遣。这时候，团长会暂时摆脱掉厌恶，忧心忡忡地思考起马克沁机枪的主要性能。当他想到这种一分钟射出六百发子弹的武器第一次在罗得西亚被英军使用就造成了三千祖鲁人的死亡时，发生在眼前的战争就变得虚幻了。团长会觉得自己犹在课堂之中，战争史中连绵不尽的炮火混淆在一起，丧失了具体的面貌与目的。它只是“一场战争”而已。团长因此对倒在自己眼前的士兵熟视无睹，令他忧伤的，倒是那三千祖鲁人——当年这些祖鲁人面对这种喷火的家伙时，他们该是何等惊讶啊？团长黯然神伤地想。

很快，他的这个团充其量只剩下了两个营的兵力。这样就形成了比较荒唐的局面，一下子有三位营长成了团长的马弁。三位营长对此感激涕零。其他部队已经就地正法了几名幸存下来的军官，其中甚至不乏团长这样级别的。交战双方任何一支部队溃退的时候，等在身后的都是比敌军更为冷酷的督战队，督战队用大刀砍杀的血腥方式来稳住阵脚，把魂飞魄散的败兵重新赶上前线。两相对比，他们这个团实在是受到了额外的庇护。这当然和团长显赫的家世有关。能够惩罚团长的，也许只有他那位赫赫有名的父亲了。

传闻接踵而来。据说大本营在战争伊始，就没有指望他们这个团会战功卓著。如果说团长在这场战争中身负了什么重任的话，那就是在战争结束的时候，他依然还——活着。这些传闻自然在很大程度上扰乱了这支部队的军心。兵士们斗志涣散，整个队伍笼罩着一股梦幻般的消极情绪。同时，兵士们又有种没来由的乐观态度，毕竟，相对于其他部队，他们进行的这场战争实在是有些像一场儿戏了。

减员日复一日地持续着。团长的厌恶情绪也愈加强烈。他觉得自己唯一的任务就是看着自己这支部队的人马一个个阵亡。这似乎都成了一个目标。有时候团长甚至会奇怪地认为：在如此残酷的杀戮和大面积的死亡之下，自己的人马消失的速度居然是缓慢的。

大本营似乎一直忽略了这支部队。直到有一天，一位营长在团长的身边被流弹掀去了整张脸，大本营才对团长的安危担忧起来。

团长眼睁睁地看着那个失去了脸的人兀自从自己身边掉头跑开。那个人像是突然觉悟了什么，他向着后方拼命奔跑，仿佛目标明确，一转眼就没有了踪迹。后来兵士们在一片树林中找到了那个人的尸体。当时树林中挤满了扑翅乱飞的麻雀，那个没脸的人却用他的整个身体呈现出了一种惆怅的表情。

这就是死亡！团长在心里叹息着：扑翅乱飞的麻雀，以及没有了脸却依然惆怅的表情。

死亡和团长近在咫尺，大本营终于意识到了这一点。新的命令很快就下达了。团长被命令带着残部迅速向后撤退，迂回大半个战场，去占领另一场战役的一个关键突破口。团长被告知，他要率部到达的是一条险峻的大河，并且要如期在这条河上架设一座桥，随后大部队将从这座桥上通过，奇袭敌军的指挥中枢。大本营对团长的安排看起来殚精竭虑，因为据说保证团长的安全也是这场战争的战略目标之一。他们杜撰出了一个符合军事逻辑的命令。

大本营甚至充分考虑到了团长的荣誉感，电文在措辞中虚张声势，夸大了这项任务的重要性，仿佛它真的事关全局，因此，语气不免就格外严厉。

严令之余，这份电文在结束的时候，居然破天荒地使用了这样的结束语：

向着伟大的胜利，前进！

时值夏季，这一带正是暴雨频发的时候。团长的队伍在滂沱的雨水中踏上了征途。这支作风散漫的部队非但应付不了残酷的战事，而且面对大自然的风雨也裹足不前。出发不久，部队就遇到了山体滑坡。一瞬间泥沙俱下，山路一侧的大山似乎整个坍塌了，巨大的石头裹挟在洪水中奔涌而来。好在团长并没有走在队伍前列。他觉得这突如其来的一切更像是一声巨大的咆哮，余音未尽，就吞没了他面前的世界。天翻地覆，道路阻隔，团长眼前的部队顷刻间荡然无存。

令人惊讶的是，团长骑着的那匹马居然丝毫没有受到惊吓。它只是冷漠地摆了摆饱满的头颅，将鬃毛上的雨水抖了团长一脸。倒是那些毫发无损的兵士乱作了一团。他们狂呼乱叫，你推我搡地抱头鼠窜。

团长被激怒了。他觉得自己的部下个个面目夸张，仿佛是在演戏。他怒不可遏地用马鞭狠狠抽击身边的兵士，并且戏剧性地拔出了自己的毛瑟手枪向天鸣放。枪声在混乱中显得微不足道。这时给团长充当马弁的那几位营长发挥了作用，他们不约而同地拔枪射击。几名兵士中弹倒地，浑浊的泥水迅速将他们身上涌出的血变成了浓稠的泥浆。

局面因此得以控制。稳定下来的兵士们在大雨中呆若木鸡。

前方依然有石块不断坠落下来，在山谷间发出重重叠叠的轰鸣。团长面容肃穆，忧郁地看着自己的这支队伍。雨水从他的帽檐上落下，仿佛一道水帘。团长透过这片浊水，看到世界一片令人无法容忍的肮脏。他甚至开始厌恶自己的这些部下，觉得大雨之中的他们，衣衫褴褛，军容败坏，神情都有些令人不齿的迷惘。

队伍转移到了一片遍布着碎石的安全地带。团长站在最先搭好的帐篷里向外张望，他看到自己的兵士们突然士气高昂起来。兵士们在暴雨中有条不紊地忙碌着。雨水弥蒙，场面居然有些感人。很快营地就搭建起来，并且很像那么回事。

“看来我们这支部队不善于破坏，倒是很善于建设。”团长调侃地说，“命令我们去架桥实在是个英明的决定。”

他的副官替他点燃了一支烟，不无忧虑地提醒他：“这项任务也未必轻松，如果我们不能按时到达位置，一样是失败……”

“失败？”团长自言自语地嘀咕了一声。

副官从小就是团长的贴身侍童，团长赴东洋留学他都陪侍在身边。因此，当“失败”这样的军事术语从嘴里说出时，副官自己都有些惊讶。他不安地看着团长的背影，不禁为他形销骨立的单薄样子感到伤心。副官最清楚团长的留学生涯是怎样度过的，此刻他仿佛又看到了那些妖娆的樱花，看到了那些东洋女子体毛丛生的私处，他甚至嗅到了那种具有迷幻气息的西梅脯和深色樱桃的香味。副官怔怔地想：从一开始老爷就错了，眼前这个人，哪里是块做军人的料？副官突然感到了不安，觉得自己的少爷也许永远完成不了战争中的任何一个任务了。

夜里团长不得不睡在一张军用吊床上，因为帐篷里灌进的雨水已经没过了脚面。他蜷缩在吊床里，即使难以入睡也没有翻身的余地。后来好不容易睡着，又被一只闯进来的长尾雉惊醒。这只鸟滑翔着进来，落在了团长身上，饱含雨水的尾羽在团长脸上剧烈地扑打。睡梦中的团长被吓坏了，发出凄厉的叫喊。副官冲进来时，看到他缩作一团，正在掩面哭泣。那只鸟也受到了同样的惊吓，在帐篷里没头没脑地胡乱飞撞。副官一边安慰团长，一边斥责警卫。

“它呼的一下就飞进去了，”警卫辩解道，“我根本来不及挡住它。”

这时抽泣着的团长从指缝中发出了微弱的声音。那是一种怪声怪气的腔调，副官愣了片刻才明白了那是一道命令。

团长说：“毙了。”

副官为难起来，他不知道团长命令“毙了”谁。但是他很快就有了方向——团长用一根苍白的手指指向了那名警卫。那名警卫已经将鸟赶出了帐篷，一回头却看到了那根指向自己的手指。

那名警卫被拖出去的时候，副官尚且心存侥幸，他忧虑地看着团长。但是团长依然蜷缩着身子，他甚至将大衣蒙在了自己头上。显然他并不打算收回自己的这道命令。

枪声在深夜的山谷中响亮无比，即使浩荡的雨声都湮没不了。团长以这种方式在这场战争中杀了第一个人。

副官在后半夜又走进了团长的帐篷，他放心不下自己的少爷。团长已经睡着了，脸上依然残留着泪痕。副官看到他的手垂在吊床之外，那纸电文夹在他的指缝之间。

拂晓的时候，副官再次走到团长帐篷前，而那纸电文已经漂浮在积水中，正缓缓地随之流走。

清晨，团长在暴雨间歇的时刻将队伍集合了起来。山谷中依然水雾弥漫，这影响了团长的视觉。他站在一块嶙峋的怪石上，放眼望去，居然觉得雾气氤氲中的这支队伍，仿佛兵多将广，填满了整个山谷。

团长首先清点了自己这支队伍的人数。士兵们的报数声单调、乏味，但却有种扣人心弦的效果。尽管团长已经有所准备，但实际数字还是令他吃惊不小。他终于认识到，如果严格按照标准编制计算，自己目前连一个营长都算不上了。距离团长较近的士官朦胧地看到了他的神情，感觉到了一股非同以往的凝重。接着，这股凝重的气氛像雾霭一样迅速感染了整个部队。

“长官尤在，士卒全无，你们知道该如何论罪吗？”团长淡淡地对身边的几位营长发问。

几位营长噤若寒蝉。但是他们立刻发现，团长并非在申斥，他神色黯淡，目光中甚至有股深深的同情。

团长做出了原地休整的决定，并且罢免了那名唯一还名副其实的营长，自己亲自负责营一级的指挥。这时雨又下了起来。团长命令部队冒雨进行操练。他拒绝了副官劝他回到帐篷里的请求，始终站在那块石头上，身上的披风不一会儿就被雨淋透了。

当晚团长就发起了高烧。随军医生忙了一个通宵才使他的体温降下来。但是清晨的时候，他依然亲自去督导部队的操练。

三天后这支队伍起程了。跋涉在暴雨与泥泞之中的兵士们都发现了团长脸上那种发着高烧的迹象：既萎靡又亢奋，两颊绯红，仿佛处在微醺的酒意之中。团长慷慨激昂地动员了一番后，策马消失在了稠密的雨雾中。

二

部队在深夜抵达了目的地。团长在夜色中考察了那条黝黑发亮的河。他站在岸边都能感觉到河流湍急的流速。他觉得脚下的碎石似乎在隐隐震动。河面的风向是与水的流向一致的，似乎是河水裹挟了风。

部队在河岸扎营。这一夜团长睡得格外深沉。

翌日清晨，两个戴着斗笠的人冒雨来到了营地前。他们给哨兵出示了一张证件后，站在雨中等候团长的召见。

团长其实早就看到了这两个人。他睡了一个少有的好觉，一大早就站在帐篷里向外眺望。他看到这两个人远远地向自己走来，他们头上的斗笠吸引了团长的目光。出现在雨中的斗笠本来不足为奇，但是团长通过望远镜看清楚了这两只斗笠上都插着一根粗短的羽毛。团长猜测这一定是某个组织的标志。他忧心忡忡地看着这两根在雨雾中前来造访自己的羽毛，隐约感到了某种不安。

哨兵证实了团长的猜测，这两个人果然是当地民协的负责人。

尽管团长被不安的情绪困扰着，但他还是立刻会见了这两个人。因为团长非常清楚，革命军取得的胜利依赖武力与民众运动的结合，作为襄助革命的重要力量，民协在这场战争中起着举足轻重的作用。

这两个人被请进帐篷后，团长的注意力就集中在了他们的斗笠上。他有些荒唐地请他们摘下斗笠让自己看看。两位负责人面面相觑，但还是满足了团长的要求。斗笠其实很寻常，是用竹篾夹油纸编成的，但那根粗短的羽毛有效地令其不同凡响起来。团长若有所思地捻着那根被雨淋湿的羽毛，不禁想起了那天夜里将自己惊醒的长尾雉。在团长的意识里，那只长尾雉有着某种意味深长的来历，它似乎昭示了什么，被它冰冷的尾羽纷乱地扑打在脸上的滋味，始终令团长不寒而栗。

团长怔忪的神情给两位负责人留下了难忘的印象。他们本来准备向团长详尽地汇报当地的形势，但面对团长的心不在焉，他们知趣地打消了念头。双方的交谈显得有些尴尬，两位负责人并没有探听到这支革命军突然抵达的目的，团长用一句“这是军事秘密”打发了他们的好奇心。

团长的态度引起了两位负责人的不快，他们觉得受到了不应有的轻视。当团长提出让他们给自己的士兵提供洗澡的条件时，这种不快就演变成了不满。

“要热水，最好还有香皂。”团长不紧不慢地说，“我的士兵们现在迫切地需要清洗一下。”

“洗澡对军人这么重要吗？”一位负责人不无揶揄地说，“我自己都有多半年没洗澡了。”

“所以你不是军人。”团长立刻反驳道。

交谈的气氛变得紧张。两位负责人感到蒙受了羞辱，在这种情绪下，他们提及了元熙先生。元熙先生的大名团长早有耳闻，甚至在东洋留学时，都有异国朋友向他打听过这位版本目录学大家。但是此刻在这两位负责人口里，元熙先生却是著名的劣绅。

“我们准备组织特别法庭审判他，”一位负责人沉声说，“也许要杀掉他。”

团长没有听出他们的弦外之音，并没有领会到他们此刻是在显示自己的力量。他有些恍惚，元熙先生的名字使他回忆起了自己的异国友人，于是那些有关的异国岁月也翩然跃上了他的心头。他想起了那几位东洋女子，想起了她们沐浴在温泉中的慵懒的样子。

当两位负责人告辞的时候，团长置若罔闻地依旧陷在自己的回忆中。

尽管民协负责人与团长的会面不甚融洽，但他们依然满足了团长的要求。部队在当天下午分批进入了那座古镇。民协已经安排好了一切，他们在古镇唯一的澡堂里为团长的兵士们蓄满了热水，当然，还有充足的香皂。

率先而来的团长踏上古镇的青石路面时，看到街两边站满了欢迎自己的民众。他们似乎被某种命令约束着，尽管高矮不齐，但依然显得整齐划一。团长骑在马上，他高高在上地望下去，满眼全是插着羽毛的斗笠，这令他们看起来更像是一支训练有素的队伍。团长的人马从他们之间穿过，似乎也感到了无形的压迫。当面对一群有组织、守纪律的民众时，兵士们也许突然羞愧了起来。连团长骑着的那匹马都有些垂头丧气了。

澡堂并不简陋，除了石砌的大池外，还另有几间隔开的雅室。考虑到古镇的偏僻，它甚至算得上是精致了。团长有些惊讶，他没有想到这里居然会有这样讲究的沐浴场所。但是他很快就从澡堂老板的嘴里得到了答案。

澡堂老板是一个瘦小的中年男人，他显然是受到了恐吓，当他被带到团长面前时，依然处在恐慌的余悸之中。他不敢正视团长的眼睛，因此团长始终无法看清他的脸。这个垂头而立的人将自己的双臂抱在袖筒里，团长问一句，他答一句。他告诉团长这家澡堂是元熙先生的产业——当年元熙先生返乡后把开设一家澡堂当作移风易俗的手段之一。

“它根本不赚钱，”澡堂老板嗫嚅地说，“根本没人来洗，即使元熙先生免费请他们洗，他们也不肯洗。”

此刻团长已经泡在了雅室的水池里，副官用木勺一瓢一瓢地将水浇在他身上。被热水浸泡和浇灌的滋味使团长陷入了一种无法排解的寂寞中。他觉得澡堂老板发出的声音仿佛无限遥远，尤其当这个声音说起元熙先生居然在这里办过一份报纸时，团长更加觉得犹在梦中。这份报纸最终当然是半途而废了，听到这个结果，团长似乎才回到现实里。最后团长随口问起了元熙先生对这场战争的态度，澡堂老板却回答道：“元熙先生是刀子嘴，豆腐心！”他不但答非所问，而且语气也突然尖厉起来，有种强辩的味道。

团长并没有在意澡堂老板的紧张，他本来就问得毫无目的，况且这次沐浴是这样令人满意，团长已经全身心地懈怠了。他将自己完全沉入水中，只留出鼻孔呼吸。水流从他脸上漫过，透过水面，他依稀看到水流动荡的起伏。团长莫名其妙地想起了那个死去的营长，那个失去了整张脸的人此刻仿佛漂浮在水面上，他的面孔正成为扭曲的波纹。团长发觉自己居然已经遗忘了这个人的名字，即使绞尽脑汁也无从想起。这令团长陷入深深的自责之中，这个人对于他突然变得无比重要，他觉得自己用遗忘背叛了这个人。团长的眼泪流进了水里。

在澡堂外的街道上，等候洗澡的兵士们却惹出了乱子。

几名下级军官异想天开地向民协负责人提出了召妓的要求。这个要求令对方愤怒莫名，本来已经积存的怨气立刻爆发了。一位负责人毫不客气地驳斥了他们的非分之想，并且用恶劣的方言辱骂他们。当这几位下级军官听出自己是在挨骂时，不免有些恼羞成怒。但是面对他们的强硬，对方丝毫没有退缩，双方由谩骂发展到相互推搡，气氛剑拔弩张。混乱中一位军官的帽子被人碰掉了，这就如同发出了一道号令，枪声立刻就响了。

闻声而来的团长并没有立刻下令制止骚乱。他站在澡堂门前的廊檐下，看着双方在雨水中壁垒分明地对峙，仿佛隔岸观火。

是团长身边的副官替他行使了职责。肇事的军官被捆绑起来，副官没有征求团长的意见，就命令将这几个人枪毙掉。副官这么做显然是正确的，他已经看出了局面的严峻——那个被枪击中的人倒卧在青石路面上，插着羽毛的斗笠滚落在雨水中。

直到这时团长才缓慢地说道："让他们洗了澡再正法吧。"

几名下级军官为自己的荒唐付出了性命，但民协对于这支不期而至的革命军依然萌生了排斥感。这支军队挫伤了他们的期待。在他们眼里，这是一支态度傲慢并且作风败坏的部队，这位团长，也缺乏某种他们认可的气质——他的脸甚至都缺乏一个革命军人应有的正确性。几位民协负责人私下交流了看法，他们一致认为，这位团长更像是一个牢骚满腹并且沉疴在身的少爷。在对团长进行了比喻意义上的蔑视后，某种报复性的情绪也在他们心中悄悄酝酿起来。但是，对于这支革命军，民协依然保持了最后的一点儿热情。他们邀请团长将队伍带到古镇来，这里的条件显然要比潮湿的河岸强得多。

团长亲自去慰问了那名受到枪击的民协成员。这个人已经被抬到了廊檐下，他不知什么时候已经捡回了自己的斗笠，紧紧地抓在手中。随军医生正紧张地为他处理伤口。团长看到这个浑身是血的人依然保持着一种冷漠的镇定，他的不动声色与那几名下级军官临死前声嘶力竭的叫喊形成了鲜明的对比。他似乎对于自己身体上的创伤毫无反应，只是那只抓着斗笠的手攥出了青筋。团长举目四望，他发现围拢在自己身边的那些人都有着相同的表情，一张张斗笠遮盖下的脸，都有着一种冷漠的镇定。宽大的斗笠在他们脸上投下了一丝不易觉察的阴影。

团长心里再次感到了某种不安。他拒绝了民协的邀请，决定依然将营地扎在河岸边。他的拒绝在对方看来，不啻又是一种缺乏善意的态度，团长因此又一次丧失了与对方融洽起来的机会。在这支队伍到来之前，当地民协的活动还是相对温和的。这个地方民风淳朴，洪流滔天的风暴并没有完全涤荡这里。但是，当这支队伍一再令他们感到失望后，他们渐渐被某种粗暴的行动热情鼓舞起来了。

团长被请进了民协的指挥所。这间指挥所设在澡堂对面的一座木楼里，看得出以前曾经是家饭馆，如今里面的条凳依旧摆在一张张木桌边。民协的成员们如同吃饭一样一桌桌围坐着，这种情形令团长感觉自己仿佛是在赴宴。在这里，那两位曾经拜访过团长的负责人再一次提起了元熙先生。他们控诉了元熙先生阻挠民众运动的诸多罪行。

“我们准备对他采取行动，报告已经送往省城，”一位负责人语气坚定地说，“估计批复很快就能下来，届时请将军出席我们的特别法庭，指导我们对他进行审判。”

团长不置可否地看了对方一眼。他感觉到了，这个元熙先生已经成为对方与自己抗衡的一个筹码。团长觉得这当然是可笑的。

似乎带有某种嘲讽的意味，这位负责人面对团长的模棱两可又列举了一项元熙先生的劣迹——民协准备以团长父亲的名字重新命名这座古镇，以示敬意，但这件事情却遭到了元熙先生的诋毁，他甚至不惜写出反动文章沿街散发。

“文章内容恶毒，多有诅咒之词，如此劣绅难道不应该杀掉吗？”这位负责人玩味地看着团长。

团长并没有因此而激动。当自己父亲的名字突然出现的时候，团长并没有如那位负责人期望的那样聚精会神起来，相反，他的思绪却更加恍惚了。团长仿佛看到父亲向自己走来，令人费解的是，这个走来的父亲居然也戴着一只巨大的斗笠，一根长长的羽毛垂在他的脑后，上面挂满了污浊的雨水……

三

当新的电令到来时，团长正站在河边眺望对岸。雨后初霁，空气中弥漫着植物与泥土潮湿的腥味。士兵们正在准备架设桥梁的木材，“橐橐”的伐木声回荡在身后。团长觉得那些被砍伐着的树木散发出了一种夸张的忧郁气息，这种只有新鲜伤口才有的气息令整个河岸变得伤感。

团长接过副官送来的电文，匆匆读完后，沉默不语地返回了自己的帐篷。

大本营命令团长迅速完成那座桥的架设，并且过河占据有利地势，准备阻击敌军的偷袭，“将敌人有效地拦截于河之对岸”。

这份电令措辞沉重得都有些轻佻了，以一种显而易见的、怂恿般的口气鼓舞团长以主动的进攻来取代被动的防御，这样才能争取到足够的时间，以待援军的到来。

赋予这支部队如此重大的责任，大本营也是不得已而为之，是突变的战局将团长推向了风口浪尖。同时，大本营也过于乐观了，他们低估了这支部队的减员情况，如果他们知道被自己寄予厚望的只是一个营的兵力，那么他们就会明白自己正面临着巨大的风险。

电文中并没有解释局势与上一道命令之间的出入，但是破绽在团长眼里一目了然——自己这支队伍本来是为偷袭开路的，现在居然担负起了阻击偷袭的重任。团长从“援军”这两个字看清了自己面临的处境，他明白了，自己已经被置于了需要援救的境地。

团长当然有一种被愚弄的感觉。他猜测这一切都是自己那位严父的主意——用一种诡计般的策略将自己哄骗到最为险恶的绝境，以此达到他用血与火锤炼儿子的目的。团长深知自己的父亲对这场战争的热忱。这个结论难免令团长感到哀伤。可是他的副官却说出了另外一种可能性。年轻的副官似乎已经洞悉了这个时代深奥的背景，懂得战争只是那些深奥背景的肤浅体现。他以一个从小在大家庭中周旋于所有主子间的侍童的机智，向团长尖锐地指出：“也许是老爷出了什么事？”副官的推测似乎更加合理——团长的父亲身处时代的中心，历史的经验说明那样的位置风云莫测，一旦跌落，势必祸及九族。

副官显然比团长更为客观，他不像团长那样总是感情用事，将个人情绪和弥天的战争混淆在一起进行简单的判断。但是他的结论比团长的更令人沮丧。团长的脸色变得煞白。情绪稍微稳定下来后，他提笔给家里写了一封信。

团长的这封信写得百感交集，整封信笼罩着一种忧伤的哀怨，如同是对一个世界的告别之书。因为一切尚是猜测，他只能采取一种含糊其词的语言。他首先试探性地询问了父亲的健康状况，然后在信中回顾了自己的成长。将一个人的成长诉诸笔端，难免就会冗长，团长耐心地描述了自己记忆中最为遥远的一些画面，以这些画面的再现第一次向自己的父亲暗示了某种眷恋之情，同时也隐隐地抱怨了父亲对自己态度上的暴虐。他有些疼痛，同时也有些神往。最后，团长向父亲简单汇报了自己目前的情况，尽管他流露出了自己对这场战争“最终目的”的迷惘，但是他依然向父亲保证自己会尽到一个军人的职责。他写道：

虽然我不认为获得战争的胜利比一朵花的开放与凋零更加有意义，但是我依然将令您欣慰当作我来到尘世的最终目的。

写到这里团长已经是热泪盈眶了。

这封信将由副官亲自送到团长的家里。在这种叵测的时刻离开团长，副官当然无法放心。他建议团长随便派一个马弁去传递家书。

“我走了谁给你洗头呢？”副官动情地说。

团长摆了摆手自顾自地离开了帐篷，命令卫兵牵来了自己的马。

这封家书多少缓解了团长内心的纷乱，他沿着河岸信马由缰地踽踽而行。充沛的雨水使这一带的植物长势凶猛，遍地的花公草和金不换开放得异样绚烂。团长在不知不觉中已经远离了自己的营地。

在一片过分明亮的阳光中，团长看到了元熙先生落寞的背影。正午的阳光照在元熙先生赭石色的长袍上。团长立刻就判断出了这个人的身份，这个人他似乎相识已久。

两个人在正午的河岸边不期而遇。面色苍白的团长看来并没有引起元熙先生的反感，同样，元熙先生那张著名的麻脸也没有成为他们之间交谈的障碍。团长端详着这位前朝的翰林，觉得他与自己的预期几乎没有大的出入，他似乎只能是这个样子的——穿着赭石色的长袍，站在明亮的日光中，身干修伟，却神色落寞。

团长的留洋经历成为他们最初的话题。元熙先生对那个“蕞尔小邦”青眼有加，言辞之中不乏溢美。他讲到了自己的几名异国弟子，他们曾经邀请他去过汉口的日本租界，在那里他见识了唯有在书本上才能追慕的古典风度——“皆席地而坐，卧则以屏掩之，屏皆六曲”，元熙先生甚至觉得那些东洋女子“高髻如云，腰缠锦带，俨然是晋、唐画像中的人物”。这样的话题自然又勾起了团长的回忆，此刻当他站在这条河边怀念起那些曾经销魂的往事，不免有着恍若隔世的沉痛。

如同一场风花雪月终究将被马蹄踏碎，他们的话题很快就牵涉到了目前的战争。元熙先生毫不讳言自己对这场战争的敌意，这位“前朝遗民”认为战争侵扰了他最后的乐土，他已经一次又一次地一退再退，本来以为会在家乡聊尽余生了，但是这场战争再一次令犷悍之气充弥了都野。

作为一名投身于战争的军人，团长并没有足够的兴趣与元熙先生展开辩论，而且他也缺乏辩论的依据，因为这场战争的意义，对于团长本身来说就是模糊不清的。团长的木讷激发了元熙先生的激情，他雄辩滔滔，仿佛终于抓到了一次尽情抒发的机会，眼前的这位青年军官在他眼里成了这场战争的代言人。最后，元熙先生将眼下的战争斥为一场邪气盈天的浩劫，无论目的与手段，都不具备浩然的正气。为了让自己的理论更有说服力，元熙先生做出了令团长匪夷所思的举动——

他轻轻撩起长袍的下摆，缓步向着河水走去。

河水在阳光下熠熠发亮，泛着耀眼的波光。元熙先生进入水的中央，仿佛融入一片无限的光明之中。他始终没有沉没，河水只是淹过了他的脚踝，这样就隐匿了他的行走，使得他宛如驭风而行，漂浮在一片虚妄的逝水之上。

团长目睹了这奇迹般的一幕，他眼睁睁地看着元熙先生蹈水而行，抵达了对岸。巨大的震悚令团长周身战栗，他用双手捂住了自己的脸，无法克制地啜泣起来。团长的那匹马也发出了惊厥的嘶叫，它瘫倒在地，粪便和着尿液喷涌而出。

元熙先生重新回到团长身边时，团长依然陷在巨大的无能为力之中，他蹲在地上，以手掩面。团长觉得自己被彻底掏空了，孤单单一无所依。当元熙先生的手搭在他觳觫着的肩头时，他除了感到虚妄，还有一种彻底的顺从自心底涌起。

“这其实没有什么，我刚刚不过是走在一座水中桥上。”元熙先生安慰着这个年轻的军官，他没有想到他会如此脆弱。元熙先生这样说道：“这座桥比我的年纪都大，枯水季节它会浮出水面，眼下雨水充沛，它就沉入了水中。你看到了，当我通过它抵达彼岸时，必定拖泥带水，沾上邪秽之气，所以我从来不会走它，如果要去对岸，我宁可多走几百里路，从另一座正大光明的桥上走过去。你觉得这荒唐吗？不，这就好比春耕秋收，你会觉得目的可以大于一切吗？其实手段已经在最初决定了目的，这便是因果……”

泪迹未干的团长仰起头，他看到元熙先生那张麻脸上的每一个坑凹都被阳光填充了，同时，团长觉得正午的阳光像雪崩一样灼伤了自己的眼睛，一瞬间，他的内心被某种无端的热情点燃，他似乎找到了这场战争的意义，并且突然迫切地希望为之申辩。

“我的部队也不会从它上面走过，”团长喃喃地说，“我们正在架一座桥，我们将从自己架起的桥上堂堂正正地渡过河去，走向伟大的胜利……”

遗憾的是，团长的话并没有被元熙先生听到，他的声音微弱，而且元熙先生已经转身离开了他。团长看到元熙先生每走一步都在河岸的石头上留下了一片水迹。

团长无法想象，他在这一刻做出的决定，最终成了这场战争的一个转折点。这座水中桥本来可以改变历史，它是一个玄秘的存在，是历史中无数次出现过的所谓机会。如果团长抓住了这个天赐的捷径，迅速跨过这座现成的桥，那么他将争取到足够的时间。后来的战事说明了时间的宝贵，足以弥补这支部队兵力上的不足；团长完全可以利用时间的有效性，以逸待劳地迎击敌军。

但是，此刻团长固执地坚持让自己的士兵继续架设一座含义万千的新桥。

四

团长对自己的部下隐瞒了那座水中桥的存在，他怕兵士们因此懈怠新桥的架设。这座新桥在团长的要求下搭建得过分铺张，完全不像一座临时性的桥梁。团长否定了搭一座简易浮桥的方案，他要求这座新桥必须明显高出水面。

始终有头戴斗笠的人出现在营地周围，他们不解地注视着在水中施工的士兵，目光中有种观赏的态度。这些当地人当然知道那座水中桥，但是隐存的隔阂阻止了双方的交流，否则他们一定会向士兵们发出疑问，并且指出他们的工作实际上是多此一举的徒劳。

时间就是这样被延宕的。

三天后，新桥在团长的督促下竣工了。它在夕阳下笔直地矗立在水中，新鲜的木头依然散发着新鲜伤口般的忧郁气息。

部队开拔前夕，团长策马来到了元熙先生的宅第前。

元熙先生的宅第建在一面山坡上，围墙高大宽阔，仿佛一座独立于世外的城池。团长远远望着这座宅第，觉得它和自己的家似乎是由同一群工匠建造起来的——它们出自同一个蓝图，尽管细节上偶有不同，但是整个气质却如出一辙。团长困惑地想，眼前这座宅第的主人已经成为这场战争的障碍，宅第也许将要面临被自己父亲所代表的那种力量摧毁的命运。团长无法厘清这里面的逻辑，起码他从表面上看不出这座宅第与自家宅第之间的差别，因此他无法找到两者之间对立的根据。

黄昏中的团长觉得自己仿佛走在回家的路上。温暖与沮丧同时出现在团长的情绪中。这一点儿都不奇怪，因为这两种情绪就是团长对于自己那个家庭的基本情绪。这种情绪令团长在山路上踟蹰不前了，他拿不定主意是否真的该去见一见元熙先生。他觉得自己的到来，也许不能算作一种拜访，可是没有了拜访的性质，他将以怎样的姿态走进元熙先生的家门呢？最后，团长终于掉转了马头。

在山脚下，一队戴着斗笠的人与团长相遇了。对方停下了步子，但是团长策马急驰，从他们身边风一样掠了过去。团长并没有轻视对方的意思，他只是不愿意让他们看到自己满面的泪水。团长的泪水毫无缘由，仿佛扑面而来的山风吹痛了他的眼睛，令他像孩子般失魂落魄。

团长在天色暗淡的时刻来到了那座水中桥前。他的马警觉地喷着响鼻，仿佛能够看到某种隐匿的危机。团长跳下马，用手抚摩着马头，同时把自己的脸贴在马颈上温柔地摩擦着，这番亲昵的举动令团长和他的马都得到了安慰。团长坐在河岸边，最后一次回忆起那些东洋女子。她们肌肤如雪，经过温泉的浸泡，又会泛起淡淡的粉色，总是令人身不由己地渴望依偎上去；她们的品质中有种天生的沉默，她们用沉默将喧哗的世界还原成最简单的几种关系……

团长的欲念在回忆中滋生起来，昏暗的河水从他眼前流淌而过。

远处传来两声枪响，一些扑翅乱飞的鸟从头顶飞过。团长陡然觉得胸口和头部一阵疼痛的痉挛。那匹马发出了一声嘶叫。

回到营地后团长就得到了元熙先生已经被枪决的报告。民协曾来找过他，在寻找未果的情况下，他们自己完成了对元熙先生的判决。他们送来了一份书面材料，说明了此次审判得到了最高组织的许可；处决元熙先生时一共开了两枪，一枪击中头部，一枪击中胸口。

营地的篝火已经点燃，空气中尽是松树燃烧后特有的芬芳。团长走到一堆篝火前，将报告丢进了火焰中。他突然想起了自己的父亲，他觉得元熙先生的容貌依稀有些像自己的父亲。

这支部队连夜跨过了自己亲手架设的新桥。

他们刚刚抵达对岸就与敌军遭遇了。黑暗中双方试探性地互射了几枪后，大规模的战斗就爆发了。敌军显然也没有估计到这支部队的出现，他们也是刚刚到达，黑夜掩盖了双方战术上的仓促，令最初的交战势均力敌。团长的兵力尽管严重不足，但装备依然完整，几十挺马克沁机枪交织出的火力有效地迷惑了敌人。

但是黑夜终将过去，团长明白，一旦天亮，自己这支部队的脆弱就将暴露无遗。现在他才意识到时间的意义——在敌军到来之前，如果自己的部队早一些抵达对岸，构筑起有效的工事，那么就可以取得关键性的战略优势。而眼下，只有短暂的黑暗在掩护着他们了。团长并未因此产生一丝悔意。如果说他的选择丧失的是一场战争的取胜机会，那么，对他自己而言，他觉得自己抓住的是一次同样重大的机会。

团长决定发起冲锋。这个决定并不是出自战术的考虑，他只是觉得应当这么做。他已经知道了，这是自己的最后一次战斗，同时也是自己唯一一次真正意义上的战斗。战斗本身已经成了意义，于是一切都变得单纯，团长再也不觉得迷惘，那种曾经深刻困扰着他的问题烟消云散。团长身先士卒。在他的感召下，这支一贯散漫的部队激发出了强大的勇气，兵士们前仆后继，一度甚至冲垮了敌军的斗志。

白昼终将来临。当晨曦显露的时刻，浑身血污的团长又一次热泪盈眶。

随着光明的到来，这支部队完全暴露在敌军的眼前。当敌军掌握了他们的实际兵力后，屠杀般的反扑就开始了。

这场局部战斗持续到午后终于结束。

团长的部队全军覆没。敌军在层层叠叠的尸体中找到了团长，在清点了战果之后，他们误以为被自己击毙的这位年轻军官只是一位营长——团长的军装已经无法让人辨别出真实的军衔了。这位年轻军官的整张脸都被掀掉了，但令人惊讶的是，这个没脸的人却用他的整个身体呈现出了一种惆怅的表情。

与此同时，疾驰而来的援军在得到消息后仓皇回转，他们距离这条大河仅剩一天的路程。

整个战争就此逆转。大本营做梦也不会料到，其实冥冥之中曾经有一座水中桥可以指引着他们走向胜利。

团长阵亡的消息传来时，他的副官正跟随着老爷踏上漫长的流亡之路。他当然不用再回到少爷身边了。老爷在一夜之间苍老，他在败局面前被迫放弃了所有财富和尊严后，只随身珍藏着儿子的那封家书。

在此后的颠沛流离中，副官想起少爷时就会拿出那纸电文来看。这纸电文是他在一个拂晓从团长的帐篷外捡起的，当时它正随着雨水缓缓流走。电文被雨水浸泡后，文字大多已经漫漶不清，只有为数不多的几个字尚可辨认：

向着伟大的胜利，前进！

嫌疑人

你全部进入的名字才是你的。

——保罗·策兰《数数杏仁》

一

妹妹苏袖被抓进看守所三个月后，格桑才通过一些关系见到她。

之前格桑陪父亲去过一次，但是被挡在那扇巨大的黑铁门之外，案子没有审结，人家是不允许会见嫌疑人的。对此格桑可以理解，但是格桑的父亲不理解。父亲对那个门房里的警察质疑道："我是苏袖的爸爸，哪一条法律规定了不许爸爸见女儿呢？"那个警察对他的话一时听不大懂，怔了一怔，才回答他，这里没有你的女儿，这里只有犯罪嫌疑人。格桑觉得这个回答很漂亮，因为它真的在一瞬间打击了格桑，令格桑猝不及防地悲伤。父亲显然和格桑有着相同的感受，他也在一瞬间露出了悲伤的表情，嘴唇抿紧，眼角抽搐着。

父亲悲伤地说："那么好吧，你把我也抓进去好了，我也去做一个犯罪嫌疑人——这样，我总可以见我女儿了吧？"

这一下，就该那个警察和格桑感受相同了，他们都大吃一惊。格桑甚至有些羞愧，为父亲说出这么没有水平的话。那个警察比格桑强，这种话他可能听得多了，所以他只有片刻的震惊，然后看也不看他们一眼，就把门房的那扇玻璃窗关上了。格桑和父亲站在外面，可以透过玻璃看到他低下头去用一把刷子刷自己的皮鞋。

父亲是被格桑拖走的。他还不甘心，要继续去敲那面玻璃。格桑只有把他拖走。

回去的路上父亲哭着对格桑说："你一定要见到苏袖，你替我看一看，她是不是还活着。"

格桑说："苏袖当然还活着，现在她被关在里面了，就安全了。"

父亲说："被关在里面就安全了——你这是什么话？我怀疑她已经死掉了！你不是很有办法吗？你不是很神气吗？那么你一定要见到苏袖，看她是不是还活着。"

父亲看来真的是糊涂了，格桑不知道父亲是怎么得出的这些结论——苏袖死了吗？自己很有办法、很神气吗？但是格桑只能答应父亲的要求，父亲快七十岁了，一辈子都没有对格桑提出过非分的要求。

通过一个朋友，格桑认识了看守所的张指导员。张指导员很热情，他对格桑说，他在部队当兵的时候就是一个文学青年，直到现在他还热爱诗歌，所以，对格桑这个诗人，他还是愿意通融的。

于是，依赖着诗歌的名义，格桑终于见到了妹妹。

他们隔着铁栅栏。苏袖居然胖了，脸盘肉嘟嘟的，像是回到了十五六岁时的模样。格桑说："你还活着啊？"说完这话他就后悔了，眼泪突然涌出来。苏袖垂着头不看他，自始至终都没有跟他说一句话。非但没有说话，甚至被押走的时候她还对格桑笑了一下。

格桑对张指导员提出，他还想见见涉嫌包庇的唐婉。这显然是令张指导员为难了。张指导员摆摆手说：“不行！”

在回去的路上，格桑想：唐婉也胖了吗？也在看守所里违背自然规律地逆向生长，活回了自己的少女时代吗？格桑想：如果不是因为这个女人采取了那样一个决绝的姿态，那么如今，自己也将是一个犯罪嫌疑人，和他们共同在看守所的大墙内接受岁月的宽宥了。

二

那一段时间，整整两个礼拜，感冒的诸多症状都在格桑身上肆虐地发作着，鼻塞、头痛、咽喉干燥。他一直在按时服药，但症状似乎一点儿减弱的迹象也没有，反而愈演愈烈。起初格桑想：过一段时间就会好转。他在报纸上看到过，感冒病毒通常需要一周左右才会自然灭亡，于是他就比较放心地等待。结果周期过后，没有等到他以为的那种康复，病情反而变本加厉。格桑想，一定是自己身体里的免疫系统出了问题。这样一想倒轻松了——一个更为严峻的问题，替他清除了一个相对而言微不足道的问题，这让他觉得后者不治而愈，很合算。于是格桑向领导请了假，在家采取卧床休息的办法，郑重其事地等待下一个问题再来帮自己的忙。

结果它果然来了。

父亲打来电话，说格桑在银行工作的妹妹，居然和一个有妇之夫搞在了一起。父亲在电话里咆哮道，而且那还是个瘸腿的家伙！

格桑羸弱的身体在一瞬间绷紧，所有生理上的疾患都溃退了。这个有关妹妹的问题，令格桑遽然成为一个随时准备着与人搏斗的拳击手。格桑爱自己的妹妹。她叫苏袖，这个名字和格桑以前的名字天衣无缝地对应着，格桑以前叫苏领。虽然他现在成了格桑，但改变不了他们一奶同胞、血浓于水的事实。而且，曾经作为一名诗人的经历，也改变不了格桑用最朴素的幸福观来预期自己的妹妹，他祈望她得到尘世上所有的欢乐，有姣好的面容，简单的头脑，最好可以嫁给一个富翁，锦衣玉食，不知烦忧，遵循着规律自然衰老。但是，这些美好的愿望现在被一个瘸腿的家伙打乱了，他令苏袖的亲人们陷入愤怒的惶恐里。格桑当然不能无动于衷，眼看着自己的妹妹和尘世的欢乐背道而驰。

这是一个怎样的家伙呢？父亲在电话里告诉格桑，他叫唐克，除此以外，他们对他一无所知。

格桑打电话给苏袖，但妹妹根本不接他的电话。显然，她知道格桑要跟她说什么，她很清楚，在她的这件事情上，哥哥的态度将和父亲的态度空前地一致。苏袖在回避她的亲人们，由此可见，她对这个瘸腿的唐克有多么迷恋。这令格桑忧心忡忡。

格桑决定直接去找妹妹，一个叫唐婉的女人却主动约了他谈话。她在一个清晨打电话给格桑，声音很婉转，约格桑下午三点在“浮水印”会面。

格桑把这件事告诉了自己的女人。女人不以为意地转身而去，一边为他们的女儿准备早点，一边说，要是真的如此，她倒是会为格桑感到高兴。显然，她不相信格桑的话，不相信会有一个声音婉转的陌生女人主动和格桑约会。而在从前，如果格桑告诉她玛莉莲·梦露要和自己约会，她也是会信以为真的。不错，因为那个时候，格桑的女人也是一位将世界简单化的诗人。格桑躺在床上发呆，忽然这样想到，如果真的有诗歌般璀璨的艳遇发生，他会不会背叛自己的女人？如今，她和他过着日复一日的平庸生活，他们在这块盆地中相濡以沫，像两条鱼。此刻，“相濡以沫”这样的词跳进格桑的脑袋里，它所具备的那种温暖以及温暖背后囊括的悲凉，令格桑对“浮水印”的约会充满了幻想。

“浮水印”是一家咖啡店。进去后，一个雍容的少妇抬手向格桑打招呼。她穿着一件赭石色的毛衣，头发光滑地绾在脑后，丰腴、幽雅，像一个古代的仕女。格桑将信将疑地走过去，在她对面坐下。女人替格桑叫了杯咖啡，然后自我介绍道：“我叫唐婉。”声音很动听，的确是电话里的那个声音。唐婉？格桑首先想到了“红酥手，黄縢酒”，想到了诗人陆游的表妹，那个哀伤的古代女子。格桑注意去看她的手，它们有一只摆在桌面上，白皙、圆润，涂有丹蔻，衬托在古旧色调的桌布上，接近于诗里的描写。

“我是唐克的妹妹。”她递过来一张名片，进一步介绍道。

“你想干什么？”格桑立刻变得粗鲁。唐克这个名字令他顾不得体统。

“我是替我哥哥来见你的。我哥哥和你妹妹，他们之间的事你一定知道些。”

“你直说吧，想干什么？”

“我想请你劝劝你父亲，不要再反对他们。你知道，你的父亲现在很仇视我的哥哥，苏袖为此也非常痛苦。”

“这简直是说胡话，”格桑愤愤地说，“你居然会这样要求我。”

“不要急着拒绝好吗？”

唐婉相当沉着地看着格桑，递过来一张皱巴巴的纸片。纸片上有蓝色墨水写出的几行字迹，十分幼稚：

> 妹妹，因为有了你，我开始喜爱大地上的一些事情，因为有了你，我开始能够忍受大地。

格桑问：“什么东西？”

“诗，”她说，“我哥哥在十五岁时写给我的，他是一个诗人。”

格桑心里莫名地感动了一下。这个唐克，格桑和他从未谋面，形象却一天天变得丰满：一个男人，一个中年男人，有老婆孩子，瘸腿，现在居然发展成为一个诗人。

格桑说：“你对我说这些有什么用？”

唐婉说：“我想，你应当可以谅解一位诗人的爱情——据我所知，你也是一位诗人。”

“曾经是！”格桑纠正她，不知为何，这样的纠正却令格桑几乎热泪盈眶。

二十世纪八十年代，格桑在西藏。众所周知，那是一块神奇之地。那时候的拉萨是一块遍地诗意的地方，一片树叶掉下来，会砸到两个诗人的脑袋。那个时候，格桑就是一个被拉萨的树叶砸到过脑袋的诗人。他不可救药地迷恋形式，名字从苏领改成了格桑。格桑是形式，同时也成为他的内容。当然，后来他离开了那块遍地诗意的地方，回到生他养他的这块盆地。生活在这块盆地，格桑被抽丝剥茧般地还原，如今已经成为一个标准的中年男人，有了医疗保险和住房公基金，有了亚健康和一个女儿，诗当然是不写了，离开了形式，他的内容也跟着跑掉了。

“——所以我谅解不了，”格桑对面前的女人说，“这根本不可能！你劝你的哥哥少些幻想，让他别去招惹苏袖，不然我绝不客气。”

格桑想她一定失望了。格桑这个曾经的诗人目前已经是一条生活在盆地里的鱼了，西藏的岁月不但给了他一个格桑的名字，而且使他的面目呈现出无法磨灭的粗糙，所以目前他这条鱼还有着凶巴巴的外貌，很蛮横、很不讲究的样子，尤其发起火，像一条很便宜的大鲶鱼。

她说：“我哥哥正在离婚。”

格桑说：“这样也不行，绝对不行。”

但她还不死心，眼神像一个真正的古代女子，有了一些幽怨：“你是否能够冷静地考虑一下？”

格桑眼睛眯起来，说：“用不着。我们换一下位置，如果是唐克，会赞成你去做这种事吗——和一个所谓的诗人恋爱？比如说和我？嗯，会吗？”

“会的，他会的。”唐婉不容置疑地回答。

“那么你呢？你会为了一个诗人去做违背幸福的事情吗？”

“会的，如果他无愧诗人这个身份，并且，我爱上了他。”唐婉的眉头蹙起来，声音有种玻璃般的透明质地。

格桑扑哧一声笑出来，但是只笑了一半，就有种苦涩的滋味梗在了他的喉头。

“我以为会说服你。”唐婉看着窗外，阳光打在她光洁的额头上，镜子般反射出一块明亮的光。

格桑端详了她一会儿，目光落在那只诗歌中描绘过的手上，说，那我只有对你说三个字：“错，错，错。”

走出“浮水印”，格桑感到沮丧和空虚。唐克是一位诗人的这个事实，成为他沮丧和空虚的根源。站在亲人的立场上，站在盆地里，格桑现在无可置疑地将要去反对一位诗人的爱情。这是一种背叛，令格桑陷入一种温和的折磨中，它不是尖锐的，但正是这种温和与不尖锐，令格桑空前地忧伤。格桑用一个中年男人的情绪回忆起拉萨，回忆起自己曾经有过的诗意的栖息，那时候，他的女人背叛了自己所有的亲人，和他像两只欢天喜地的小野兽，怀着对全世界都犯下罪过的激情，蜷缩在高原……

三

从“浮水印”回来，格桑再一次恢复到那种消极的等待之中，坐等妹妹噩梦般的爱情被下一个更加严峻的事件覆盖掉。虽然格桑无条件地反对妹妹的选择，但是，他这个随时准备着与人搏斗的拳击手，却在上阵之前，被意外地打消了斗志。格桑在消极地等待，他知道，这是在盆地里生活的一个有效方式，它屡试不爽，曾经无数次地解决过自己的问题——下一个问题总会接踵而来，以更尖锐的姿态抵消掉前一个问题，周而复始，生生不息。所以，当你无能为力时，就去等待。

格桑的等待令父亲恼火。他在电话里指责格桑，最后干脆追上门来，质问格桑还是不是做哥哥的。父亲的质问义正词严，甚至令格桑听出了教唆的意味，感到父亲是在怂恿他去干掉那个瘸腿唐克。至少父亲是这么暗示的，父亲说：“你要真的宰了那瘸子，我洗了屁股替你去坐牢。”父亲的激烈令格桑吃惊。父亲是一个握了一辈子焊枪的工人，只对钢铁动过怒，对活生生的人，从来都是温顺的态度，如今到了垂暮之年，却陡然焕发出凛冽的豪情，从而在格桑的眼里具备了一种诗人的气质。父亲说："苏袖现在干脆不回家了，去银行找她她也不理，有一次干脆让银行的保安把他赶了出去，她已经六亲不认了，败坏了，苏袖已经彻底地败坏了！"格桑很震惊，不是因为"败坏"这个状态，是这个词，居然从父亲嘴里说出来。

格桑消极的心多少受到了父亲的蛊惑，正当他决定采取一些措施时，下一个严峻的事件却如期而至了。

几天后，格桑回到家，有两个警察等在屋里。他的女人呆若木鸡地陷在沙发里，看到他回来立刻紧张地直起身子。格桑有一瞬间的恐惧。在盆地里，他是习惯等待，让问题去解决问题，但从来没有想到警察会混在问题中一同出现在面前。

"你是苏领？"

"——是。"格桑很迟疑地回答。他有瞬间的恍惚，"格桑"这个名字已经标记般地渗透在他的血液里，尽管他已经远离高原。

"苏袖的哥哥？"

"是。"

"苏袖最近和你有联系吗？"

"没有。"

"真的没有？"

"真的。"

"我们可以告诉你，你妹妹已经被通缉，现在是重大犯罪嫌疑人，如果你对我们有所隐瞒，将要承担法律责任——我们将以涉嫌包庇罪追究你。"

格桑摇晃了一下，手扶在墙上，像当年初次踏上拉萨的土地时那样眩晕。

“苏袖怎么了，她杀人了吗？”

“人倒没有杀，不过也差不多了。她盗窃了银行金库里的一百七十万元现金潜逃了。”

“多少？”

“一百七十万。”

她要这么多钱干吗呢？格桑曾经无数次虔诚地祝愿，祝愿自己的妹妹在尘世间拥有大笔的金钱，祝愿她因此才能够享受到面向大海春暖花开的幸福，但是，现在格桑深刻地质疑妹妹，要这么多钱干吗呢？

这得问她自己，她是和自己的情夫一起干的。

一个警察过来让格桑看他做的谈话笔录，并且掏出一盒印泥让格桑在上面摁下指纹：“一有苏袖的消息马上通知我们，事情的严肃性我想你可以认识到——听说，你是位诗人。”然后他们离开了。

格桑一直扶墙站着，他没有思维了。他的女人在他眼前转来转去，小心翼翼地说：“苏袖可真厉害，我顶多敢偷些单位的稿纸，她却一下子偷到了金库里面！”格桑摇晃着走到阳台上，抬头看着天上的星星，心里面不再有投机取巧的念头。格桑知道，生活不会再仁慈地赐予他下一个问题了，自己遇到的是一个终极的问题，除了和它正面遭遇，自己不再有转圜的余地。

四

一觉醒来已经过了十点钟，格桑吃惊自己会睡得这么死。自从回到盆地，格桑的睡眠时间就被严格地规定在了一个范围内，他的医疗保险和住房公积金，他的亚健康和女儿，都要求他睡在规定的时间内。

充足的睡眠使格桑的思维异常清晰，他很清楚地意识到自己将要去做些什么。起来洗脸时格桑发现自己的女人在家，正坐在沙发里发愣。格桑问道："你不上班去吗？"女人摇摇头，像个陌生人似的看他。格桑看出来了，自己的女人是在用打量一个犯罪嫌疑人的目光来打量着自己。她已经做出了判断，格桑将在这个事件中扮演什么角色。这让格桑有些惊悸，对自己产生出惶惶不安的忧虑。格桑洗漱得仔细而缓慢，他想借此延缓一下自己惊慌失措的情绪。后来格桑找出一件平时不常穿的厚夹克套在身上，向他的女人说道："你能给我些钱吗？"女人警觉地用眼神发出疑问，但还是慌慌张张地从衣架上取下自己的包。"这些，够吗？"她把包里所有的钱塞给他。格桑凝重地冲她点点头，转身向外走。

格桑的女人突然冲过来，从身后紧紧地抱住他，声音苦涩地说道："格桑，无论你到哪里，都要记得我会跟着你去，如果你要去数苦的杏仁，那么你就把我也数进去。"

女人最后的那句话，来自一句格桑耳熟能详的诗。

格桑的心在一瞬间变得生动，仿佛有一片拉萨的树叶温柔地砸在头顶——那时候，他和他的女人像两只欢天喜地的小野兽，他们共同享受着拉萨的阳光，她随他奔赴尘世的任何角落，甚至不在乎从高原跌落进盆地，来和他过着日复一日的平庸生活，成为两条悲凉的鱼。此刻，这条悲凉的鱼再次以诗的形式吐出了温暖的水泡，在一瞬间令格桑泪流满面。

格桑被一个义无反顾的女人跟随着并且温暖着，却绝不愿意自己的妹妹义无反顾地去跟随和温暖一个男人。格桑必须赶在警察之前寻找到苏袖和她的瘸腿唐克，那样，一切也许还可以部分地挽回。格桑想自己也许能够说服那个诗人，用诗歌的名义去要求他，让他承担起罪责，从而挽救苏袖。

格桑按照那张名片找到了泛亚公司，名片上的唐婉是这家公司的总经理。这家公司租住在一个招待所，进到招待所的大门，拐过一栋楼，在另一栋两层的老式楼上。公司里面的职员们忙忙碌碌，没人过来问格桑有什么事情。格桑去敲总经理办公室的门，一个女孩走过来问他："你找谁？"格桑说："找你们总经理唐婉。"女孩脸色顿时变得有些古怪，上下打量格桑一番，说："总经理不在，这个时候你最好不要来找她。"格桑问："为什么？"女孩把头向一边歪了一下："喏，她有麻烦。"顺着她歪头的方向看出去，格桑看到院子里的花坛前站着两个吸烟的男人。

“警察？”

女孩慎重地点点头，躲到一边忙自己的去了。格桑走出公司，紧张地从两名便衣警察面前走过去。这时他好像看到招待所的大门口有一个熟悉的身影一晃而过。唐婉！格桑尽量不动声色地追出去。追出招待所大门，格桑看到的是一个短发女人的背影，看来不是了，唐婉有着一头绾在脑后的长发。

往回走时格桑特别留心了一下身后。通过街边的橱窗，格桑真的发现身后有人在跟踪自己。两个中年男人，都穿着便衣，不远不近地跟在他身后。格桑立刻明确了自己目前的身份——嫌疑人，一个有充分理由被监视与跟踪的嫌疑人。格桑边走边思考，怎样才能摆脱眼前的困境。但是显然，摆脱已经注定是艰难的，甚至是严酷的和无望的。

走出几条街之后，两名便衣警察依然跟在身后。格桑转身钻进路边的一间公共厕所。刚刚在便池上蹲下，就有一个老头追进来，冲着他发火道：“不交钱就往里冲啊，你把这里当你家啦！”这么恶劣的语言令格桑怒火中烧，但他还是要克制住自己，站起来从裤子口袋拿钱。此刻，当格桑明确并且接受了自己作为一名嫌疑人的处境后，不自觉地，整个人的态度都趋向卑下与温顺了。交了两角钱后，格桑获得了蹲在里面的资格。这是一个漫长而艰苦的过程。格桑不会马上从这里走出去，那样和他进来的初衷相悖；他可以在这里待很长时间，不过这得取决于他的承受能力，看看他究竟能够承受多久粪便的气味。冬天是厕所一年当中气味最凌厉的季节，寒冷使臭气具备了另一种使人疼痛的特质，萧索，甚至肃杀。萧索，甚至肃杀的臭气，格桑能够抵抗多久？并且，在厕所里无端逗留，显然是很不恰当的，同时还会影响到其他人方便。所以格桑只有蹲在便池上。蹲在便池上面不把裤子拉到屁股以下，这种情景难以想象，甚至都不在一个诗人的灵感之内。所以格桑只有把屁股露出来，让其合乎逻辑地对着粪便。开始几分钟，格桑的主要精力集中在外面的跟踪者身上，想他们会不会等得不耐烦起来，干脆直接进来把自己光着屁股拖出去。所以每进来一个人，格桑的心都一阵狂跳。这样诚惶诚恐地蹲着，疲惫感于是就来得尤为迅速。几分钟之后，格桑的主要精力大多集中在了自己的感受上。这种感受来势汹汹，严厉并且粗暴，令人难以抵挡。格桑感到两条弯曲的腿从脚跟一直麻上了膝盖，酸痛、肿胀，血液极度不通畅。还有更可怕的事，蹲得久了，并且屁股赤裸着，便意就平白无故地涌现。但格桑绝对不敢放任自己的便意，因为他根本没有这方面的准备，他缺少手纸。诸多具体的困难包围了格桑，需要他去克服，去忍耐，远远比那些缥缈的忧伤来得锋利。格桑的呼吸开始急促、紊乱，头上流下大颗的汗珠。不知道过了多久，总之格桑认为自己努力过了，已经到了极致，他只有两种选择了：要么站起来，走出去；要么屁股下沉，直接坐进粪坑里。

当格桑摇晃着直立起来，那种百感交集的滋味居然令他产生出讴歌的愿望，那种需要去赞美什么和诅咒什么的热情，陡然在他久已干涸的胸膛盛开。

格桑从厕所里出来，居然看不到那两名便衣。怎么会这样？格桑不放心，或者是不甘心地四下张望。他们真的不在了，真的扔下他走掉了。格桑心里感觉不到一点儿欣慰，反而很痛苦，是那种无所针对的痛苦。在路边的一家眼镜店，格桑替自己买了副墨镜，戴在眼睛上，世界为之一暗的时刻，格桑有种庄严的悲凉。

格桑在这一刻完全进入了自己的身份，嫌疑人，一个失去跟踪者的嫌疑人。然而他依然在伪装，在掩饰。同时，格桑心里又有崭新的灵感涌现，令他振作起来。格桑在心里说：唐婉，你跑不掉！

五

傍晚时分格桑拐回到招待所。他没有去后院的泛亚公司，而是走进了招待所的大楼。前台的服务小姐长得虎头虎脑，而且态度可人，她声音清脆地问格桑："先生您住宿吗？"格桑摘下墨镜说："是的。"

"请您拿出身份证。"

格桑愣住，他身上没有身份证："没有身份证可不可以住呢？"

这可能不行，不允许的，小姐的表情比格桑更为难："地面以上都需要有身份证登记。"

"'地面以上'——什么意思呢？"格桑敏锐地抓住了这组奇怪的词，心想与之相对的，就一定有"地面以下"了。

"地面以上就是指地下室以上，因为我们还有地下室。"

"那么地下室可以住吗？"

"地下室是通铺，我怕您住不习惯。"

"我无所谓，你给我登记到'地面以下'吧。"

付了钱，格桑按照指示一直走到楼道的尽头，果然看到了向地下延伸的楼梯。下到地下室，又一位长得也很虎头虎脑的小姐收了格桑的房单，替他打开了房门。房间完全没有想象中的糟糕，很长的一溜大板床从门前一直顶到对面的墙上，干干净净地铺着白床单，并且平整无比，连一个细微的褶皱都看不到。

说是通铺，但这间房除了格桑之外别无他人。这有什么住不习惯的呢？格桑想：自己要面对的无非是有生以来最大的一张床而已，而那时候，自己曾经睡进过高原上的羊圈呢。所以，这“地面以下”的安身之处，可谓尽善尽美了。其实它只要具备一面窗户，一面对着后院泛亚公司的窗户，就足够了。而这一点格桑一进门就找到了。那面窗户很高，从它开始，这间房子就钻出了地面，它是地上与地下的分界。人躲在地下，眼睛却可以透过它观察地上。

格桑从床铺这边一直走过去，站在床上，眼睛刚好够着窗户的高度。外面已经是夜色朦胧了。泛亚公司门前花坛里的花木早已枯萎凋谢，根本成不了视线的障碍，穿过花木的枯枝，可以清楚地观察到公司门前的情况。现在那里空无一人，两盏路灯照在水泥地面上，光晕像两张摊开的煎鸡蛋。

这时一双穿着黑色高跟皮鞋的脚从格桑眼前走过去。由于是擦着窗子过去的，所以格桑看不到这双脚的主人，只能看到这双脚，以及向上的踝骨、小腿，本来还可以再看上去一些的，但是这双脚迈过窗子只需要三两步，格桑的眼睛来不及向上张望。一双无主之脚从眼前一闪而过，这个情景令格桑恍惚——如果自己从窗子里伸出手去，一把抓住那双脚中的一只，会产生什么样的后果？那双无主之脚，一定会被这只从地下突然伸出的无主之手吓得跳起来。一种久违的思维方式在格桑的头脑中苏醒，那就是，一个诗人与生俱来的对于意象的热衷。格桑没有想到的是，当自己进入嫌疑人角色时，同时也重新具备了一个诗人的气质。

格桑准备入睡。目前他唯一可以掌握的只有自己的体力，唯一可以凭借的也只有自己的体力，尽管格桑不能够确定自己将用体力去完成什么——会用它去干掉谁吗？或者是去拯救谁？也许，这些体力最终只是用来使自己成为一名合格的犯罪嫌疑人？睡下之后，格桑才发现，面对偌大的一排通铺，他不知道怎么睡才是恰当的——睡在中间，肢体最大限度地扩张，像一只螃蟹或者是死去的青蛙；蜷缩在一角，身躯团成一只蜗牛，那么大的干净的空间无声无息地干净着，气氛充满了不祥，令人无端地悲伤。格桑想：原来人的睡眠真的只需要巴掌大的一块地方。睡在巴掌大的一块地方上的人，你为什么还要痛苦，为什么还要流离失所？这样的诘问令格桑沉痛，因为当年睡在羊圈里的经历，就是他回到盆地的理由之一呢。

六

格桑一早就趴在了那扇窗户上，早到窗外只有一个清洁工顶着星光在清扫地面。外面一定刮着风，因为这名清洁工不停地追逐被风刮得乱跑的垃圾。其中一只方便面袋子尤其活跃，让清洁工很费了一番工夫，刚刚被扫进成堆的垃圾中它就飞起来，如此反复了几次，清洁工很生气地用脚踩了它几下，这样它才妥协下来，不再任意脱离集体。院子被清扫干净不久，天空开始转亮，由灰，到灰白，到惨白，于是开始有人在惨白的冬天清晨走动起来。八点钟刚过，泛亚公司的职员陆陆续续赶来上班。八点二十九分时，上班的职员达到高峰，他们突然从四面八方降落到公司门前，兴致勃勃地挤进那两扇玻璃门。这番场景看得格桑面红耳赤，他看到了自己的日常写照，自己就是这样在盆地里只争朝夕的。几十分钟后，昨天在花坛前吸烟的那两个便衣警察出现了，他们仍然站在昨天的位置上，仍然吸着烟执行任务。格桑在床上来回倒一倒站木了的脚，继续全神贯注地守望。他可以肯定唐婉没有出现，没有以任何面目从自己的视线里闪过。

十点过一刻时，她来了，穿着一件烟灰色的羊绒大衣，留着一头向里扣进去的短发。但是她蒙蔽不了格桑了。在替自己戴上墨镜的那一刻，格桑透彻地洞悉了他们如今是两个处境相同的人，他被布控，她也被布控，他需要伪装，她也同样需要伪装，而且他们伪装的手段同样有限，他选择了墨镜，她选择了发套。

戴着发套的唐婉却把她最显著的特征暴露在光天化日下。那双手，那双红酥手，白皙、圆润，涂有丹蔻。它们一经闪现，立刻便被放大在格桑的视野里，格桑只需要捕捉到这双手就足够了。唐婉步态端庄地从两名便衣面前走过，进到了公司里面。十多分钟后她从公司里出来，并且在台阶上有一个小小的类似表演的停顿，然后才神态自若地走下来。就在这时，一只黄色的方便面袋子突然贴在了窗玻璃上，恰好捂住了格桑的眼睛。格桑从床上跳下来，飞快地向外冲去。冲出地下室，冲出招待所，唐婉已经走到了街上。格桑站住，等她大约走出二十米，才慢慢地尾随上去。

唐婉走在大街上，不急不慢，风姿绰约，但在格桑的眼里，却充满着叵测的嫌疑。一直走了整整一条街。其间她停下来从包里掏出手机接听过一个电话，放回手机后向前走了一段路，又停在一间公用电话亭前使用了一次公用电话。格桑远远地盯着，心里亢奋莫名。她自己有手机，却要使用公用电话，这还不足以说明问题吗？格桑可以断定，顺着这段无形的电波摸过去，就可以捉到那对隐匿者了。但是格桑的亢奋却是悲悯的，因为如此轻而易举就可以捕捉到那一对人，恰恰喻示了天网恢恢，他们注定无可遁形。格桑一直盯在那部被唐婉使用过的电话上，目光甩在上面，像根绳子般地系住，它放在四部一模一样的电话机中间，很容易混淆。在唐婉走出十几米后，格桑一步步靠近了目标。没有人碰过它，它确凿无疑地保留着线索。格桑用手指庄严地揿在这部电话机的重拨键上。

听筒里是一声声空洞的忙音。它居然是一部丧失了重拨功能的电话。它拒绝回忆，拒绝重复。

格桑怔忪地摔下电话，巨大的失落感令他一下子缓不过神来，仿佛一把唾手可得的水，却从指缝间无可挽回地奔涌而去。守电话的女人向他发火道："不要乱摔！"格桑被吓到似的拔腿就跑。

唐婉在十字街头向左拐了过去。跑到路口格桑刚刚向左转，便看到唐婉并没走远，而是停在路边，一下子和他近在咫尺了。格桑急停住，慌乱不堪地从怀里摸出墨镜戴上，然后竖起了夹克的衣领。事后格桑想，自己可能就是在这个环节上被唐婉发现的。

唐婉招手拦下了一辆出租车，刚刚离开，格桑也拦下了一辆车坐了进去。格桑告诉司机，跟上前面那辆。司机很有激情，热情高涨地说了声没问题，一脚油门下去就有超越目标的架势。格桑忙劝道："不要超过去，只需要跟住就可以了。"两辆车一前一后向东行驶。这个时候，格桑对自己的身份产生了定位上的混乱，他几乎认为，自己代表着另一种权力了，可以去命名与定义，现在，他是正义的化身，在追捕一名狡猾的嫌疑人。格桑这辆车上的司机是个十足狂妄的家伙，像一个善于类比的抒情诗人，一路上喋喋不休地批评着前面那辆车上司机的驾驶水平。正巧途中有辆奥迪插在了那辆车的前面，就更让这个家伙找到了证据："饭桶啊，妈的学过开车没有？也敢出来跑出租！"最后的结果是，在一个"丁"字路口前他自己的车被红灯拦下了，眼睁睁地看着目标从眼前消失掉。这家伙肩膀一耸，振振有词地说："哥们儿，没辙啦，交通规则总得遵守吧？"

在"丁"字交叉路口，格桑失去了自己的目标，成为一个身份模糊的人。从哪里开始？从哪里失去？格桑只有徘徊在原地，虚妄地蹲在路边。他现在能做的只有等待，等待某种奇迹的发生。

距离格桑不远的地方，蹲着一个几乎与他一模一样的人，穿着同样的深色棉夹克，在冬天里戴着同样的墨镜。不同的是，这个人面前还摆着一个卦摊，十几只竹签扔在脏兮兮的红布上面。格桑无意中看过去，不由得连打了几个寒噤，他以为看到了自己的影子。两个一模一样的人蹲在街边，他们各自成为对方的镜子。

眼看到了中午，格桑打算吃点东西。街对面有一家西饼屋，格桑跑过去买了两袋面包。毫无原因，他走回来将其中的一袋放在了那个算卦人的面前。这个和格桑在表面上毫无二致的人丝毫没有表现出疑惑，心安理得地吞食起那袋面包。格桑蹲在他身边，有一种朴素的力量令格桑泪流满面，眼泪一直流进嘴里，和着面包被吞咽下去。他们进食的速度都是一样的，一口一口，协调一致。共同塞进最后一口面包后，算卦人站起来收拾了他的卦摊，把它们塞进一只黑提包里。这时格桑才发现他是个瞎子，他从身后摸出了一根竹竿点在地上，丟丟丟，准确地点到格桑面前。

"兄弟，先前所有的，早已起了名，谁能告诉你身后在日光下有什么事呢？"

说完，瞎子在竹竿的引导下庄重地离去。

这是什么样的语言啊！格桑如遭雷击。与此同时，奇迹真的显现，神灵降临在“丁”字交叉的路口——唐婉从马路对面的一辆出租车里下来，四下看看后向东而去。格桑跟上去，陷入巨大的感动和虔诚之中，犹如回到了那块诗意的神秘之地。

唐婉走得很散漫，走了大约半小时，她进入了一座居民小区，三拐两拐，上了其中的一个单元。格桑被单元的电子门挡住，只能从脚步声判断出她上了三楼，并且进了左边的一套房子。妹妹苏袖就在上面——这个判断令格桑别无选择，他伸手揿下了302室的对话键。

“上来吧。”

唐婉的声音从对话器中转出来。她根本没有多余的话，只是说“上来吧”，显然，她发现了格桑。电子门被打开了，上楼时格桑心里充满了虚构的热情。他将面对怎样的状况呢？当他真的站在两个通缉犯的面前时，将如何衡量他们的罪与非罪？格桑的态度是莫衷一是的，脑海里甚至出现了这样的画面——自己将加入这支嫌疑人的队伍，和这几个绝望的人一同逃往天涯海角，苏袖与唐克，自己与唐婉，哦，还有自己的女人，自己的女儿，届时会出现一种难以言状的奇异组合，他们将浩浩荡荡地搀扶着投奔高原，挤在羊圈里相互取暖，天亮时第一眼看到的就是美丽的喇嘛庙，是雪山和青草，是无尽的光明普照之下的无尽岁月……

302室的门虚掩着，格桑直接推门而入。里面空无一人，至少没人来迎接他。只有卫生间传出哗哗的水声。看过这套房子的整个布局后，格桑顿时明白自己遭到了失败。他首先看到的是客厅正中挂着的照片，照片上唐婉和一个男人、一个男孩组成了一个标准的三口之家。那么，这里是那种被称之为“家”的地方，唐婉绝对不会愚蠢到把两个通缉犯窝藏在自己家里。

“帮下忙好吗？”唐婉在卫生间里说。

格桑在卫生间那扇门前犹豫了半天，最终还是推门进去了。卫生间很大，里面蒸气氤氲，更加强化了格桑的忐忑与迷乱。一只带着水珠的红酥手从浴帘后伸出来，孤独地举在空中。

帮忙递条毛巾。

格桑从墙上的毛巾架上抽出一条毛巾，过去交在那只手上。那只手并不急着收回去，而是将毛巾在空中突兀地摇摆，让它也成为一只翻云覆雨的手。格桑只有转身离开了。格桑感到自己在一瞬间虚弱了下去。

莫，莫，莫。

七

第二天，格桑的跟踪变成了一个纯粹的玩笑。起初他还抱有幻想，以为自己能够欺骗过去坚硬的真实。他很正规地戴着墨镜，按照一个自认为合理的距离跟在唐婉背后。唐婉途中钻进一间公厕时格桑还紧张了一番，认为她会有所企图。不料她很快就出来了，把一张纸巾揉成团，头也不回地向后一抛。这团纸巾是冲着格桑丢过来的，仿佛一记凌空而来的耳光。

中午的时候，唐婉进了一家快餐面馆。格桑站在门口等待时她突然在里面招呼道："进来一起吃吧。"格桑硬着头皮走进去和她面对面坐下。两碗热气腾腾的面条摆在跟踪者与被跟踪者之间，还有比这更荒谬的吗？格桑陷入难堪的局面里，决定不管不顾了，直截了当地质问她："他们藏在哪里？"

"你是个聪明人，不应该问出这个问题。你知道，一旦你得到了答案，就是给自己背上了十字架。"

"你这么做，考虑过后果吗？"

"你这么做，想搞出什么后果？"

格桑被问得哑口无言。他在一瞬间感受到了这个女人身上巨大的力量，这种力量却是来自一种巨大的脆弱，只是因为它巨大，所以才成了力量。

“我，和你一样，我也没有选择，”格桑艰难地说，“我只能去帮助他们……”

“帮助？用法律的词汇来说，应该是——”

“是的，包庇。”格桑承认。

唐婉凝神看着格桑，眼神里有种令格桑怦然心动的东西，那是一种濒临绝境时骤然得到安慰后的惊诧，宿命般地不可思议。

原来，她喃喃地说：“你依然是个诗人……”

格桑想继续追究下去，唐婉却不容分说，她用一根筷子指指格桑眼睛上的墨镜，郁悒地说：“其实这根本蒙蔽不了警察，就像我头上的，只是一个发套而已，它们掩盖不了什么，改变不了我们现在是两个犯罪嫌疑人的事实。在警察眼里，我们已经具备犯下包庇罪的嫌疑。其实我们已经怕了，我们知道，我们有犯罪的动机和愿望。不是吗？我们戴上这些东西，只不过是想要安慰自己内心的恐惧。但是，你瞧，我们除了欺骗自己，谁也欺骗不了。”唐婉用筷子指指肩后，格桑顺着筷子望出去，不由得大吃一惊。那个和他一模一样的算卦人在马路对面隔着墨镜向他们玩味地眺望着。

“警察无处不在，只不过在和我们玩着一个没有什么难度的游戏。”唐婉自嘲着笑了，笑得短促，只一瞬间，郁悒就像水一样漫过她雍容的脸。

他们并肩走回到大街上。两个进行了微不足道的伪装后的中年男女，隐去真实面目，双双走在冬天的马路上，世界于是也为之虚幻。在整个世界的虚幻中，他们成为两个纯粹的相互依存的人。

八

一连三天，他们都这样结伴而行。格桑会准时地出现在唐婉家的小区门前，唐婉也会准时地出现。然后，在傍晚的时候，格桑会把唐婉一直送到她家的楼下。格桑试图以此探究出那两个人的藏匿之地。但是唐婉坚定地缄默着。“你知道了又怎样呢？”她说，“无非是把自己逼到悬崖边，我已经知道了，但是更加无能为力。”格桑陷入虚无的状态里，看着身边这个有着古典之美的女人，体力与智力都产生出弥漫性的痛楚。他们漫无目的地走在大街上，认真地躲避着无所不在的监视，如同两个笨拙的演员，在空旷的舞台上兢兢业业地表演着。一开始，他们之间是有一些距离的。后来，他们自己都没有觉察到，两个人的手曾经片刻地挽住了一两次。

最后一天的傍晚，唐婉在单元门前哀伤地看着身边的格桑，问他：“不上去吗？”格桑摇摇头，她就自己上去了。过了一会儿，一个男人领着一个半大的男孩从单元出来。格桑认出了这对父子，他们就是照片上和唐婉组成一个标准家庭的那两位成员。

父子俩精神焕发，对生活充满了信心的样子，脸色都好得令人妒嫉。他们知道吗，在这块盆地中，他们的亲人陷入了令人动容的憔悴。

格桑坐在楼下的石凳上，渐渐地和冰冷的石凳成为一体。

唐婉却再次出来了，她好像没有看到一样从格桑身边走过去。格桑刚刚迈步跟随，她却突然转过身来，凝视着他说："退出去吧，放弃吧，你不要再搅和进来，就让我为你这个诗人去做这件违背幸福的事情吧。"

格桑木讷地望着她，望着这个女人在自己面前逐渐崩溃，坍塌，终于放声恸哭，掉头跑起来。格桑紧紧跟在她身后。他们跑到大街上，跑过车来车往的马路，一前一后，没有追逐者，而是被尘世共同追逐着。格桑的心剧烈地痛起来，一种似曾相识的情感爬上心头。格桑突然觉得前面的这个女人就是他的女人，就是那个曾经在高原上奔跑的他的女人……

唐婉跑进了一片平房区，一下子消失在迷宫般的巷道里。夕阳下四通八达的巷道阒无人迹，只灌满了灰色的稀薄的风。失去目标的格桑举棋不定。每一个方向都成为可能时他便没有了方向。茫然失措之间，格桑想起了自己的法器，那只悬挂在他胸口的转经轮。格桑的手伸进自己的怀里，它就在那里，在他的心脏之上，须臾不曾离去，如此妥帖与可信。格桑用拇指和食指轻捻它的轴柄，它回旋起来，赐予他那种无上的不受制约的权力，驾驭着他一同回旋，回旋，回旋，一直拐出去。

那幅光明的景象陡然闯进格桑的眼睛：一个白得发亮的屁股陡峭地面对着他，像是悬浮在空中的一朵纯洁的花，它是如此光荣与明亮，仿佛阳光下高贵的雪山。唐婉把羊绒大衣撩起来，裙子和羊毛裤袜一直褪到小腿上，身子大幅度地前倾下去，头垂着，眼睛从两条光滑的大腿之间仁慈地注视着他。那只发套滚落在一旁。她在用这个决绝的姿态将格桑驱赶出嫌疑人的队列。一瞬间，格桑已经泪流满面。

格桑在这夺目的光芒之中回到了他所有的形式与内容之中。诗人格桑清晰地看到：世界在这一刻从苍白，到洁白，到银白，抑或从鹅黄，到橘黄，直至金黄。他们，妹妹苏袖，瘸腿唐克，他和他的女人、女儿，唐婉幸福的一家三口，乃至凛冽的父亲，乃至所有的人，在银白金黄的世界里，全部具备了诗意的光芒。

湖边的光明时刻

一

证　据

小招把两条长腿伸展出去，身子陷在整张竹躺椅里不能自拔，嘴里一个劲儿地说："不舒服，怎么躺都不舒服。"随即她又换一个姿势，身子侧过来，两条腿你压我一下，我压你一下，怎么都不对劲，干脆把脚也放在躺椅上支撑两条腿弯曲起来，并且很不雅观地分开。

"舒服了，"她说，"这下舒服了。"

马领说："你这样子很难看，不怕被人看到什么吗？"

小招用手把裙子往两条腿中间掖掖，说："看不到。"

马领低头去喝茶。

但是小招又命令他："你起来看一看，看看能不能看到什么。"

马领说："不用了吧。"

但是她变得不放心起来，还是要求他："看一看，你看一看嘛，我刚刚舒服，不想换动作。"

马领只好站起来走到她面前，看一看，又看一看，说："看不到。”

他把头很深地埋进她两只膝盖间，又飞快地抬起头说：“要这样，才能看得到。”

小招“哧哧”笑着说：“老康要是看到你这样，一定很有意见。”

“老康会有意见吗？怎么会呢？”马领坐回到自己的躺椅，没精打采地说。

柳树上有知了在没命地叫，他想：干吗要坐在这里，这里一点儿也不凉快。手机响起来，马领看到小招把耳朵贴得很近，就把手机递过去：“你听吧。”

小招吓了一跳，身子缩回去摆手道：“你自己来，自己来。”

马领接听，对方却在他接通的那一刻挂断了。

“肯定是卖保险的。”小招嚼着话梅，很有把握地说。

马领转头看到她裙子滑到腿根处，大腿明晃晃的，长筒袜的袜口很深地勒在肉里。半天得不到马领的回答，小招发出一声叹息，自言自语道：“不知道小鸽怎么受得了你。”

“你指哪方面？”

“各方面。”

小招闭着眼睛，嘴里一动一动地咀嚼着话梅。

“比如说。”

“没有比如说，就是各方面，各方面！”

“嗯，罗小鸽只有一种时候受不了我。”

“什么时候？”

“生病的时候。”

“为什么？”

“她一生病就要对我说：我们做爱太多了做爱太多了。”

“真的太多了吗？是不是？”小招凑过来说，“我看看，眼眶黑不黑。”

“怎么样，黑吗？”

“还可以，不算很黑。”

“你们多吗？”

“什么？”

“还有什么，做爱啊。”

“不多。”小招的脸上有一份小小的惊愕，好像才意识到她此前并不明白这一点。

“真的？”

“真的！老康待会儿来了你问他。”

“我不问，这种事口说无凭。”

“那怎么办？”

“什么怎么办？”

“证实啊！怎么才能证实，怎么才能让你相信。”

“我无所谓，这跟我有什么关系。”

不行，怎么可以这样，一个铁的事实怎么可以找不到证据，怎么可以没法证明！小招拼命地摇头，被一个问题困扰住。

老康胳膊下夹着只透明的塑料文件袋向这边走过来，老远就向他们招手示意。这个人在酷热难当的烈日下居然还打着条领带。

走到跟前他挥着手说：“同志们辛苦了，同志们来多久了？”

马领说：“看你那呆样。”

二

空气在痉挛

他马上先看出了小招的情绪不对，用文件袋在她眼前晃晃。小招无动于衷，垂头丧气地继续被一个难题折磨着。他对马领做了一个询问的表情，马领恹恹地把头扭到一边。

怎么回事？他在这种气氛下变得拘谨起来，小心翼翼地推推小招分开的大腿："出什么事啦？"

小招突然一把揪住他的领带，急切地说道："你给我拿出证据来！"

老康护住领口以免被勒住，紧张地问她："什么证据，啊？你要什么证据？"

小招嘴里像炒豆子一样地快速说着："我们入夏以来没有做过爱吧，最后一次是在五月份是吧，是不是啊？"

老康莫名其妙地频频点头："是啊是啊。"

小招用力一扯领带："那么你给我拿出证据来！"

"拿出证据来？这要什么证据？"

"就要！"

“这有什么证据，你说是，我说是，就是。”

“你说了不算，我说了也不算，重要的是证据，是证据！”

“这种事我们说了不算，还能有什么证据？”

“我们说了就是不算，要他相信了，才算！”小招指头用力地戳向马领。

马领一直不愿意看他们，他顺着湖面看过去。

湖面明亮得让人睁不开眼，空气在痉挛，像一团不安的迷雾。远处有两个人影，一男一女。他们在颤动的空气中宛如一对虚幻的剪影。马领隐约可以看到女人头发很长，穿件红裙子，面向着水面，男人在她身后转来转去，仿佛在诉说什么，并且情绪激动，在浮光掠影中居然动手朝自己脸上打了两记耳光。

老康在马领身边坐下，不满地用文件袋拍了下他的背，说道：“就你爱惹她，问她要什么狗屁‘证据’，你倒是给我拿个证据，证明你是个白痴。”

马领仍然观察着那对男女，他特别想看看红裙女人会有什么反应——都这样了，男人都开始打自己耳光，还不够吗？

他头也不回地说：“你真想要？”

老康问：“什么啊？”

他说：“证据啊。”

老康想了想，说：“算啦，我看你还是算啦。”

小招发泄完就不再吵着要证据了，悠闲地把两只膝盖碰来碰去，问道：“你怎么才来？”

老康说：“早来了，在门口跟卖票的讨论了一下公园该不该收门票的问题，新千年都要到来了，公民应当有权免费进公园。”

小招说："你事情办好啦？"

老康说："好啦，那块牌子是泛亚公司用三十万买断的，他们开价不少于四十五万。剩下的就该你了。"

小招不满地说："你别说'该'字，我谁都不'该'。"

老康说："我说说不行吗，有罪啊，公司不是咱们共同的吗？"

小招说："我就是不爱听，什么共同的，一个皮包公司，谁稀罕？"

老康说："你今天有病啊？"

小招说："我看你才有病。"

老康说："你有病！"

小招说："那你揍我一顿看看。"

老康绕过去站在她面前。马领失声尖叫起来。

那个男人打完自己两记耳光后，开始用头去撞一棵柳树，撞得既飘忽又激昂，让人误以为是场游戏。女人依旧不受感动，面朝湖水，不肯回头。男人撞了无数下后开始有些晕头转向，像个喝醉酒的人一样步态踉跄，围着柳树一步三晃地转起圈来。圈子越转越大，转过几圈后，半径就移到了女人背后。马领惊恐地看到此人在波光一样潋滟的空气中抬起了双手，犹疑地向女人背部推去。马领的尖叫脱口而出。然而就在这一刹那，女人回头了，马领看到男人伸出的手僵在空中，继而非常机智地改变成一个双手合十的祈求动作。

老康踢一脚马领的躺椅："你叫什么？我又不会真揍她一顿。"

马领挥手让他走开，继续不安地观察远处的事态。

老康开始布置任务："我们各司其职，各尽其能，发挥我们灵活多变的作风，争取攻克这笔业务！"

小招说："你想让我去陪人睡觉？"

老康说："不要这样讲！你最好不要这样讲，我们是在搞事业，是吧，我们是白手起家啊。"

小招说："白手起家？你认为白手能起家吗？两只白手伸出去只有挨板子的份儿。"

她把两只手抱在怀里，又觉着还不够安全，就压在屁股下面。

老康说："怎么可以这样讲话？你太消极了……"

"啊——"

马领猛地坐起来，直勾勾地看着前方，嗓子里发出一声短促的惊叫。

女人回了下头后又恢复了凭水远眺的姿态。男人在身后指天画地，捶胸顿足，感动啊感动，让遥望者马领嗓子干燥得几乎要冒出烟来。他们像是被浸泡在一杯水里，稍加搅拌或者摇晃，便会融化在氤氲沸腾的空气里。怎么可以这样？这样都不能解决问题，不是逼着让人萌生恶念吗？看啊——男人令人心惊胆战地跪倒在地，他匍匐于湖边的光明时刻，脑袋一下一下地砸向地面，磕头如捣蒜，磕一下，身子便像蚯蚓蠕动般地往前拱一下，一下一下，终于挪到了女人背后。现在，他的两只手向女人双腿抱去，在马领看来，他的肩膀只要顺势一顶，目的就将达到。马领觉得惊叫是从自己嗓子里被人用弹弓发射出去的一样不可遏止。生死存亡间，女人突然掉头飞快地跑开。失去目标，男人一下平扑在地上，头却已经触到了水面。他像一头俯首饮水的牲口。马领果真看到此人就着湖面喝起水来。这个人在烈日下用尽了手段去感动对方，死去活来，以至几度萌生恶念又几度戏剧性地失手，在紧要关头功亏一篑，最终只能像头牲口般地趴在湖边去喝绿油油的臭水。

老康和小招一同直起身子诧异地看着马领。马领感到心脏受不了，用手捂住胸口，紧闭双眼，同时伸出另一只手把远处那惊人的景象指给他们。

“什么啊？”两人同时问他。

马领不说话，只是指着前方。

“你到底在指什么？想说明什么？”老康踢他两下。

马领张开眼睛怒吼道：“你们都是瞎子吗？人像牲口一样，你们看不到吗？”

他突然住口，瞠目结舌。前方空无一人，湖面在烈日下没有一丝波纹，空虚而混沌，只有上帝的灵在水面上运行。

老康一字一顿对着他说：“这就是你给的证据吗？是啊，你充分地证明了——你是个白痴。”

马领瘫软下去，他绝望极了，天啊，这个世界。

老康重新去问小招：“你刚说白手只有挨板子的份儿吗？我没听错吧？”

“我没说，你听错了，”小招变得很沮丧，好像抗争过了，也到认命的时候了，“你说吧，我该干吗？”

“你，先负责和泛亚公司接触，争取以最低的价位把广告牌搞到手，他们是三十万买下的全套手续，你最好在三十万以下搞定。”

“过分了吧，人家是白痴吗？”

“你行的，你一定行！”老康热情地给他的恋人打气。

“那么，好吧。你这个浑蛋。”

“不要骂人，”老康回头指向马领，“你，负责全部文案，假设手续已归我们所有，制定出完备的招商策划书。”

“我，负责寻找客户，争取在一百万以上把牌位放出去。”老康给两个对生活妥协了的人分配完任务，也在自己肩膀上扛上了重担。

“现在就开始，”他雷厉风行地拉起小招，“我们马上开始！”

小招皱眉说：“你也太急了吧？”

老康说：“坐而言不如起而行。”

他把手中的文件袋丢在马领怀里：“这儿环境不错，有山有水，你就在这儿构思策划书吧。”

说完他拉起小招就走。又回来，说道：“我刚刚给你打了一个神秘电话。”

三

老　哥

马领一直望着湖面发呆，他有种预感，湖面会突然泛起涟漪，一圈一圈扩散开，直到有什么东西浮出水面。他陷入惆怅的等待中。

摊主过来替他续满水，装作漫不经心地问："你还坐会儿吗？"

马领说："是的。"

摊主说："要不，你先结下账。"

马领说："我还不走，我在等待。"

摊主说："你可以等待，但你先把刚才两位的座位费结一下，我年纪大了，你一个人坐在这里，我怕一会儿忘掉还有两个人也坐过。"

这的确是个老态龙钟的男人，马领就表示理解了。付过钱，马领感到有点轻松，好像一切可以重新开始，之前的一切已经被一笔勾销，他可以心安理得地坐在这里等待了。

不知从哪里来的一个小女孩，四五岁的样子，头上戴顶翻边太阳帽，手里捧着本画书，摇晃着小屁股过来，坐在马领身边的躺椅上。坐上去后她的脚离开地面，无声地踢来踢去。她在聚精会神地看手里的画书。马领注意到她，身子凑过去和她一起看。女孩把画书往他这边挪挪，让他能够很好地分享。马领霎时被感动了，没有看清画书的内容就缩回身去，用一只手堵住即将泛滥的泪水。那份突如其来的、大而无当并且经不起推敲的感动让他受不了，在夏天的湖边涕泪纵横。他打开老康留下的文件袋，和女孩相安无事地各自阅读起来。

资料很简单，其中有几张照片，马领认出是火车站前昌运大厦的楼顶。老康向往的那块广告牌就在这里，更具体地说，是火车站前昌运大厦楼顶的这块空气成了老康目前的业务意向，他想在这块空气中伸出两只白手捞到一百万。

“老哥，你能结下账吗？”

一只枯瘦如柴并且硕大无朋的手伸在他面前。

“为什么？我还要坐下去。”

马领一哆嗦，他觉得自己首先被“老哥”这个称呼吓着了，接着又进一步被这只手吓着了。这是一只老年人的手吗？它完全没有老年斑，因为它完全都是老年斑，像刚从泥里拔出来的。

“你老哥当然可以坐下去，可是你先把刚才的座位费付一下好吧。我太老了，怕记不住。”年迈的摊主振振有词地说。

“刚才的我已经付过了，不是吗？你好好想一想。”

“付过了吗？”老头有些迟疑，但伸出的手并没有收回去。

“是付过了。”马领小心翼翼地推开那只搂草耙子一样的手。

“啊，我记起来了！”老头高兴地叫起来，重新把手伸过来，“老哥你没付，真的没付！”

“我付了，你好好想想，两个人的，一男一女，我一共给了你十块钱。”

马领耐心地提示他，闭起眼睛不让自己看到那只手。

“不是的，不是两个人，是一个人，”老头充满信心地说，“是一个小女孩，戴顶太阳帽，手里拿本画书。”

马领恐怖地感到那只手在自己头顶相当慈爱地抚弄了一下，浑身不由得一阵痉挛。他睁开眼，身边空空荡荡，那个令人感动的小女孩无影无踪，老态龙钟的一个男人笑容可掬地看着他。

“可我不认识她。”马领艰难地说。

“不要骗我，我是老了，可是不糊涂，老哥你还和她趴在一起看画书呢。”

“不要叫我老哥！”

马领神经质地喊了一声，如数付给他钱。

“欠账就要付钱的，马上都要到千禧年喽，老哥你不付钱能坐在这里喝茶水吗？只能趴在湖边去喝臭水。”

老头叹息着走开，他的语气实在没有什么特别，但在马领听来，却仿佛某种强硬的训诫般的诅咒，尤其当他这样一唱三叹地重复时，就更是一种不折不扣的威胁了：“只能趴在湖边去喝臭水，只能趴在湖边，去喝臭水，去喝臭水啊。”

马领惊恐莫名，他再也不想坐在这里了。

他过去对老头说：“我结账。”

老头笑嘻嘻地说：“你刚结过了，我记得，你老哥不要来逗我。”

“老哥我结自己的账，老哥我宁愿趴到湖边去喝臭水！去——喝——臭——水！”

爱情诗

我们的无所依附的眷恋有可能被看作是无所眷恋。

——艾略特

春天的时候，林永靖医生决定养一缸鱼。医院里的小车司机管生向他推荐了锦鲤。管生说："这种鱼皮实，性情温和，好养，最妙的是，有个讲究——养在家里，能让生活中的一切关系在潜移默化中变得和谐。"林永靖医生被打动了，花了不少钱，买下了九条不同品种的锦鲤。

进入盛夏的时候，九条锦鲤中最漂亮的一条死掉了。死掉的锦鲤华丽而矫健，在林永靖医生心里，是当作那一缸鱼中的领袖来看待的，并且对它格外地赋予了一些神秘的寄托，随着它的死亡，林永靖医生的生活也改变了。

一

庞安医生

庞安医生看到那条死掉的锦鲤时，“死亡”这两个字就令她一阵眩晕。对这条死去的锦鲤，她竟然无力去仔细端详，更遑论将其打捞出鱼缸。庞安医生被一种大而无当的忧伤覆盖了，这种无法言说的忧伤令她感到了困倦。她恍惚记起林永靖医生出门时的叮嘱：照顾好鱼，万一停电，就换换水，这样它们才不会缺氧，天气这么热，嗯——你也要照顾好自己。庞安医生忍不住呻吟了一声，心里想：我既没有照顾好鱼，也没有照顾好自己啊！这样的结论不但令她自怜，也令她自艾，混合在一起，就是种消极的情绪。在这种消极的情绪中，庞安医生进入了深沉的睡眠。

庞安医生从来都是个消极的人。对于生活，她从来没有积极地去谋求过。她按部就班地读书、工作，没有格外地经营过什么，也就似乎没有格外地丧失过什么，尤其在嫁给林永靖医生后，生活在她面前变得更加轻盈，一切都被林永靖医生去积极地克服了，留给她的，似乎只有水和空气，虽然必须，却都是可以忽略不计的。有时候庞安医生觉得自己就像一条鱼啊，在一片幽暗的深海里，安静地游来游去。

入夏以来，庞安医生的安静却被打乱了。医院里新来了一位院长，叫乔戈。新院长乔戈仿佛一枚高品质的鱼钩，对她这条寂寞的鱼发出了试探。对于一枚鱼钩的试探，庞安医生身不由己地做出了回应。这种回应天经地义，它来自庞安医生的内心，被荏苒的时光酝酿着，甚至独立在她消极的意识以外。庞安医生觉得，这位新院长在遥远的过去就站在某个地方对她张望着，那种意味深长的窥望，终究要引动她内心积存已久的焦虑。

但鱼钩与鱼叵测的关系，从初夏到盛夏，一直陷在遥遥无期的对峙之中。庞安医生惯常的消极态度，有效地延宕了那种顺其自然的咬合。犹豫与徘徊混合在燠热中，让这个夏天成了一个心照不宣的季节。在林永靖医生出差之前，他们没有任何轻举妄动的理由。这样的局面甚至让庞安医生觉得自己内心的波澜只是一种幻觉，它并没有现实的依据，两人之间的召唤与回应，只是一种虚构的情节。直到乔戈院长对她暗示林永靖医生的出差是一次刻意的安排后，她才相信，这一切是真的发生着了。

傍晚的时候突然下起雨来，顷刻间雨水滂沱。庞安医生在暴雨击打窗子的嘈杂声中苏醒。然而苏醒之后她的第一个意识，就是那条锦鲤的死亡。她从床上下来，奔至鱼缸前。虽然阴沉的天空令屋内的光线一片昏暗，但她仍然可以看见那条锦鲤漂浮在水面上的姿态。它翻着肚皮，仿佛一个惬意的仰泳者，随着鱼缸里的水流不易觉察地摆动着。那些微不足道的水流出自一只水泵，正是由于它一度停止了工作，才造成了这条锦鲤的死亡。如今它却勤奋地工作着，制造出的气泡发出“咕嘟咕嘟”的水声，像一个人周而复始的抱怨。庞安医生觉得自己的听觉发生了奇妙的变化，现在，她觉得这只水泵发出的声音压过了窗外暴雨的喧哗，那种轻微、单调的声音，在四周营造出一种懒散的寂寞。一切声音都被它覆盖了。所以，电话铃声响了很久才被庞安医生觉察到。

乔戈院长只在电话里“喂”了一声，就被庞安医生的哭泣打断了。

庞安医生悲伤地呜咽起来。

她说：“它死了！”

二

乔戈院长

乔戈院长在看到女医生庞安的第一眼时，就变得心事重重了。他觉得时隔多年，她依然保持着那种惘然若失的风度。他不由得要去凝望她，双眼满含忧郁的深情。但在行动上，乔戈院长却是迟缓的。他一度甚至满足于这样的状态：仿佛在共同钻研一道令人着迷的难题，只和对方模棱两可地相互启发着，却并不去响亮地给出答案。这样的情绪裹挟在盛夏的酷暑之中，成为一种软弱无力和装腔作势的混合物，它令乔戈院长感到了尴尬。乔戈院长感觉到，在这种情形下，他的威信都有丧失的可能。他甚至觉得医院里所有人的目光都在审视着他，在他们眼里，一个新的院长，或许不该陷入裹足不前的境地之中。

院里要在盛夏的时刻派出一名医生去外省完成一项合作，这是一个显著的机会。乔戈院长犹豫再三，终于做出了决定：就让林永靖医生去吧！在这个决定被宣布的时刻，乔戈院长显得有些不知所措，过了好一阵，他仿佛才回过神来。乔戈院长用一种毋庸置疑的语气对林永靖医生命令道："就是你了，就派你去！"

林永靖医生走后，开始的两天乔戈院长还有种如释重负的解脱之感，似乎仅仅实施了这个计划就足以令他满意了，已经算是对自己做出了交代。但是在第三天，当他和庞安医生在院里那条羊肠小径不期而遇时，他像一个大梦之后的觉醒者一样，突然就洞悉了自己的方向。

“乔院长好！”

“庞医生，你好！”

“林永靖打电话回来了，他已经到了。”

乔戈院长没有吭声。他的双眼再一次满含忧郁的深情。他看着眼前的这个女人，泪水居然溢出了眼眶。这泪水来得有些荒唐，事后乔戈院长认为，它是源于某种神秘的危机感。

后来他们一同走出了医院。准确地说，也并非“一同”。两人之间始终保持着一段距离，在炽烈的光线下一前一后地走在大街上。阳光粗暴地泼在他们身上，大街上没有一丝风。高温令大街上的车辆都稀少起来。乔戈院长吃惊地发现，原来医院门前的这条马路是如此笔直，它明晃晃地延伸出去，仿佛没有尽头。他们走在这条金光大道上，对乔戈院长来说，一切依然显得叵测。

傍晚的时候，他们进入了那家酒店。在前台登记的时候，乔戈院长产生了一瞬间的动摇。但庞安医生的态度纠正了他，庞安医生朝他笑了笑：“走了一身的汗，冲冲澡会舒服很多，你看，你的衬衫已经湿透了。”

庞安医生这样一说，乔戈院长当然就没有了余地。于是“冲冲澡”便成了最大的任务。进入房间后，庞安医生果然直接去了卫生间。乔戈院长独自坐在一把椅子里。房间里晦暗的光线产生出一种幽冥的效果。乔戈院长觉得自己坐在了一席最糟糕的位置上：悬在头顶的空调，风向正对着他，汗流浃背的身体被冷风一吹，有种被针刺的感觉，立刻就泛起了一层鸡皮疙瘩。但是他没有更换自己的位置。他把自己置于冷风的覆盖之下，这种有些自虐意味的行为，不禁再次令他潸然泪下。

庞安医生在卫生间里待了很久。出来的时候，她衣衫齐整，甚至头发都是干爽着的，一点儿没有沐浴后的样子。这令乔戈院长感到了诧异。乔戈院长心事重重地进入了卫生间。他看到卫生间的地面上分明是积着一洼水的。他打开了水龙头，在一片水声中脱光了衣服。恍惚中，他觉得自己不是站在酒店的卫生间里，而是站在多年前那堆篝火的光明之中。

——那是为了分别而点燃的篝火，燃烧在毕业典礼后的夜晚。

火焰熊熊，将一张张年轻的脸辉映得光彩夺目，每个人的面孔仿佛都被涂抹上了一层黄金。只有一个女生例外，她用双手遮住面部，像是试图挡住眼前耀眼的光明。年轻的乔戈发现，当她的双手偶尔移开的瞬间，暴露出的眼睛在火光的照耀下就有一股惘然如失的情绪像水一样汩汩流出。年轻的乔戈并不熟悉这个女生，只隐约知道她的名字。整个大学期间，年轻的乔戈都是静止着的。他的静止来自一种天然的羞怯与卑下。像一具泡在福尔马林中的标本，在整个青春期，他就是一个站在成长这个大操场外的旁观者。但是那一天，当这个女生起身离开篝火的时候，年轻的乔戈朝她追踪而去。

很多年来乔戈回忆起那天夜里自己的举动，唯一可以归纳出的理由就是，他当时喝醉了，在毕业聚餐上他喝了过量的啤酒，而且，分离的情绪，灿烂的火焰，都放大了酒精的作用。他尾随着那个女生，看她走入了操场角落里隐蔽的厕所。远处的篝火依然在燃烧，回望过去却变得蓝幽幽的了。同学们的身影在火光下袅袅浮动。有人在背诗，诗句在夜空中有了重重叠叠的回响般的效果。年轻的乔戈遥望着远处的光明，觉得自己像一颗独悬在天边的孤星，已经被浩瀚的天际抛在了苍穹的边缘。

三

林永靖医生

在去往外省的火车上，林永靖医生想起了新院长对自己说话时的态度。

“就是你了，就派你去！”

这像是在和谁赌气啊？！林永靖医生感到有些好笑：他赌什么气呢？他不用赌气我也要服从命令嘛。望着车窗外逐渐改变了的地貌，林永靖医生的嘴角不由得荡漾出了微笑。

在春天的时候，林永靖医生买下了那缸锦鲤。他觉得那些锦鲤果然神奇，真的是在潜移默化中改善了自己的生活。林永靖医生心目中的“改善”，与一个叫徐未的女人有关。徐未是林永靖医生大学时期的女友，掐指算来，两人已经有将近十年没有见面了，可就在林永靖医生买下那缸锦鲤后的第三天，两人却意外地邂逅了。那是一次医学会议，进入会场的时候林永靖医生就看到了昔日女友的身影。但他没敢确认，因为昔日女友在他心里已经定格了，永远保持着当学生时的样子。直到徐未开始在会议上发言，林永靖医生才把眼前这位圆润的女性和自己曾经的女友联系在了一起。会议要在那家酒店里开三天，与会人员来自五湖四海。徐未来自遥远的兰城。当天夜里，当林永靖医生在徐未的房间里重温了昔日的温存之后，他不禁由衷地将自己的好运与那缸锦鲤联系出了一种因果的关系。

徐未身在兰城，而林永靖医生此行的目的地，恰恰正是兰城。好运在延续着。所以，把即将到来的重逢与乔戈院长滑稽的态度并列着去对比，林永靖医生差点就笑出声来。

林永靖医生出发前并没有跟徐未打招呼。他觉得这样更好，能让惊喜更加地惊喜。而且，林永靖医生也没有为对方准备什么礼物，随身携带的行李中，唯一和徐未有关的，只是一包避孕药膜。

到达兰城后，出乎林永靖医生意料的是，他居然不能立刻和徐未见面。林永靖医生此行参与的合作是诊治经济困难的白内障患者，一下火车他就被带上了手术台，几乎马不停蹄地连续摘除了二十多个浑浊的晶状体。直到第四天，他才得以休息。林永靖医生给徐未所在的医院打了电话，对方告诉他徐未医生正在手术，让他待会儿再打过去。在等待的空闲中，林永靖医生把电话打到了家里，起先是占线的忙音，间隔了几分钟后才拨通。

林永靖医生只在电话里“喂”了一声，就被庞安医生的哭泣打断了。

庞安医生悲伤地呜咽起来。她说：“它死了！”

“谁？你说谁死了？”林永靖医生一阵紧张。

“鱼，最大的那条，嗯——”庞安医生急迫地说，“就是那条‘大正三色’，是吧，是叫这名字吧？”

“是！”林永靖医生愤愤地答了一声，质问道，“它怎么会死的，嗯？怎么会？”

“停电了，水泵不工作，我想……它是缺氧死掉的。”

“停电？你为什么不换换水？你去哪儿了，停电的时候你不在家吗？”

电话那头沉默了。庞安医生的呜咽声也戛然而止。林永靖医生觉得自己的态度有些恶劣，他控制了一下情绪，安慰道：“算了，没关系，不过是一条鱼……”

四

年轻的乔戈

庞安医生在卫生间里冲澡时也回忆起了那堆篝火。

那一夜年轻的庞安受到了惊吓。那个夜晚所发生的一幕她从未向人提及，只在回想之中伴随着某种耻辱的印象使她惊悸不安。那件事情在庞安年轻的内心里是难以理喻的，但是它瞬间揭示出的真实却随着重复的记忆，成了庞安医生日后消极岁月中翩翩幻觉的一个部分。随着岁月的粉饰，它居然逐渐具备了一种令人着迷的性质。它一直潜伏在庞安医生的心里，直到很多年后，乔戈院长出现在眼前，它才清晰地浮现出来。

那天夜里，年轻的庞安解完手起来整理裙子的时候，突然发现了那双闪烁着的眼睛。它盯着她的身体，在星光下熠熠发亮。对方几乎是和年轻的庞安一同惊醒的。当年轻的庞安即将无可遏制地惊叫出来时，对方首先发出了声音："不要叫！"

"不要叫啊——求求你！"他用痛苦、喑哑的声音乞求她，"求求你！"

年轻的庞安看到那双眼睛里涌出了泪水，心底一瞬间也感到了巨大的悲伤。她惊魂未定地看清了眼前的这个男生。他的脸经过泪水的冲刷，在星光下一览无余。那是一张流着泪的脆弱的脸。

这张脸浮现在卫生间蒸气氤氲的镜子上，让庞安医生宛如梦中。几年前，庞安医生在医院的候诊大厅里看到过一张同样脆弱的脸，它在庞安医生的眼前一闪即逝。庞安医生仿佛受到了神秘的召唤，撒腿就追了过去。她一直追到了医院门口，在几名保安的眼皮下抓住了那张脸的主人。他朝她转过脸来，不是那个男同学。他只是一名患者，脸色煞白，表情因为病痛而显得脆弱无力。

庞安医生陷在冥想中无力自拔。她在卫生间里待了很久，出来时洗过的头发都已经自然风干了。

乔戈院长在卫生间里待的时间更长。他也从蒸气氤氲的镜子上看到了某种物体。那是一块隐匿在黑暗之中的白色，仿佛一只饱满的气球，悬浮在无尽的幽暗里。乔戈院长知道，这是毕业那天夜里的一幕再现了。从理论上讲，年轻的乔戈在那一夜窥视到的应当就是一个女生的屁股。但事与愿违，从目睹到这团雪白的东西之后，这团东西在他的心中就从未和身体联系在一起。它只是一团颜色，或者是一团光。这团光在乔戈院长的记忆里闪烁不定，总在一些沮丧的日子里战栗着照亮他心里的某道伤疤一样的皱褶。和这团光一同到来的，还有那种淅淅沥沥的水声。当然，在乔戈院长的听觉里，那也不是一个女生解手的声音。它是一种忧伤的音符，淅沥沥，淅淅沥沥……

那天夜里，那个女生终究没有叫喊出来。她只是在片刻的失措后从他的身边跑了过去。年轻的乔戈已经是泪流满面。他目送着她的背影奔向了那堆篝火。巨大的恐惧让他颤抖不已。当他平静下来重新回到篝火边时，他看到那个女生依然用双手遮住自己的脸。同学们在背诵诗歌。那是一首北岛写的爱情诗，恋爱着的和没有恋爱着的，都被这首诗打动了。他们神情虔诚，每一句都背诵得仿佛誓言一般庄严。

乔戈院长把花洒的水流调到最小，让水花滴滴答答地跌在自己的脸上，恍惚间，耳边又响起了那种忧伤的音符。

当他从卫生间里出来时，他发现庞安医生坐在自己刚才坐过的椅子上。乔戈院长想，那可是一席最糟糕的位置啊。

“你不要坐在那里啊，正对着空调，会被吹坏的。”

他这样说着，就有种想哭的冲动。他觉得，经过了这么多年，他才第一次有机会去报答这个女同学。

庞安医生仿佛没有听到他的话。乔戈院长又说了一些话，她都置若罔闻。直到他喃喃自语道“林医生是我派出去的”时，庞安医生才如梦方醒。

五

脑震荡患者

那条锦鲤的死讯最初并没给林永靖医生带来额外的阴影。他很快就联系上了徐未，两个人约在一家酒店里见面。对兰城，林永靖医生当然是陌生的，所以酒店由徐未落实。徐未很体贴，在电话里详细告诉了他路线。

直到他们从酒店里出来，林永靖医生都觉得一切仍是顺随人意的。他也企图留下徐未，但徐未有家庭，晚上必须回去。林永靖医生没有坚持，他要求送徐未一程。那个时候天已经黑下来。在徐未家的楼下，身心愉快的林永靖医生在告别时刻自然而然地伸出一只手去拥抱徐未。徐未的态度却在一瞬间发生了逆转。她突然变成了一个陌生的女人，动作粗暴地甩开了林永靖医生的手。林永靖医生下意识地再次举起手时，却感觉自己的手在半空中被人攥住了。那个攥住他手的人是谁，他始终没有看清楚。他觉得那个人非常矫健，使用的手段完全具备专业的水准，拿捏之下，轻而易举地就将他扔了个跟头。他摔出去，脑袋重重地撞在一张水泥石凳上。

“不要打啊，你们不要打！”他听见徐未在惊叫。

林永靖医生意识到什么，他也在一瞬间变得敏捷，几乎是从地上一跃而起，像只一往无前的兔子，飞快地逃掉了。后来他拦下了一辆出租车，坐进去后才回头观看，但车外只是一片陌生的街景，并没有徐未，也没有其他的人追来。这时候林永靖医生才感觉到了脑袋的沉重。他以一个医生的职业素养判断出：自己脑震荡了。

被自己确诊出脑震荡的林永靖医生表现出了一定的症状：对于刚刚发生的事情出现了短暂的失忆，他没有去推究自己受伤的原因，而是跳跃着将自己的伤情和那条死去的锦鲤联系在了一起。他突然变得很激动，狂暴地用手机拨通了家里的电话。

“鱼为什么会死？停电的时候你在哪里？和谁在一起？”

他严厉地对庞安医生发出了质问。

庞安医生一阵恍惚，甚至没有辨认出对方的声音。他从未用这样的语气对她说过话，所以，在庞安医生听来，电话里传出的就是一个陌生人玄秘的申斥。庞安医生恐惧地扔下了电话。

但是这个电话在深夜再次打了进来。依然是同样的严厉，依然是同样的质问：“鱼为什么会死？停电的时候你在哪里？和谁在一起？”

这一次庞安医生镇定了，她判断出了对方是谁。她只是不能理解，这个人为什么会变得如此陌生。她对着电话嗫嚅地说：“不过是一条鱼……”

“这不是一条鱼的问题！”林永靖医生显然是被激怒了，他吼道，“好好的一条鱼被你弄死了，我们都会倒霉的！”

庞安医生觉得他不可理喻。如果这时候她知道林永靖医生是一个脑震荡患者，她就会理解他的偏执与易怒了。她只是觉得，如今那条锦鲤的死亡成了一个严峻的问题。庞安医生怔怔地想：为什么偏偏在那天停电呢？她不由得要去猜测：是在哪个时刻，家里的那只水泵停止了工作？她对这个疑问产生了一种莫名的兴趣。她把电话打到了物业公司，询问那天停电的具体时间。得到准确的答复后，她就开始绞尽脑汁地追忆起来：在那个时刻，自己和乔戈院长究竟在酒店的房间里做着什么呢？

六

管 生

乔戈院长在电话里得到了那条锦鲤的死讯。他感到了庞安医生的悲伤，还在电话里劝慰了她几句。但出乎他意料的是，庞安医生深夜再一次将电话打到了他的家里，主题还是那条死去的锦鲤："它死了！"

乔戈院长很被动。他的妻子就睡在身边，他只有爬起来走到阳台上去说。

"嗯，我知道了。"

"林永靖很生气，质问我当时在哪里，和谁在一起。"

"嗯。"乔戈院长无言以对。

"那天清晨……五点钟的时候，我们，在做什么？"

"嗯。"

乔戈院长觉得自己的眼泪又要流出来了。他似乎听到一声惊悸的叫喊穿越了时空，从当年那个夜晚抵达了现在。他甚至又要再一次乞求她"不要叫啊——求求你"。他用痛苦、喑哑的声音低声回答她："我们，大概是在背诗。"

回到床上时，面对妻子的询问，乔戈院长回答道："医院里一个重要的病人死了。"

他的妻子对这个回答感到满意，安心地入睡了。

庞安医生却因为他的回答泪如雨下。这个回答带给她无以言说的忧伤和深深的慰藉。

第二天清晨，庞安医生找到了医院的小车司机管生。管生很年轻，却有着一个老年人才有的兴趣与爱好。他热衷于饲养各种花草和鱼类，就是他，向林永靖医生推荐了锦鲤。庞安医生找到他，目的很明确，就是请他买一条那种名叫"大正三色"的锦鲤。这本身是件很容易办到的事情，但庞安医生附加的条件却令管生为难了。

管生吃惊地看到庞安医生将那条死鱼从一只塑料袋里取了出来："要和这条一模一样的。"

那条鱼显然是被放进冰箱中冷冻过了，硬邦邦的，表面蒙着一层灰白的霜。管生大惑不解，不免要问为什么。

庞安医生回答说："林医生对这条鱼有感情，我不想让他难过。"

管生被感动了，其后的几天陪着庞安医生转遍了市里大大小小的花鱼市场，苦苦寻觅着一条心目中的锦鲤。然而始终难以达到庞安医生的要求。他们甄别了无数条鱼，却没有一条符合那条死鱼的标准：不是体型有偏差，就是斑纹和色彩不一致。那条作为参照物的死鱼被反复暴露着，很快就有了腐烂的趋势，尸体上的色泽逐渐向着相反的颜色变化，白色变成了黑色，红色变成了绿色。管生被这种奇特的寻找迷惑了，那种无望的执着，那种倔强的坚持，像一种高贵的精神怂恿和激励了他。他下定决心不帮助庞安医生找到那条毫无二致的锦鲤就绝不罢休。

同样，这种寻找也蛊惑了庞安医生。这个盛夏的季节在这些天突然阳光收敛，雨水滂沱。坐在管生的车里，庞安医生觉得自己真的成了一条鱼，在一望无际的水的世界里漂泊。

与此同时，身在兰城的林永靖医生尚处在脑震荡的恢复之中。显然，他是不能再上手术台摘除白内障了。医院对他进行了头颅的CT扫描，确诊了病情，让他住进病房里休息了。躺在病床上的林永靖医生始终精神紧张、情绪焦灼。他也希望让自己的状态平静下来。但人面对病患时却是绝对脆弱的，即使你是一个医生。徐未居然在事后没有任何音讯，这一点林永靖医生是无论如何也无法释然的。他觉得她不做出解释，至少也应当表示一下问候吧？愤懑加重了林永靖医生的症状，他头痛、眩晕、恶心、呕吐，在控制不住的时候就把电话打回家里，声色俱厉地冲着庞安医生发火：“鱼为什么会死？停电的时候你在哪里？和谁在一起？”

庞安医生总是保持着沉默，最多会呻吟般地说一句：“不过是一条鱼……”

一个多月后的一个黄昏，当林永靖医生再一次拨通了家里的电话时，得到了一个令他啼笑皆非的答案。

“鱼为什么会死？停电的时候你在哪里？和谁在一起？”

“鱼因为缺氧而死。停电的时候我在一家酒店里。和管生在一起。”

庞安医生条理清晰地一一回答道。

“管生？”

林永靖医生迟钝地想了想，然后他“哧哧”地笑了出来。

七

爱情诗

林永靖医生出差回来的时候他才知道，庞安医生的回答并不是一句玩笑。这当然令他大感震惊。

感到震惊的还有乔戈院长。乔戈院长也不能理解庞安医生怎么会和一个小车司机发生了爱情。他经常会在医院里看到这对恋人。有时候他从自己的办公室眺望出去，看到庞安医生走向医院外面那条笔直的马路，就会回想起那天发生在酒店里的一切。那天，他们分别冲了两个漫长的澡，说了一些话，当他暗示林永靖医生是被他刻意派往了兰城时，庞安医生就猜出了他的企图。她用那种惘然如失的表情杜绝了他的一切愿望。他们只是共同追忆起那个篝火之夜。那个夜晚，离别在即的同学们围在篝火边，彻夜不眠，一首接一首地背诵着诗歌，直到晨曦初现，直到篝火熄灭，化作一堆灰烬。他们都记得，在那些诗里最打动他们的是北岛的一首爱情诗，他们在酒店的房间里不由得再次背诵了其中的一段：

即使明天早上
枪口和血淋淋的太阳
让我交出青春、自由和笔
我也决不会交出这个夜晚
我决不会交出你

这诗句里的情绪曾经在那个篝火之夜深刻地感染了他们。那个时候，他们都没有品尝过爱情的滋味，但是年轻的心却被这坚贞的爱情誓言所击中。他们正陷入分别时刻的特殊情绪中，并且，彼此之间毫无防备地发生了一幕复杂难言的遭遇，那一幕混合着青春的无辜和邪恶，混合着脆弱与悲悯……这一切奇妙地作用在两个年轻人的心里，让他们在爱情诗的歌颂之中，无法言说地相互忠诚与眷恋。

乔戈院长沉痛地想，这一次，她依然没有交出那个夜晚，依然没有交出他。这么一想，乔戈院长的眼泪就溢出了眼眶。而那一天的清晨，当他们背诵完爱情的诗句后，他分开酒店房间的窗帘，晨曦涌进，他也同样地流下了眼泪。

乔戈院长不知道，就是那个时刻，有一条锦鲤因为缺氧而正在死去。

凡心已炽

传说每个女人

都有一朵花

不知名的某处

阴坡或阳坡

开了　落了

间或的树

石头　流水隔着

高高矮矮

就是她们一生的男人

——人邻《传说》

一

说起来，阿莫认识黄郁明有很多年了。阿莫和他是大学里的同学。在活跃的大学时代里，他们都是不为人注目的角色。小草已经长到无边，毛毛虫都变成蝴蝶了，他们还是不知道第一步该怎么走，躲在角落里，俯仰由人。

黄郁明来自农村，这不是关键。黄郁明其貌不扬，这也不是关键。关键的是，黄郁明因为这些劣势导致荒唐后果——入学不到两个月，就因偷了宿舍里男生的外套而受了处分。其实那件外套十分一般，卡其色、条绒，缀着两只能放进《辞海》那么大的口袋。说是偷，也的确有些勉强，严苛了些，黄郁明不过是擅自在周末穿了一遭，外出逛了逛书店。这本来不算大事，可鬼使神差，黄郁明穿回来就不归还了，也许是不敢，当然也有不舍得，叠得很齐整的，压在了自己的箱底。这样性质就变了。曝光后带来的打击是空前的，黄郁明不但受了处分，而且一颗蠢蠢欲动的心，也被致命地冷冻了，从此就把自己封闭起来。

相比之下，阿莫就要优越些。除了容貌平凡、脖子长得长了一些外，阿莫其实不比别人差着什么。她懵懵懂懂地读了十几年书，懵懵懂懂地进了大学，懵懂似乎就是阿莫的天性，于是懵懂就成了阿莫的习惯。阿莫从来不仔细分辨什么、感觉什么，脑筋的长度似乎只有“点到为止”那么长，从来不深入。可毕竟是大学那么一个火红的年代，尽管阿莫素面朝天，不知修饰自己容貌的不足，还是有男生招惹她。当然这男生也不是令人瞩目的一类，否则也轮不到阿莫，但是被阿莫不冷不热地对待后，仍然有些震惊，感到受了侮辱似的，似乎是阿莫不识抬举了，于是编派出一些有关阿莫的谣言在同学中散布开来。譬如说阿莫平胸，两只胸罩里其实是空空如也的。这倒也是事实，但里面没有以次充好的企图，在选择胸罩之类的问题上，阿莫也一贯地懵懂，买来就穿了。阿莫不明白这样的秘密是如何被该男生发现的，想了想，似乎有一次两人看过一场电影，在电影院里，男生的手曾经伸进自己衣服里探索过，再仔细回想一下，阿莫脑筋的长度就到头了。

于是就不想了。

阿莫不知道，许多自己不想的事，已经将自己置于了凶险的境地，让自己成了被耻笑的对象。渐渐地，就再也没有情事光顾阿莫了。

那个时候，男欢女爱已经在大学里蔚然成风，阿莫和黄郁明却出于各自的原因，被阻挡在了风尚的外围。要命的是，这两个人在学业上也都表现平平，甚至阿莫还是属于比较差的，于是，更是理所应当地成了边缘人，无人问津、自生自灭似的。不同的是，阿莫似乎没有感受到过风尚的存在，她被动、消极；而黄郁明，则是企图积极地主动进入，却因为手段的问题而被驱逐。所以黄郁明要比阿莫痛苦。痛苦的黄郁明倒是关注过和自己境况相仿的阿莫，但是看着阿莫若无其事地平来淡去，心里竟产生些愤懑——凭什么她可以这样怡然自得？抑或她是痴呆着的！这么一想，黄郁明倒有些体恤阿莫，仿佛自己也得了医治与安慰。

但黄郁明想都没有想过要去亲近阿莫。有太多的理由可以阻止他去这么想，那件卡其色的条绒外套就是一件紧身衣，束缚住他，足以让他缩住手脚，一蹶不振。

两个人真正开始接触，是大学毕业两年后的事了。

毕业后阿莫进入了另一所大学，这是在这所大学里任教的父亲促成的。阿莫被安排在这所大学的成人教育学院里工作。她的专业水准不足以使她走上讲台，就坐进了办公室，干起了行政工作。

一干就是两年，阿莫延续着她的懵懂。

接下来学院里的会计小胡被调到了文学院，阿莫就接替小胡做起了会计。说起来，会计这份要求条分缕析的工作是十分不适合阿莫来做的。这一点领导也是清楚的，但学院的杨院长与前会计小胡关系暧昧，已经影响到账目的清白，于是小胡的继任者反而倒需要阿莫这么一个懵懂的人了。这就是命运吧，由不得人的。各类面目相似的单据，大量枯燥乏味的数字，加剧了阿莫的懵懂。她实在不能搞懂，这些抽象的数字，居然就代表着收入与支出，代表着这个世界具体的运转。仿佛是相互作用着的，阿莫很快就和自己经管的账目一起懵懂了。

会计室和杨院长的办公室连在一起，同在一个套间里。已经被调到文学院的小胡还经常回来，当然是来找杨院长。起初阿莫是没有在意的，有几次小胡从里间出来还让阿莫吃了一惊，在阿莫眼里有着从天而降的突发性，不晓得她是什么时候进去的。直到有一天，里面传出了剧烈的动静，阿莫跑进去看个究竟时才恍然大悟。杨院长和小胡衣帽不整地连同一把断了腿的椅子滚在地板上。这让阿莫很是慌乱，平生第一次感到了尴尬，慌不择路地退出来，仿佛倒是自己被人窥到了隐私一样。

这以后阿莫就很知趣了，小胡再来，阿莫就一个人溜出去闲转，或者在校园里，或者干脆走到街上去，信马由缰地走走。

有一次这么走着时，一辆自行车从身后追上来，拦在了阿莫面前。骑车的男人穿着一身廉价的灰西装，眼珠很淡的一双眼睛看着阿莫，里面有着些许的羞怯。他向阿莫说道："是阿莫吗？"

阿莫用表情表达了自己的疑惑。对方好像很失望，悻悻地说："我是黄郁明啊。"

阿莫这才想起来，眼前这个消瘦得像根通条一样的男人，是自己的大学同学。阿莫说："原来是黄郁明啊。"

黄郁明的神情振奋起来，他从车子上下来，用力地点点头，说："你还没有忘记老同学啊。"

一下子两个人都有些高兴，彼此似乎都得到了某种追认。

黄郁明问阿莫在哪里工作，阿莫告诉了他。黄郁明听到阿莫做了会计，脸上流露出同情的样子来，他告诉阿莫自己"还行"，在一家文学刊物做编辑。黄郁明说着，很自豪的样子。因为他们是读中文的，黄郁明觉得自己现在做着文学刊物的编辑，"还行"，是学以致用，不像阿莫做了会计，显然是一种荒废。

于是黄郁明就同情，就自豪。阿莫当然想不到这些，只是觉得黄郁明脸上的表情很丰富，怪有意思的。黄郁明从阿莫身上得到了鼓舞，兴致十分高，摆出一副很忙碌的样子对阿莫说：“我现在要去约稿，阿莫，你有空一定要来我们编辑部坐坐啊。”

说着就骑上车子走了。骑出五六米，又折回来，一只脚撑在地上，从怀里摸出张名片递在阿莫手里，说一定来啊。

后来有一天，阿莫在街上信马由缰时，就循着名片上的地址找到了黄郁明所在的编辑部。其实是一个很简陋的地方，一栋半个世纪前的建筑，一间铺着斑驳的木地板的办公室。阿莫走进去时看到四张陈旧的木桌后面各自坐着一位编辑。其中一位中年妇女问阿莫找谁，阿莫说出了黄郁明的名字，对方想了一下，说：“黄郁明啊，去楼下取报纸了吧。”

说完就埋头做自己的事了。阿莫转身走出去，走到楼梯口时，正巧黄郁明抱着一大摞报纸和信件上来。看到她黄郁明怔了一下，很不自然地笑。然后阿莫被黄郁明重新引回了屋里。进去后，黄郁明坐下了，阿莫才发现原来屋里是有五张桌子的，只是属于黄郁明的这张格外小，并且上下都堆满了稿纸和信封，被埋没了，让人一下子看不出。黄郁明有些不知所措，坐下了才意识到阿莫是不应该站着的，于是又起来，把椅子让给阿莫，同时说道：“这位是我大学的同学。”

他是在向同事们介绍阿莫，语气却像是在自言自语。好像有人“哦”了一声，也好像没有，反正屋里的人都没有大的表示，各自埋头做着自己的事。黄郁明就沉不住气了，拉起阿莫的胳膊，小声说：“我们出去看看吧。”

阿莫不知道要出去看看什么，只好被他慌慌张张地又领出来，却一路被领到了大街上。

走到大街上，黄郁明解释说："里面地方太小，都没个坐的地方。"

然后又说："现在所有编辑部都是这个样子的，我们这里条件还算不错的，还有比这更不好的——文学刊物嘛。"

说完这些，黄郁明就不知该继续说什么了，很认真地问阿莫："你怎么想起来找我呢？"

阿莫一下子也反应不过来，说："不是你让我有空来坐坐吗？"

阿莫觉得黄郁明有些可笑。黄郁明点点头，同意自己的确这么邀请过阿莫，可眼下怎么接待阿莫却成了他的难题。黄郁明不愿意让阿莫看到自己在编辑部里的地位。

"这样吧，"黄郁明说，"我请你吃饭好吧！"

阿莫想想就同意了。

两个人在街边找了家排档坐下。实在不是什么正规的场所，可黄郁明却正襟危坐，很严肃地让服务员把菜单拿给阿莫看。阿莫点了几样菜，把菜单递到黄郁明手里。

黄郁明说："我就不点了，你喜欢就好。"

他强调说：今天是我请你。

阿莫心里少有地仔细了一下，就猜到了些什么，突然又觉得黄郁明有点可爱。阿莫的猜测在吃的过程中得到了印证。黄郁明当然不是很放松，一会儿抱怨肉不新鲜，一会儿指责菜太淡，其实只是借题发挥，舒缓自己的情绪。这样，阿莫就更觉得他可爱了。两人面对面地坐着，都不是善于寻找话题的人，就都各自吃着。其间黄郁明夹了菜在阿莫的碟里，阿莫心里暖了一下。

这顿饭拉近了两人之间的距离，似乎建立起一点儿同学以外的关系。

第二天黄郁明就找到学院里来，同样地让阿莫也吃了一惊，结果也是被阿莫领进了饭馆里，由阿莫请他吃一顿。不同的是，阿莫选择的这家饭馆高级了许多，是学院自己的一家星级酒店。倒不是刻意的，阿莫从来不懂得刻意。这里明亮、雅致的环境更是让黄郁明坐立不安，胡乱点了几样菜，也没有勇气去用挑毛病来宣泄自己的情绪了。阿莫发现自己喜欢看到黄郁明的这副样子，像一个手足无措的少年。这次轮到阿莫夹菜给黄郁明，当两人目光相遇的一瞬间，似乎有某种东西在两人之间生成了。在此之前，阿莫从来没有过这样的感觉：面对着一个人，尤其是一个男人，自己可以主导局面。这种感觉，阿莫挺喜欢的。

从这以后两人的走动就密切起来，三天两头就能见上一面，地点多是在大街上，事件呢，就是信马由缰，一同走。

在大街上信马由缰，本来就是阿莫经常性的行为，现在，她的身边有了黄郁明。走在一起是需要有个话题聊的，阿莫没什么可供交谈的话资，幸亏黄郁明聊起了文学。他们是学中文的嘛。而且黄郁明还做着文学刊物的编辑呢。跟阿莫聊文学，黄郁明就很兴奋，能一下子昂扬起来。既然生活乏善可陈，就让文学来装点一切吧。走在人来人往的大街上，听黄郁明嘴里说出里尔克、博尔赫斯这样的名字，阿莫有种虚幻的感觉。这些名字阿莫是知道的，但现在听起来就很陌生了。在阿莫的意识里，几乎已经没有了文学的概念。阿莫对文学从来就没有过什么兴趣，像对其他任何东西一样。往往是黄郁明说得很热烈，阿莫心里却在发笑。她的注意力放在黄郁明说话时的神态上，她觉得黄郁明这时候像一只昂扬的蚂蚁。不过阿莫喜欢看黄郁明这样，于是，她偶尔也鼓励黄郁明继续说文学。阿莫向黄郁明打听文坛的一些动向，问如今哪位作家风头正劲，最后逗得黄郁明兴起，郑重其事地邀请她写一篇散文，说保证发表在自己的刊物上。

有了这篇散文的出现，两个人的话题就更离不开文学了，只是落实到了一篇散文的具体写作上面，从立意到结构，翻来覆去地探讨出很多种可能。说得多了，阿莫那颗懵懂的心居然有了些波澜，煞有介事，真的动起了写作的念头。这是一个重要的变化，阿莫从没对什么事物认真地动念过，如今，她被黄郁明鼓动着想要写一篇散文了。

可是真要去写时，阿莫发现学中文的自己其实是写不了一篇散文的。她的脑筋已经习惯在一种长度上了，这种长度不足以支持她写出一篇散文。于是，这篇散文永远只保留在彼此的口头上，成为阿莫和黄郁明之间一个经久不息的话题。

走在大街上，黄郁明营造的文学气氛有时会被无情地破坏掉。有一回，他们突然被截住，一个妇女挥着鞋刷问黄郁明需不需要擦皮鞋。黄郁明不耐烦地摆手，让对方走开，并下意识地低头看了一眼自己脚上的鞋子。这一看，让黄郁明迅速地回到了现实当中。他脚上那双皮鞋实在是太不堪了，破旧，而且肮脏。擦皮鞋的妇女也观察到了，满脸不屑地走开，她也认为这么一双皮鞋是不值得她来擦拭的。回到现实中的黄郁明没有了谈论的兴头，垂头丧气地一言不发了。这一切都被阿莫看在眼里，阿莫心里就有一些替黄郁明难过。

于是，下一次见面时，阿莫拎着一双新买的皮鞋送给了黄郁明。黄郁明接受得居然很坦然。在黄郁明心里，他和阿莫的关系已经有了定义，只是阿莫没有认识到。黄郁明当街弯下腰换上新皮鞋，抬头看阿莫，两人目光遇到一起，相视了几秒钟，于是那个定义也在阿莫的心里隐隐约约地有了痕迹。

这个时候的阿莫，就变得比以前敏感起来。譬如，她可以看出黄郁明脚上的新鞋子和身上的旧西装格格不入。于是阿莫又买了新的西装送给黄郁明，三千多块钱，阿莫没有在价格上面做深入的考虑，看着黄郁明穿上后焕然一新的样子，只是感到一个男人被自己改造后的满足。

阿莫的这些举动怂恿了黄郁明。在黄郁明心里，阿莫分明是在主动地追求他。为什么呢？当然，是因为他"还行"，现在学以致用着吧！这就让黄郁明的自我感觉膨胀开，行为也少了顾忌。

黄郁明找到学院里来，拒绝和阿莫重上街头，第一次要求去阿莫的住处坐坐。

学院在单身宿舍楼给阿莫分了一间房子。是那种老式的筒子楼，走道阴暗，并且常年飘散着厕所的气味。两个人顶着氨气去阿莫的小屋。一进屋，黄郁明就抱住了阿莫，嘴唇不由分说地堵在阿莫的嘴上。他是有备而来的，搞的就是突然袭击。阿莫却被打了个措手不及，她被吓了一跳，下意识地挣扎抵抗，嘴唇张开着想要叫出来，却恰好方便了黄郁明唇舌的纠缠，被一下子吻了个实在。黄郁明进行得很坚定，蛮横得很。换了别的女人，黄郁明一定不敢这样冒进。可这是阿莫，黄郁明认为对于阿莫他可以攻城略地、予取予求。

阿莫很震惊，这完全出乎她的意料。有一刻她感到神魂颠倒，乃至有本能的愤怒。但她立刻被身体里另外一种奇异的感觉淹没，像是洇开的水。阿莫觉得黄郁明揽在自己腰上的胳膊像一根绳子，自己被拽着，跌进了一条河里，被这根绳子一路牵引着向前。这种感觉曲折地渗透了阿莫的意识。直到被黄郁明褪去了衣服，阿莫才清醒过来。但已经无法排斥了。也许拒绝的愿望是有的，也许没有，总之，是接纳了。

两个人都是第一次，完全是凭着本能，似乎却又都想掩饰住盲目，就进行得充满了挫折。失败夹杂在莫名的惊吓里，是一种说不出的感受。黄郁明的困境更明显一些，他是在主动地进取和开掘，东一榔头西一棒子，笨拙中就有了气急败坏的味道。当突然得逞了，进入了阿莫的身体，他的感觉像一只猛然暴露在强光下、被吓得魂不附体的老鼠，有一瞬间的茫然，不动了，定格了。阿莫则在失陷的这一瞬间里，把头拼命地扭向了一侧。但是进入阿莫视线里的一件东西，让阿莫迅速地摆脱了空前的疼痛：阿莫看到了黄郁明扔在床边的内裤，一条多次洗涤后变了形状的内裤，并且有洞。

这条可称为千疮百孔的内裤，像浪潮一样把阿莫推向了一种晕头转向的悲伤中。

当黄郁明停下来时，阿莫仍陷在巨大的悲伤里。她紧紧地并拢住双腿，把自己的伤口和血迹压在身下，隐藏住，不愿让黄郁明发现。也许是觉得太宝贵的东西不应该被太轻易地剥夺，也许仅仅是源于羞耻。沦丧了的阿莫不知道，就像她不知道一条内裤何以让自己如此悲伤。

黄郁明慌慌张张穿回衣服，他那条内裤似乎是可以不分正反的，就能那么一下穿上。黄郁明在努力使自己显出沉着的样子。旗开得胜，一下子就进展到这个地步，也是黄郁明始料不及的。他本来只是做了要亲吻阿莫的决定，在外围突破一下的意思，可是真正开始上手，就觉得对阿莫可以扩大战果，可以这么任性而为和一鼓作气了。如今这意外的被扩大了的战果让黄郁明不安，六神无主到居然一言不发地就走掉了。

下午上班时，阿莫才发现自己痛得厉害。身体仿佛被劈成了两半，让她很难用正常的姿态行走。阿莫即使懵懂，也晓得努力夹紧自己总是想分开的双腿。但夹紧了，就很痛。这么确凿的疼痛让阿莫又陷入那种晕头转向的悲伤中。

阿莫从办公室溜出来，迈着细碎的快步，退回到自己的宿舍，靠在门上看床上那鲜血的痕迹。那痕迹很显脏的，居然是一块黑褐色。然后她脱去了所有的衣服，站在镜子前试图察看自己疼痛的根源。忽然一抬眼，看到了镜中的自己，阿莫的心一直沉了下去，想，还来不及大方地面对自己的身体，她就要安静地老去了。

阿莫衡量不出这一切是否应该，心想，既然都发生了，那么，她应该是爱黄郁明的吧。而且，黄郁明在阿莫的眼里也的确有着可爱的地方，喏，两个人很对等，都把自己边缘的角色延续到了当前的生活中，彼此间有种天然的亲切感，在一起了，就是一种分摊。

之后，一切就有了改变。走在大街上，阿莫开始分析路人看他们时的目光了。路人一旦被用心地审视，都变得器宇轩昂和花红柳绿了。阿莫开始自惭形秽，认为自己的身材过于单薄，面孔也显得呆板，尤其那长长的脖子，甚至让人反感。黄郁明呢，似乎没有明显的缺陷，即使衣衫简朴，来自乡间的青年也自有一股清朗之气。但黄郁明那条有洞的内裤却始终纠缠住了阿莫的心，让阿莫有着说不出的悲伤。知己知彼，将自己和世界建立起了关系，阿莫就觉着和黄郁明走在街上时有了压力，自卑的感觉常常会击中她的心，让她产生出要装扮自己的愿望。

阿莫不愿意让自己就这样老去。

但是，对于如何装扮自己，阿莫也是不得要领的，只是看到别人穿了什么让她觉得好看，就去照样买回来。但这些“照样”买回来的东西，每每用在自己身上时，阿莫就觉得不入眼了。她那根长脖子总是太突兀，任何衣服都中和不了。结果是阿莫花掉了自己所有的积蓄，只是把衣柜填得满满的。

终于有一天，阿莫在街上看到一个和自己十分相似的女孩子，同样的单薄，同样的呆板，甚至同样有着长长的脖子，可是却显得非常好看。阿莫认为，是女孩身上的那件烟灰色的高领毛衣拉开了她们之间的距离。那件毛衣真是别致，从脖子到手腕细细地裹住，却将两只肩膀裸着，于是就分散了人的注意力，于是就让和阿莫一个类型的女孩好看了起来。阿莫得到了启示，就去寻找这样的毛衣。还真的找到了，但标在上面的价格却让阿莫吃了一惊，居然要五千多块钱。阿莫第一次被一个数字吓住。虽然没有经验可供她来衡量这个数字，但阿莫还是觉出了贵。——它好贵啊！阿莫在心里叹息着惊呼了一声。阿莫发现自己囊中羞涩，是买不起这件毛衣的。

可她还是不假思索地就决定要买下来。

阿莫为了这件别致的毛衣，第一次把手伸向了自己掌管着的公款。阿莫是会计兼着出纳，这是前任小胡在职时就形成的。从保险柜中取出一叠钱时，阿莫的心也是惶惶的，但绝对没有犯罪的感觉，这可能和黄郁明将那件卡其色外套穿在身上时的情绪是一样的。

阿莫在去买毛衣的路上就恢复了常态，笃定地计划着：攒上两个月的工资，就可以将这笔钱还回保险柜里去。

穿上新买的毛衣，阿莫展示给黄郁明看，果然就有了效果。黄郁明仿佛对阿莫有了新的认识，过来拥抱阿莫时变得小心翼翼，没有了肆无忌惮的态度，不再是恃强凌弱，是平等外交，是不亢不卑和有理有据。这时候，他们已经熟悉了彼此的身体，因为已经有过若干次了。可是这一次，有了不同的感受。从始至终，那件毛衣都没有被脱去。黄郁明是在和只穿着一件毛衣的阿莫做爱。或者是在和一件毛衣做爱。黄郁明在这件毛衣面前产生出了睦邻友好般的慎重，有所顾忌的欲望缺少了舒展，却有了更加强烈的弹性，张弛之间，很刺激的。被包裹着的阿莫，也产生出别样的滋味，第一次从性爱中觉出了游刃有余的酣畅。那件毛衣如同捆绑着她的绳索，制约着她的身体，于是扭曲着，挣扎着，其实是迎合着。

这样，就不是一场单方面的行为了，两个人都投入进来，是一种谈判和交涉，双双都设身处地了，有着礼尚往来的通融。

两个人都被物质的力量点燃了，心想，原来一切可以这么好。

阿莫似乎找到了某种途径，有些柳暗花明、豁然开朗的意思。五千多块钱的一件毛衣，本身就是一个象征；昂贵，本身就是一种力量。这种象征性的力量可以改变人，给一个人的分量增添砝码，把一个身材单薄、面孔呆板的长脖子女孩变得细致、矜重。

阿莫又陆续用公款购买了一些价格不菲的衣饰。往往是这个月补上了窟窿，下个月又把窟窿弄得更大。这些价格不菲的衣饰穿戴在阿莫身上，怎么看就觉着怎么好，万千变化，都在潜移默化中发生了。

有一回，和黄郁明看电影，阿莫居然被剧情感动得落了泪。电影是一部老片子，《泰坦尼克号》，当露丝松开杰克的手，一任他沉入海底时，阿莫禁不住泣不成声。这是从来没有过的，以前的阿莫没有这么多愁善感。这说明阿莫那颗天然懵懂的心已经被雕琢了，被镂刻了，如切如磋，如琢如磨，呈现出生动的迹象。

黄郁明的改造更彻底一些。阿莫用同样的方法来改造他，衬衫给他买的都是上千块钱一件的。而物质的力量作用在黄郁明身上，显得更加有效。那件从大学时代就束缚着黄郁明的条绒外套，终于在阿莫的帮助下被甩掉了。现在的黄郁明一身光鲜，被簇拥出挺拔的样子来。有一次，阿莫去编辑部找黄郁明，看到他坐在那位中年女编辑的桌子上，歪着身子与同事们说笑，那神情，那姿态，完全是一个谈笑风生、自信干练的外交家形象。黄郁明的办公桌也换了，换得和别人的一样大。阿莫心里想，可能黄郁明也不用去为同事们取报纸了吧。

国庆节长假的时候，他们去了一趟黄郁明的老家。

坐了三个多小时的长途汽车，阿莫被带到一个偏僻的小山村。以阿莫的阅历，是甄别不出这里的贫穷的，反而觉得好。他们没进村子就被一群小孩围住，接着就有成年人跟过来和黄郁明热情地打招呼，众星捧月似的。阿莫没有被人这么簇拥过，心里就生出喜欢来。在黄郁明家的院子里坐下后，仍有人不断从敞开的大门外探进脑袋来，目光盯向阿莫，里面写着羡慕，还有些尊敬的味道。阿莫十分愉快，明白自己在这些目光里是卓然不凡的。

傍晚的时候，黄郁明带着阿莫来到了那片向日葵的面前。

爬过一座低矮的山坡，一片在夕阳下极尽灿烂的金黄色刺痛了阿莫的视觉。它们出现得太突然，翻过阴坡，视线刚刚越过山脊的阻碍，它们就扑面而来，像一片汹涌的、金黄色的海水。他们顺坡走进这片辉煌的金黄色。黄郁明一瞬间找不到阿莫了。他在自顾往里深入，不知道落在身后的阿莫已经在刹那间六神无主。在这些沸腾的植物面前，阿莫仿佛是被陡然催眠了一般。黄郁明大声叫着阿莫的名字，找回来，一眼看到身陷葵花之中的阿莫，倏忽觉得她也像是一株肃立着的葵花。

两个人在向日葵的缝隙中自由地躺下去，脸庞随着向日葵的花盘迎向夕阳，朝着已经衰竭的光明，陷落在无边无际的植物中。阿莫突然间被感动了，很多情感在内心生长出来，有一些颓唐，还有些哀伤似的。但这颓唐和哀伤却是温和的，类似于一种情调般的东西。黄郁明的一只手伸过来，伸进阿莫的衣服，从肋骨开始，细碎地向上抚摩。一个问题从阿莫的嘴里脱口而出，她问："黄郁明，你爱我吗？"

很长时间，阿莫都没有得到黄郁明的答案。黄郁明只是轻轻地抚摩着她的身体。四周枝叶窸窣，阿莫静静地躺着，心里有种说不出的落寞。其实阿莫也不知道自己希望得到怎样的答案，这个问题，其实更可能只是在诘问她自己。

接着阿莫就听到了黄郁明的抽泣，突然感觉是什么击在了自己的胸口，顿时也泪流满面了。

对于爱情的质问，抑或是傍晚的向日葵，年轻的人不知道是哪样具体的东西触动了自己，令他们不能自持。

自己究竟爱不爱黄郁明？这个问题时常会出现在阿莫的心里，答案都是模棱两可的。有些深刻的东西一旦被脑筋所触及，只能令阿莫懊丧，无法细究下去。阿莫进入另一种懵懂的生活中，不假思索地挪用公款，拒绝体会其间的危险，不问爱与不爱，宁愿自己是爱了。

二

被改造了的黄郁明，最大的变化是交际多了起来，这是自信心重拾的表现。黄郁明热衷于参加一些文化人的聚会，也拉了阿莫同去。

都是些有趣的人，男男女女，癫癫狂狂的，聚在一起喝酒聊天，喝多了就口出狂言，做出些放浪形骸的状态来。阿莫起初觉得有趣，接触得多了，就渐渐觉出了无聊。再参与时，阿莫就只把这样的聚会当作自己的一次演出了。阿莫在这群人中得到了欣赏。他们都是些自命不凡的人，所以都力求见怪不怪，于是不善修饰、常常把很昂贵的衣服搭配出古怪来的阿莫，倒被他们大加赞赏起来。他们说，能把专卖店里的衣服穿出地摊货的感觉，这也是种能力。

这就助长了阿莫的无知。

初冬时，阿莫把一件牛仔短外套罩在一条很正规的羊绒连身裙上，脚上穿一双运动鞋，对着镜子时自己都觉着不伦不类，心想这回该吓他们一跳了吧？可见面后大家仍是交口称赞，说阿莫前卫。这让阿莫十分快乐，有点恶作剧般，想测量一下这帮人审美的极限。于是，阿莫愈发大胆地乱穿起来，结果歪打正着，竟渐渐地穿出了心得，怎么穿怎么觉得有理，人的精神面貌就也有股舍我其谁的味道了，倒真的显出了与众不同的范儿。

又一次聚会，地点在一位叫潘洁的电视台女主持人家里。阿莫穿了双羊皮的小靴子，无袖的长裙套在黄色的毛衣外面，因为天气寒冷，肩上裹着条橙色的方格大披肩。现在的阿莫喜爱橙、黄这样的色调，她在追念那片葵花，力图将自己也塑造成那样的一株植物。这一次阿莫尝试着给自己化了妆，两条眉毛没有画匀称，浓淡不一，嘴唇也涂得过于丰满了些。就这样，大家还是表扬了她。

潘洁四十多岁，人很漂亮，丈夫远在加拿大，在圈内有一位公开的作家情人，倒是她看出了些名堂，问阿莫肩上的披肩是宝姿的吧，阿莫想了想，的确是宝姿的。潘洁说，要三千多块钱吧。阿莫很佩服对方的眼力，能够把一条披肩的牌子和价格看得这么准。

聚会到尾声时，参与者都按部就班地进入了想要的醉态，开始胡言乱语，围在一起听一位中年诗人讲自己是“最牛逼”的，女主人和自己的作家情人不露声色地进了卧室。这时门铃响起来，潘洁在卧室里喊人去开门，却没一个动的，大家都不愿意承认自己还清醒着，能够听懂人话。阿莫就去开了。门外站着一位高高大大的男孩子，穿着厚厚的羽绒服，裹挟着一身的寒气。阿莫还没来得及问话，男孩子已经自己进到了屋子里，声音响亮地叫着：“妈妈！妈妈！”

一屋子的人个个不知所云，醉眼蒙眬地看他。这真是个英俊的男孩子，站在屋子里，就是一个顶天立地的架势。潘洁半天才从卧室里闪出来，面色潮红地扑向男孩，叫道："冬子，你怎么回来了？"

男孩毫不羞涩地搂住自己的妈妈，说："学校今年假放得早些。"

潘洁向屋里的人介绍道："我儿子，在北京学画画，叫冬子，随我姓，就叫潘冬子了！"

大家都笑，说潘冬子好啊，根红苗正，是一颗闪闪的红星。

潘洁又向儿子挨个介绍屋里的人，潘冬子无一例外地对每个人点一下头，唯独介绍到阿莫时，他伸出两只手，突然将阿莫的手握住，叫了一声："阿莫姐。"

阿莫觉得握住自己的这双手实在是太大了，实在是，太大了。

第二天，黄郁明打电话给阿莫，说潘洁请阿莫去趟家里，至于是什么事情，黄郁明也不大清楚。阿莫猜测着去了，潘洁很神秘地对她说："我儿子想请你帮个忙。"

阿莫不明究竟，看看坐在自己对面的潘冬子，这才发现，对方的眼睛一眨不眨地正直视着自己呢。阿莫一下子慌了，问："帮什么忙啊？我能帮什么忙啊？"

潘洁严肃地说："做我的儿媳妇啊！"

阿莫是真的被吓住了，听着潘洁笑起来都没有完全意识到这只是个玩笑。

潘冬子也笑着，说："我想请你做我的模特，我来画一幅油画。阿莫姐你真的很特别，像莫迪里阿尼笔下的女人。"

阿莫很恍惚，不能确定这是不是又是一个玩笑，倒是莫迪里阿尼这个名字让她觉得亲切，“阿”呀“莫”呀的，有两个字是和她的名字一样呢，嘴里重复一遍：“莫迪里阿尼——是谁啊？”

潘冬子说：“是位意大利画家。”

说着他抱来一本厚厚的画册让阿莫看。阿莫看着画册上的一幅幅女人们，起初觉得她们真是丑啊，长长的细细的脖子，一副木然的表情，并且全都是溜肩。难道自己就是这样子的吗？阿莫头埋得很深，心里愤恨着，装作在看画册，渐渐地，却只看到一只男人的白皙、修长的手，在一页一页地替她翻页。每当这只手落在画面上那些女人的脸上时，阿莫就觉得是落在了自己的脸上，仿佛自己真的和这些画中的女人融为了一体，脸在不自觉中已经是滚烫了。

“你能够看出她们的美吗？”潘冬子在身边问阿莫，又说，“这是艺术史上最美的一些女人的造型，那么独特、哀伤、痛楚，嗯，有着动人的冷漠。”

阿莫觉得这就是在夸奖自己了。她已经认同了画面上的这些女人，是的，这就是一个个的阿莫，虽然有着长长的细细的脖子，虽然有着一副木然的表情，虽然溜肩，但是，却哀伤、痛楚，嗯，有着动人的冷漠！重要的是，这些女人几乎全是被橙黄、橘红这样的色调描绘出来的，她们寂寥地端坐或者肃立，宛如一株株明丽而又孤独的葵花。

就这样，阿莫特意换上了一件橘黄色的大毛衣，做起了潘冬子的模特。

她正好在假期里，每天早上十点钟赶到潘家，一般画四五个小时。潘洁中午不回来，阿莫就下厨替自己和潘冬子做些简单的午饭。这样做阿莫觉得很自然，在心里面，阿莫认为自己应当是眼前这个高大帅气的男孩子的长辈。可是这样的认识又经常会动摇，阿莫突然会在一瞬间想起他的手指，修长、白皙，似乎自己的脸庞真的被这样的手指抚摩过。她可以闻到这手指上的气息，颜料和松节油的味道，是一种咄咄逼人的、类似生铁一般的气息。阿莫不能确定这种奇怪的感觉是因何而来的，也只有懵懂着。

坐在潘冬子的面前，阿莫试图让自己的目光游离开，可是画架另一面的那双眼睛却不容她逃离，会坚定地捕捉，并且牢牢地掌控住她。他在凝视，在分析，在沉思着欣赏，在欣赏着沉思；有时候他的眼睛会眯成一条缝，说明他在鉴定，阿莫于是就有了被放在显微镜下研究着一般的局促感。大约半小时，潘冬子会扬扬手中的画笔，表示阿莫可以休息一会儿。阿莫就从沙发里直起身子，扭动一下四肢。有时候他画得忘情，没有了时间的概念，阿莫即使已经感到了身体的僵硬，也不去提醒他，赌气似的，和某种东西对峙着。一切是那么安静，安静得阿莫的心思活跃开，再遇上他的目光，就需要掩饰着自己的慌张。这时阿莫会注意到，画架上面露出的那半张脸简直让人不敢正视，那么的青春，那么的干净。直到对面的画笔扬一扬，再扬一扬，把她惊醒，阿莫才会夸张地伸伸腰。

阿莫很想看看自己在这个男孩子的画布上是副什么模样。但潘冬子不允许，语气坚定地说：“没有完成时，除了我，谁也不许看。”

阿莫犹疑着，心有不甘，问他："我也不行吗？"

他回答得可干脆了："不行！"

阿莫就打消了念头。她相信这个男孩子，相信在他的笔下，自己"哀伤、痛楚，有着动人的冷漠"。但是注意到男孩子脚下的调色盘时，阿莫又有些担忧。她看到数十种颜色堆积在上面，然后被画笔草率地搅拌在一起，心里想，我就是这么乱七八糟的吗？

一个礼拜过去，画还没有完成。阿莫想原来完成一幅油画需要这么长的时间啊，再想一想，又觉得时间并不算很长。其间黄郁明来过一次，凑过去要看看潘冬子的成果，不料被坚决地甚至是有些粗暴地推开了。潘冬子面无表情地命令黄郁明离得远一些。这让黄郁明很难堪，眼睛看向阿莫，求助般地。可阿莫无动于衷地蜷在沙发里，置若罔闻，一动不动。因为那支画笔没有扬起来，阿莫是不会动的。黄郁明只好尴尬地自己走掉了。潘冬子一边画着一边突然问了一句："他是你男朋友？"

一个很简单的问题，阿莫却感到难以回答，只能含糊地"喔"了一下。

潘冬子说："他不配你的。"

阿莫骤然间愤怒了，猛地从沙发里跳起来，转身就向门外走。潘冬子被她吓住了，从后面拽住她的胳膊，有些口齿不清地问："阿莫姐，我说错什么了吗？"

阿莫奋力甩开他，喊道："你一个小毛孩子，凭什么评论别人？"

说完她飞快地冲出门去，跑到了大街上。

已经临近春节了，大街上欢乐的气氛让阿莫一下子有些茫然失措。一队扭秧歌的老年人和着喧天的锣鼓迎面而来，不知为什么，顿时让阿莫的眼泪夺眶而出。她低着头从兴高采烈的老人中穿过，心中充满了挣扎的痛苦，就这么一边哭泣着，一边往回走。许多以前不敢想、无法想的事情涌上心头。阿莫想着自己与黄郁明，也想起了私拿公款的事——那可能已经是一个天文数字了吧？——泪水就更加地不可抑制。

走到学院门前时，阿莫突然被人从后面拽住了手。不用回头，阿莫就知道这只手是属于谁的。它太大了，实在是太大了，白皙、修长，在想象中，曾经抚摩过她的脸庞……

潘冬子其实是一路跟着阿莫的，看她在前面边哭边走，他的确是吓着了，不明白自己的一句话何以让阿莫如此激动。

阿莫的头低垂着，不能够仰起脸去面向这个男孩子，听见他对自己说："我带你去一个有趣的地方。"

阿莫在一瞬间丧失了所有思维，无所谓情愿也无所谓不情愿地被那只手牵引着走了。就这么走着，阿莫觉得在刺骨的寒冷中，唯有自己被牵引着的那只手是温暖的。这温暖就是她蒙昧的方向，她信任这温暖，可以始终低垂着头，不用去辨别道路，甚至可以闭上眼睛，像一个盲人般地任由它引领着自己。

冬天的夜晚来得特别早。当整个城市弥漫着稀薄的铅色时，他们已经走到了城市的边缘。周围已经没有比较高的建筑了，在突然之间也没有了路灯，坑洼的路面让他们有些跌跌撞撞。终于，那个"有趣"的地方出现了：几条并行的铁轨，在信号灯的照射下发出几乎是透明着的冰冷的光。

“有硬币吗？”潘冬子问阿莫。

阿莫的手伸进口袋里摸，没有，她的身上没有硬币。阿莫希望自己是有的，虽然她不知道他要做什么，但她渴望满足这男孩子的一切要求。

“你等一下。”潘冬子说着，飞快地跑开了。

他穿过铁轨跑向对面的一家小杂货铺，然后又飞快地跑回来，手里提着一瓶啤酒，说：“换到了。”

他把攥在手心的两枚硬币亮给阿莫看。阿莫没来由地一阵喜悦，好像看到了什么梦寐以求的东西似的。

潘冬子躬身将两枚硬币放在铁轨上，拉着阿莫退后几步，席地坐下。他没有解释，阿莫也完全没有探究的企图。夜的气味、土地的气味、铁轨的金属气味，让他们的感觉有了一种亘古的、冷冷的冻结感。潘冬子用牙齿咬开酒瓶的盖子，几乎是一口气就喝光了酒，然后大口大口地向外呵出一团一团的气。

耳边有了火车的轰鸣声，远远地传过来，渐行渐近，大地在颤动。

潘冬子说：“来了！阿莫姐，如果我可以把火车装进酒瓶里，你就不要再生气了行吗？”

阿莫恍恍惚惚的，任由他把酒瓶贴在她的右眼上。于是，当远方的火车呼啸而来时，随着地面一同轻颤的阿莫，真的看到它宛如一条蛇游的鱼，在酒瓶中旋转了一圈后，骤然消失。

他真的把火车装在了酒瓶里。

这个游戏让阿莫有种童话般的感觉，当潘冬子低头在铁轨边寻找良久、终于欢呼着跑回面前时，她仍然如在梦中。

潘冬子把一只手攥成拳头，伸在阿莫的眼前，慢慢地，一点点张开。阿莫看到那两枚叠加的硬币被火车轧成了亮亮的一块小饼，微微错开，而且具有了两颗心的形状。潘冬子要求她摸一下，她就去触摸这奇异的小东西。它居然还有着烫手的温度，但瞬间就冰冷下去，像淬火的铁，颜色也一点一点地晦暗。

阿莫有种疼痛的绝望，是一种毁于一旦的感觉，似乎是因了自己的触摸而败坏了这个神圣的物品，耳边全是潘冬子响亮的笑声。他说："你弄坏了我的心，现在我们扯平了，你不能再生我的气。"

阿莫的心却一下子变得尖锐起来，觉得有什么东西令自己急迫，整个人都绷紧了。

回去的路上，这种感觉一直穿刺着阿莫。阿莫觉得自己是生病了，在路边买了矿泉水，边走边把这冰凉的水大口大口地喝下，像是要把自己浇筑成一个冰雕。

但无济于事。

回到学院门口，当潘冬子说出再见时，这种病痛的感觉一下子达到了顶点，一种少有的、疯狂的盼望，像刺刀贯穿了阿莫。阿莫用尽全力地攥紧这男孩的手，说不出一句话，只执拗地、不遗余力地攥紧。他们穿过校园冷清的路灯，穿过筒子楼里各家堆放在门外的杂物，穿过氨气，房门在身后砰然闭住……

一切都在无声无息地上升着，像一条来历不明的河流，不知道它是在哪一个严重的时刻突然汹涌起来。男孩赤裸着的身体毫无瑕疵，青春的躯体所焕发出的纯洁的气息压抑了阿莫，令她感觉到了羞耻。阿莫吃惊地发现，自己居然把全部的注意力都投向了生理的感受。供暖不佳的宿舍宛如一个冰窟，但赤裸着的她却是如此炽热。阿莫越是感觉羞耻，愈是激昂，身体无限地打开，抛散出无限的欲望。在这欲望爆裂的瞬间里，阿莫产生出了巨大的憎恨。她憎恨黄郁明，憎恨黄郁明是那么不由分说地袭击了她。如今，阿莫多么渴望自己的身体下面会留下痕迹，为了这个男孩子，为了自己。

潘冬子告别时阿莫依然僵硬地直着身体。同样是企图掩盖住什么，尽管他完全没有探究的意思。

第二天，阿莫去见潘冬子时买了只昂贵的手表送给他。送什么并不重要，重要的是这么做阿莫似乎会缓释一些。在这男孩面前，她有种负罪的感觉，以为是自己引诱了他，甚至是败坏了他，如同真的是因为自己的触摸而败坏了那心形的硬币。潘冬子带了手表在腕上，左右看看，说："太老土了。"

他这么率直，让阿莫惴惴的，有种无颜以对的滋味，心里决定马上和黄郁明结束掉，或许那样自己就会坦然一些了。

潘冬子是若无其事的样子，按部就班地开始画画。他这样子，更让阿莫在内心里痛恨自己。所以当潘冬子放下画笔走过来俯身吻住阿莫时，阿莫一瞬间居然有一些排斥。也只是一瞬间，阿莫就被随之而来的喜悦淹没，热烈地回应着。他们就在沙发上缠绵。阿莫无意中看到了一面镜子，自己和男孩的身体映在里面，屋内的光线恰是一种鹅黄的色调，被这种色调笼罩着的两个人，同样具有无辜的气息。这让阿莫感到了欢欣鼓舞。电话突然响起来，男孩依然不肯离开阿莫的身体。铃声不绝于耳，让阿莫紧张，问：“不去接一下吗？”

男孩喘息着说：“一定是妈妈，不用接的。”

这个回答让阿莫骤然收紧了身体，心里怙惙着，空空地痛一下，有种罪恶的感觉。

离开潘冬子，阿莫就约了黄郁明在市中心的广场见面。她先到了，坐在木椅上等。半个多小时后，黄郁明才漫不经心地踱来，在她身边坐下，腿跷起来问：“怎么想着在这儿见面啊？天这么冷。”

说着他竖起皮夹克的领子，把脑袋缩进去。阿莫不知从何说起，看着黄郁明衣冠楚楚的样子，脑子里却浮出他那条多次洗涤后变了形状的并且有洞的内裤，心想，完全是因了自己，黄郁明才有了今天的气象，于是就想到自己偷了公家的钱，不知会遭到什么惩罚。这是阿莫第一次把自己的行为定义在“偷”上面，也是第一次想到后果，一想，立刻就不寒而栗了。恐惧来得如此犀利，几乎要让她失声尖叫。

阿莫惊悸地喊道：“黄郁明我们结束吧！”

黄郁明被这声音吓了一跳，茫然地看着她，试探着问：“你怎么了？说什么？”

阿莫觳觫不已，喊道：“黄郁明我们结束吧！”

黄郁明的脸凝固住，体会着这句话，整个人一点儿一点儿地枯萎下去。

广场的空地上，一个四五岁大小的男孩子正在模仿着一只麻雀。麻雀可能是受了伤，一只翅膀耸着，却飞不起来，只能趔趔趄趄地向前冲着。小男孩学着麻雀的姿态，也把一只肩膀耸着，脚步蹒跚地跟在后面。这情景触动了黄郁明的文学细胞，他呆呆地看了半天，突然说道：“我明白了，我是在求生，而阿莫你，是在游戏。”

这个比喻如此响亮，黄郁明用了“求生”这样严峻的词来表达自己的处境，不禁令阿莫震惊。但阿莫立刻想到自己并没有“游戏”啊，她想黄郁明的翅膀无非就是如今穿在身上的这件皮夹克罢了，一旦脱去，就会受伤。那么黄郁明你知道我是如何替你安上这双翅膀的吗？你甚至从来没有问过我哪里来的这么多钱。这样一想，阿莫的心就空前地冷酷起来，她对自己说：我也是在求生！现在阿莫只想迅速地摆脱掉黄郁明，因为，她有了自己的爱情。

接下去是甜蜜的日子。潘冬子继续着他的创作，不同的是，每次间隔半个多小时的休息时间都被他们用来亲热了。摆脱了黄郁明，阿莫为自己心中的爱情找到了慰藉和凭据，多少有些如释重负的感觉，似乎可以投入得心安理得了。渐渐地，阿莫甚至忘记了自己和这个男孩之间年龄上的差异——六岁，这个说大不大、说小不小的落差，开始从阿莫的心里淡化了。她偶尔会像个小女孩似的跟对方撒娇。在这个男孩面前，阿莫焕发出所有女孩在恋爱中的情感，忐忑、多虑，时而又得意忘形。

当分离突然来临，阿莫的心一下子沉到了谷底。

假期即将结束，潘冬子要回北京了。那幅画仍然没有完成，也许是后期用在它上面的精力太少的缘故吧。画被潘冬子用报纸包起来，再用透明胶带缠住，说是回到学校后会最终完成。阿莫始终没有看到这幅画的状况，她不敢拂戾男孩的意愿，心甘情愿地服从。如今看到画被包起来的样子，心想这里面是自己啊，被打成了包，捆绑着，成了他的行李。这么一想，幸福的感觉就有了，但立刻又意识到即将到来的分离，不由得心如刀割。

阿莫买了两部诺基亚手机，相同的款式，一部黑色，一部白色，黑色的送给潘冬子，白色的留给自己。这是她唯一能够做的——保证着彼此不断了消息。阿莫没有机会去送送潘冬子，当着潘洁的面，她也没有理由额外地多表达些什么。前一天他们做爱时，有一句话始终噎在阿莫的喉咙里，那就是“你爱我吗”，这句话让阿莫如鲠在喉，却终究没有问出口。阿莫是真的感到了痛苦，爱情一下子变得这么虚妄，需要她从根本上去回避某种东西，无法面对，不敢追问。

最后一次离开潘家，阿莫走到楼外回身向阳台张望，可潘冬子并没有出现在上面。

阿莫走出很远了，仍在巴望地想，如果他喊我，再远我都听得见。

随后阿莫就陷入令人窒息的思念当中。她痛恨自己为什么没有更加炽热地表达出爱情，为什么不坦然地对男孩说出：我爱你！

潘冬子很快就打来了电话，听到对方声音的一刹那，阿莫的眼泪一下子涌了出来。从此就频繁地打电话过去，每次心都纠结着，却还是没有说出“我爱你”。于是就频繁地谴责自己。

潘冬子的语气始终洋溢着无忧无虑，在电话那头都能够把青春的马虎气息传递过来。他几乎从不主动打电话给阿莫，都是阿莫打过去。阿莫忍不住问他为什么，他回答说：用手机打长途很费钱的。阿莫留心一下自己的手机费用，发现的确是一笔可观的数目，于是，不假思索地，第二天就给男孩寄去了两万块钱。当然还是公款。令阿莫不解的是，几天后，这笔钱又原封不动地被退了回来。潘冬子在电话中说："我不能要你的钱，否则我会把这些钱都换成硬币，放在铁轨上去轧的。"

说着，就是响亮的笑声，让阿莫更加着迷。

阿莫活在自己的爱情里面，每时每刻都是有所期待的。

在春天到来的时候，潘冬子在电话里告诉阿莫：那幅画已经完成了。像是找到了一个借口，阿莫立刻做出了决定，她要去北京，去看那幅画，看画中的自己是如何"哀伤、痛楚，动人的冷漠"着。做出这个决定，阿莫没有征求潘冬子的意见，她希望自己也会让他出其不意，就像他能够把火车装进酒瓶一样。

请了一个礼拜的假，阿莫踏上了旅途。

她选择了火车，觉得亲切，因为是火车曾经把两枚叠加的硬币碾成了心连着心的形状。这是阿莫有生以来的第一次远行，她几乎没去过什么地方，一路上心里惴惴的，常常有不知道自己身在何处、要去往哪里的仓皇感觉。在火车上阿莫受到了惊吓，她的上铺是一个喝了酒的人，总是把一条腿耷拉下来，一只巨大的脚整夜晃荡在阿莫的眼前。

到了北京站已经是黄昏时分。阿莫站在拥挤的站外广场上，一切是那么陌生，孤独的感觉油然而生。她在火车上没有吃一点儿东西，只是喝了大量的水，此刻她觉得自己整个人都是被水充满着的。阿莫穿越这座庞大的城市，去寻找自己的爱。

潘冬子所在的大学倒是很好找到，但阿莫在里面却没有找到潘冬子。在学校的宿舍楼里，一位大学生告诉阿莫：潘冬子啊，他不住学校，在外面租房住。阿莫向对方要了地址，重新穿越这座城市，继续她的寻找。坐在出租车里，阿莫有瞬间的冲动，想拨通潘冬子的手机。孤独感令阿莫无比彷徨。但她还是坚持住了，将送给男孩子的那份惊喜保留着。那部白色的诺基亚手机始终被她攥在手里。

潘冬子租住的地方远得出奇，在阿莫的感觉中，似乎是在另一个城市了。沿路不断有著名的建筑物出现，热情的司机给阿莫介绍着。但是阿莫却视若无睹，充耳不闻，好像窗外那些著名的建筑此刻依然只是被印在一张张图片中。

车终于停下，但司机告诉阿莫还没有到，只是车子进不去了，她得自己走进去。

阿莫走进去的是一条狭窄的胡同，两边是低矮的平房，路灯惨惨的黄，春天夜晚的风穿堂而过。阿莫想，这就是通往自己爱情的路吗？在胡同阒寂的尽头，阿莫找到了潘冬子的房子。令她惊讶的是，她还看到了夜晚的铁轨——同样横陈在大地上，同样在信号灯的照射下发出几乎是透明着的冰冷的光。阿莫的心温暖起来，有着时光倒流、昨日重现的百感交集。

那间平房亮着纯净的灯，阿莫走近它，透过窗户向里面张望。她看到了自己爱着的男孩，也看到了其他的东西。一张床垫席地而放，潘冬子侧卧在上面，一个长头发的女孩趴在他的肩头，两人在翻看着同一本画册。

阿莫居然没有感觉到痛苦。她静静地站在窗外，只是觉得那女孩真是漂亮啊，有着不加任何雕琢的美。接下去，阿莫看到了自己，是那幅画，立在墙角边。阿莫好像是在镜子里看到了自己，真的是一致的，细长得古怪的脖子，锁骨嶙峋着，像戴了枷，木然的表情，呆板的脸上写着“哀伤、痛楚，动人的冷漠”。画面也果真是一片橙黄，但这种温暖的色调却显得如此沉郁。

阿莫在窗外凝视了足足有十分钟，然后安静地走了。

她沿着铁轨走，心里没有一丝的波澜，像是走在一个巨大的梦中，不知道自己身在何处，不知道自己因何而来，一切仿佛都没有发生过，像一只曾经饱满的气球，飘到天空，最后不知去向，或者突然爆炸，无可挽回。就这么一直走着，一瞬间恶毒的情绪涌上心头，阿莫一下子仇恨起来，用力摁出手机号码。可是当对方的声音响起来时，这股狠劲儿就立刻消失了。阿莫不知道该说些什么，嗫嚅了半天，突然说了一句：“我是在求生，而你，是在游戏。”

这话说得阿莫自己都莫名其妙，潘冬子爽朗地笑起来，说：“你说什么啊？阿莫姐你是在背台词吧？”

这笑声让阿莫不敢聆听，慌乱地合上了手机。她突然尿意汹涌，这种感觉太强烈了，不能不让她迅速地想要解决掉。阿莫紧张地跳下路基，躲在一堆草丛后面，蹲下去排尿。她一边尿着，一边哭了起来。

三

从北京回来，阿莫像换了个人似的，突然之间焕发出万千魅力。

她的面孔变得生动，总是情绪高涨、热情洋溢，一副身心焕然的样子。以前阿莫的那些衣服、饰品是不穿戴到办公室的，现在却一件件地展示出来。奢侈品的光芒本来就足以引人瞩目了，再加上阿莫突然对于装扮自己也无师自通，浓妆淡抹，总是相得益彰，就更加让人刮目相看。这种变化是强烈的，立刻就被人注意到，于是马上就有年轻的教师追求阿莫。

阿莫也不摆出拒人千里的样子，对大家都一视同仁，似乎给每个人都留着机会，结果就形成这样的局面：自认为和阿莫确立起了关系的，同时竟有好几个人。往往是从周一到周末，阿莫天天陪着不同的人吃饭，一样的笑谈妩媚，给每个人都制造出一种暧昧的错觉。不过也仅限于一起吃饭。令阿莫不解的是，如今的这些追求者，论条件，都算得上是不错的男人，却没有任何一个如当初的黄郁明那样，果敢坚决、雷厉风行，敢于对她不由分说地下手。在阿莫面前，他们都是谦逊有礼的，甚至是战战兢兢的，众星捧月一样，更是让阿莫有了蒸蒸日上的气象。

被惯出毛病的阿莫常常寻他们的开心。譬如，她总是选择特别高级的饭店和他们吃饭，看他们在用餐的过程中都处于心神不宁的状态，阿莫就窃喜；结账时他们如临大敌，反而是阿莫付了钱，于是出来后一个个都有些灰灰的垂头丧气。

玩的次数多了，花样多了，阿莫胆子就大起来，让游戏升了级。

其中一个追求者，三十岁出头，教英语，已经是副教授了，是条件比较好的，自视也颇高，阿莫就和他格外好一些，有意无意留出些空隙和余地，算是暗示，想试探一下对方的侵略性。终于有一天，副教授在自己的家里拥抱了阿莫，冲锋号一旦吹响，接下去就按部就班地完成了一切。阿莫这才意识到，如果自己是一座城池，那么这座城池远没有自己想象的那般森严，无论愿意与否，一旦对方行动起来，自己只能够被动承受，一任人家破门入户，凯旋高奏。

既然一切都按部就班了，就意味着对方有了一个切实的理由。副教授开始干涉阿莫的行为，打扫战场，肃清流寇，和其他的追求者闹出些不大不小的冲突。消息在学院里散布开，就有了舆论，把阿莫推到了婚姻的边缘。

面临这么重大的问题，阿莫就暴露出了本性的懵懂，只有被惯性推着往前走。她斥巨资装修了副教授的家，整个房间都用昂贵的冰碎玻璃包裹住，甚至一些家具也用玻璃来装饰了，出来的效果现代得让人倒抽一口冷气。

副教授疑惑地说：“的确是有震撼力，不过是不是显得冷漠了些？”

阿莫说：“这是动人的冷漠。”

这样，就把婚期定了下来。

装修完房子，阿莫用了整整一个上午的时间来做一件事：核对自己究竟偷了多少公款。她要结婚了，觉得是该清算一下了。

阿莫仔细地清理了账目后，短缺的那一部分数字令她震惊。这是阿莫第二次被一个数字吓住，第一次是那件烟灰色高领毛衣的价格。怎么会这么多呢？世界在阿莫的眼中骤然变得严峻。这个世界真的是“动人的冷漠”啊，冷漠到居然从来没有一个人追问过阿莫挥霍的那些钱是从何而来的，就那么一笔一笔地抽象地记录着，直至它们发展到如今这么一个恐怖的黑洞，需要阿莫到上帝的面前交账。

相对而言，副教授算是好一些的，毕竟和阿莫形成了那么一个积极的关系，看着阿莫这样大肆筹备着婚礼，他终于问了：“阿莫阿莫，你哪里来的这么多钱？”

阿莫不作声。过了一会儿，副教授已经忘记这个问题了，她冷不丁地说了一句：“偷的。”

副教授当然是听不懂的，错愕地愣一愣，随即是一副聪明人听到聪明话时的表情，表示他明白了——阿莫呀阿莫，只是在开一个玩笑。

然后就不了了之了。副教授也只是问问而已，由阿莫来张罗一切，他何乐而不为呢？

当时是在他们的新房里，阿莫背对着副教授，站在窗口，昂着头，无声地对着空气咆哮：“偷的！偷的！偷的！偷的！”

她的脑子里嗡嗡直响，双手不由自主地捏紧，好像决心要战胜这种恐惧引起的不可名状的醉意。

的确是醉意，转天，阿莫怀着一个模糊的企图，醉醺醺地走进院长的办公室。她也不清楚自己的目的究竟是什么，似乎是要坦白罪行的，但她却做出了别样的举动。——阿莫走到院长的办公桌前，借口拿瓶胶水，却伸手替院长拂去了肩膀上的一根头发，然后嫣笑着说：“院长，中午能来我宿舍一下吗？”

杨院长愣在那里，半天回不过神来。

中午阿莫躺在自己的宿舍里，强烈的阳光穿过窗户射在她的脸上，阿莫觉得自己皮肤下面所有的血管都在挤来挤去，两颊滚烫，喉咙干涩无比，但一想到水壶还在几米远的地方，就泄气了。

阿莫没有力气去喝几米以外的水。

门终于被叩响了，打开门的一瞬间，阿莫就瘫倒在了杨院长的怀里。她几乎是被对方拖到了床上。但是两人刚刚滚倒，阿莫就骤然苏醒了，亢奋地起伏着，让意识飞扬了起来。她始终盯着几米之外的那只水壶，仿佛骑在一匹骆驼上，在浩瀚的沙漠中奔赴神赐的水源。那种即将得救的喜悦与急迫，让阿莫的表现出色极了。头发随着起伏上下飞扬，最后被她挽住，一并咬在嘴里。阿莫发誓不让自己吐出一丁点儿声音，蚊子般的那种哼唧都不可以。她要沉默着奔赴救赎，因为这样才会显得凝重与肃穆。

杨院长在下面叹为观止，他在勉力而为，生怕一转眼这个丰饶的、沸腾的、出其不意的天堂便会被可怕地掠走，正应了“镜花水月”这样让人惆怅的古老诗句。

欲罢不能，从此杨院长一有机会就渴望重温那个天堂。这也是阿莫所期望的，她幻想着用自己的血肉之躯来堵住那个黑洞。如同第一次当着黄郁明的面，紧紧地夹并起双腿，把自己的血压在身下，隐藏住纯洁；如同当着潘冬子的面，依然僵硬地直着身体，隐藏住不洁。阿莫期望在浩瀚的沙漠里，有一匹老骥伏枥的骆驼载着自己奔赴水源。

阿莫就这样努力着，心里似乎认为对那个可怕的数字有了个交代。

她真的是懵懂，身体已经发生了三个多月的变化，才发现自己有了身孕。

“拿掉吗？”那个妇科大夫这样问阿莫。

“拿掉”这个词让阿莫战栗了一下。它实在是显得简洁果断啊，仿佛举手之间，一切的不堪就会被拎起来，然后随便一丢，就可以扔掉了。

躺在手术台上，阿莫经历了这个“拿掉”的过程。这并没有那么轻而易举，大夫一边“拿”，一边说了些医学上的术语，似乎是阿莫的器官有些特异，不好“拿”，而且“拿”了之后，可能会留下遗患。阿莫并没有被这些术语吓到，尖锐的剥离让阿莫痛彻肺腑，她脑筋的长度在这种疼痛面前缩得更短了。

从医院出来，阿莫叫了一辆出租车。坐进车里，她拨通了黄郁明的手机。黄郁明显然感到了意外，他已经很久没有阿莫的消息了。阿莫劈面问黄郁明：“你老家叫什么名字？”

黄郁明脱口报出了一个地名，想要追问些什么，但阿莫已经挂断了手机。他再打过去，就是“关机”的提示音了。

三个多小时的路程，有一半是在凹凸不平的土路上颠簸着。阿莫的身体承受着剧烈的痛苦，最后不得不紧紧地蜷缩住，一点儿一点儿地收紧身体，变得不可思议的小。

终于到了目的地，阿莫付了足够的钱给司机，让对方在原地等着她。

天空阴沉沉的，没有一丝的风，四野一片阒寂。阿莫艰难地向山顶爬去，每走一步，都感觉有血从身下渗出来，让她感觉自己被“拿掉”的，绝不只是一团微不足道的胚胎，而是全部的脏器。她觉得她被“拿”空了。

终于，阿莫看到了那片向日葵。

这片向日葵静静地矗立着，黄色的花盘有些低垂，阴沉的天气把灰色附着在上面。周围是阿莫不知名的农作物，没有人影。阿莫默默地眺望着。阳光突然从云层中锐利地劈出一道光明，向日葵的花盘仿佛在刹那间振奋了，世界一片喧哗，这一瞬间的召唤与响应何其辉煌，阿莫觉得它们一下子抬起了自己的头。阳光粗暴而热烈地抚摩在身上，阿莫心想，我也是阳光下的葵花。

我也是，阳光下的，葵花。

她强迫自己像一棵葵花般地迎向太阳，但是很困难，那些光芒犹如雪崩一般让人无法正视。阿莫眯着眼睛，站在山岗上，想起一年前的这个时候，自己和黄郁明躺在向日葵丛中的情景，立刻就不觉得阳光刺眼了。回忆像褪色的相片一般老去，重新上了色，却依然感觉出旧，于是，眼前的阳光都随之暗淡了下来。

阿莫在葳蕤的向日葵丛中躺下去，身体自由地打开，舒展地伸向四面八方。阿莫知道，自己的这个姿态，不是躺卧，而是垂死。

后来她又有了尿意，于是爬起来，蹲在向日葵中排泄，连她自己都不知道，自己究竟是在撒尿，还是仅仅在流血。

回到城里，阿莫有种身心皆空的感觉，她的确感觉自己变得轻盈了。

阿莫直接去了办公室，把两张精心准备好的纸条放在杨院长的办公桌上。一张是自己的手术单，另一张上面写着一组长长的数字。

杨院长不能理解这两张纸条的含义，脸上是笑盈盈的迷惑。等听清楚阿莫讲完了它们的含义和相互间的关联后，杨院长的笑依然挂在脸上。

阿莫也在笑，苍白地笑着，空洞地笑着。可是这笑容在对方眼里却是邪恶无比的。杨院长笑着，用一种谆谆教导的口吻说："阿莫你是在威胁我吗？你看，是这样的，我都快六十岁的人了，马上就退休了，大不了落个作风问题。"

这个声音在阿莫耳朵里越来越低沉，直到消弭得无声无息。

办公室里安静极了。阿莫注意到杨院长说的是真话，因为他的确是老了，一头花白的头发稀疏地顶在头上。最后，阿莫听到这匹老骥伏枥的骆驼用一种奇怪的声音对她说，他拒绝将这两张纸条联系在一起考虑，它们绝对没有必然的关系，而阿莫，法律会把你送进监狱里去的。

阿莫不清楚自己是怎么走上街头的。她茫然地走着，恐惧一点点爬上心头。后来她已经被“拿”空的身体里，全都是石头一样结实的恐惧了。阿莫的牙齿不禁咯咯作响，脚步也哆嗦起来。她找了根电线杆依靠住，努力让自己镇定下来。

站了十几分钟后，她挥手叫下了一辆出租车。

也许是由于极度的恐慌，阿莫似乎指错了方向，出租车开出城去跑了三个多小时，并没有找到她想去的地方。

天色已经完全黑下来，风吹草动，林木呜咽，沉寂的田野上各种声音汇聚在一起，居然有着一种喧哗的效果。

车子在土路上颠簸着，司机按捺不住疑虑，开始反复地问阿莫究竟要去哪里。阿莫也急迫起来，这种急迫暂时挤走了恐惧。她不敢松懈，怕恐惧会再次席卷而来，眼睛盯住车窗外黑暗的世界，像一个走失的人，拼命寻找着方向。

司机终于忍无可忍了，把车子停下，坚决不肯向前走了。他认为这个裹在一身明黄色衣服之中的女人，怎么看，怎么让人生疑。

司机说：“你究竟要找什么？”

阿莫急迫地说：“葵花！葵花！有一片葵花，就在这附近……”

司机打断她：“两条路，要么，我拉你回去；要么，你就在这里下车！”

走失的阿莫绝望地把脸贴在车窗玻璃上向外张望，满天的星光下隐约可以看到两边的山影。阿莫没有选择。

就在这时，她看到在车灯的照射范围里，路边有一株嫩黄色的幼小植物。

阿莫把自己的脸最大限度地贴住冰冷的玻璃，仔细地看那稆生的植物，心被猛烈地揪住，想，这样的一朵野花啊，如同一株被无限缩小了的向日葵，是什么让你在这世界“动人的冷漠”里开放，开放时是否也炽热地向着太阳?

隐 疾

然而也当想到黑暗的日子，因为这日子必多。

——《圣经·传道书》

一

年轻的时候，有一年大二的暑假，我和老康去东北玩，他邀我去一个叫“小转子”的朋友家吃“真正的东北饭”。给我们开门的女孩以东北人特有的虎劲冲老康当胸一拳，快活地叫嚷道：“你可想死我了！”老康悄悄对她说了句什么，她以一种令我吃惊的响亮大笑起来，我觉得，这种笑声极具爆发力，令空气都哗啦哗啦地跟着颤动。

这就是当年我见到小转子时的情形。我南方生南方长，习惯了某种温软，没见过像她这样气派的。她那多少有些桀骜不驯而又惘然若失的神态，令人惊奇。我觉得，她的容貌有种天然的倨傲，仰着头，鼻梁很高，大大的、软弱无力的眼睛似乎对一切熟视无睹——小转子是近视眼；当年她剪着一个短短的娃娃头，在我眼里，她不知是像一个娇小姐呢，还是像一个乡下小伙子。老康看出我十分惊讶，便孩子般高兴地说：“喂，哪一点比不上左左？”

左左是我们的大学同学，一个有口皆碑的美人。

小转子家的饭好吃，她的父母对我们也很好，看得出，他们默许了小转子和老康之间的关系。由于我夹在当中，老康和小转子多出了某种被妨碍后才有的兴奋劲儿，他们总是一副按捺不住的样子，总在我眼前拉拉扯扯。那些天我们很快乐，大家都很单纯，恋爱中的他们和旁观的我，都觉得美滋滋的。东北的夏天没什么特色，是小转子给我留下了永久的记忆。

大学毕业不久，我就接到了他们结婚的消息。我买了一把大折扇给他们寄去。这种折扇打开能有半面墙那么大（它也的确是用来挂在墙上的），红红绿绿，过后不久我就觉出了它的艳俗。这说明，正规的学院训练无助于提高我们的审美，反而是焦头烂额的生活能够逐步提升一个人的境界。当时我刚刚分到一所中专学校，背井离乡，心情处在人生的第一个低谷。至今，我还记得那个下午，自己汗流浃背地扛着一把大折扇奔赴邮局时的心情——有些焦灼，有些似是而非的绝望。走在街上，我觉得陌生人把我当成了一个滑稽的丑角，他们与我交臂而过后，还要回头来看看我。年轻的心是多么敏感啊，扛着一把红红绿绿的大折扇穿街过巷，就足以令我羞愧。我觉得这都是成人世界的麻烦，喏，你成人了，就要面对给朋友送结婚礼物之类的事情，可是对于这一套，你却毫无经验。那会儿，我正是被任何事情都能弄得很狼狈的时候，而且正处在动辄就发火的年龄，在邮局，面对如何将那把折扇妥善包裹起来的问题时，我很可笑地冲营业员耍起了个性——干脆直接用报纸将它卷得粗了两圈，然后用透明胶带密密匝匝地捆成一个巨大的粽子。这样做的结果是，邮费超出了那把折扇的价格，它平添了许多毫无必要的重量。尽管囊中羞涩，可我在所不惜，营业员眼中的惊讶满足了我那微不足道的虚荣心。我觉得自己挺神气，同时更加沮丧。

至于老康收到这个礼物时作何感想，我无从知晓，那时候通信远没现在便捷，大家可以随时在电话里有事没事地瞎聊一番。这把大折扇唯一反馈回来的消息是，我收到老康寄来的一组照片，其中有一张，老康和小转子正是以这把折扇为背景。原来他们将这把扇子挂在自己床头了，老康和小转子半卧在双人床上，头挤作一处，以那个年代新婚夫妻特有的矫揉造作注视着镜头。我看到老康烫了头，胸前还挂着条大红色的领带。而小转子已经和我印象中的判若两人了，她的妆画得太浓艳了，怎么说呢？我觉得她的脸像一枚徽章。什么是徽章呢？就是很凝练、很具象征性吧，麦穗、齿轮，诸如此类。他们就这样置身于一把花花绿绿的大折扇前，宛如一台喜气洋洋的二人转。

这以后我跟他们很久没有联系，我只是在接踵而来的狼狈时刻，偶尔翻出他们的照片。孤独时，我难免要憧憬另一种与单身生活迥然不同的日子，老康是我们大学同学中第一个结婚的，那时候我天真地想，我们这群人里，就老康最幸福。那张二人转剧照式的照片，成了我心目中的一个蓝图。我幻想着，有朝一日，自己也有那么一张双人床，身边也有那么一个小转子似的女人；当然，我们的床头不要折扇，我们要挂上自己的婚纱照，因为那时候已经流行这个了。我的审美就是这样按部就班地提高着，直到今天，我明白了墙上连现代派绘画都无须悬挂，然而同时也丧失了那种可贵的热烈向往，就是说，我被生活提高了审美的境界，同时也基本上没了憧憬。

二

两年后的一天，老康打来电话。他买了部手机，那可是个新鲜玩意儿，因此他一定要我猜他是谁，我却猜不出这个扬扬得意的家伙究竟是哪一个。由此可见，我的记忆是多么教条和顽固。我站在传达室里对电话中的老康说："你要是再闹我就挂了。"老康赶紧叫起来，以更加兴奋的声调宣布："老康，我是老康啊！"

老康要来兰城旅游，当然会想到我恰好在这里教书。又是手机（那时候叫大哥大），又是旅游，显然老康是发达了。

发达了的老康出现在我面前。那时候他已经有了发胖的趋势，我那教条而又顽固的记忆，再次排斥眼前的这个胖子。我任教的那所中专地处城市边缘，出了校门就是菜地，平时很难见到个满面春风的人，更别说一个手里握着大哥大的家伙，何况，这个家伙还挽着一个美艳的女人。他们突然出现在我面前，当时我正夹着饭盒往食堂去，除了满腹疑云，我还有些生气。眼前的这两个人令我尴尬，不可避免，我在这一刻成了这所郊区学校里的焦点，所有灰头土脸的师生都对我侧目而视，而我是那么耻于做一个焦点。即使老康已经抓住了我的胳膊，我依然不能醒悟，直到他身边的小转子冲我叫了一声，我才胸口一热，眼里不禁涌上泪来。

小转子冲我叫："哥！"

逮谁叫谁哥，这好像是东北人的毛病，这一点我后来才掌握，但当时小转子的这一声，委实令人悲怆，对于我这么一个被孤独荼毒着的年轻人，这是再好理解不过的。所以，这一声"哥"，和由此而来的那种莫大的伤感与温暖，也成了我一个根深蒂固的记忆，在一些蒙昧的时刻沉渣泛起。

兰城没什么好玩的，周边既没名胜又无古迹，南面的藏区草原倒是有些看头，但他们来得不是时候，那时已经快进入冬季了，草早都已经枯败不堪了吧。所以在我看来，此地并不值得老康夫妇千里迢迢地来旅游一番。但是对于他们的到来，我还是很高兴的，毕竟，那时候我太孤独了。只是我的这种高兴劲儿并不那么由衷。我想我是有些嫉妒老康，在兴奋之余，那些天我也有些意兴阑珊。

他们住在兰城最好的酒店，每天玩累后我都和他们一同回去，在房间里冲个澡，然后迅速离去，迎着寒风，坐上冷清的公交车从城市返回郊区，回到自己既脏且乱的小宿舍。我尽量避免在酒店过多逗留，这显然是自尊心在作祟。每当我穿过酒店大堂，走进萧索的夜色时，内心都不免有些自怨自艾。我觉得我再也不像当年了，看着他们幸福，自己也跟着傻乐。

他们来后的第三天我们喝了酒，我是醉得不浅。晚饭时老康和我聊起了大学往事，这对他，是一种得意者的回顾，对我，却十足是一种凭吊。两种心情喝出了两种状态，老康是越喝越昂扬，我则是越喝越露出了落魄相。本来我们的酒量就不在一个级别上，我却不自量力地暗暗和老康较劲，丝毫不愿意比他喝得少。这一点被小转子看出来了，她开始替我挡酒。可是她越这样，我反而越来劲，像撒娇似的。这样我很快就喝醉了。他们架着我回了酒店，躲在卫生间呕吐后，我居然哭了，站在淋浴蓬头下泪水汹涌，感到厌恶而又无助。

老康的情绪依然兴奋，他没有看出我的异样，嚷嚷着叫我住下，跟他聊个通宵。我答应了。那一刻我的确很软弱。我害怕一个人走进夜色里，害怕经历从城市过渡到郊区时那种景致的凄惨嬗变。

可是聊什么呢？这几天我们一直在聊个不停，以至于我都以为，老康不远万里而来，就是要向我吹嘘的。他给我描述了他的奋斗史：毕业后他回到东北，本身也和我一样，被分配到了一所中专学校，那是所特殊中专，经过短暂培训，他就开始教一帮聋哑孩子了。这么说着的时候，老康用他那双肥厚的手向我打起了哑语："喏，就这样，你能忍受每天这样跟人讲话吗？那段日子我的喉咙简直闲疯了，只能靠找人吵架来过瘾！"老康说他当时唯一的愿望就是跟人你来我往地用舌头较量，在这种愿望的驱使下，他跟着小转子的一个亲戚做起了边境贸易。边境贸易，那可是个需要不停浪费口舌的活儿，跟一帮英语半生不熟的老毛子用同样半生不熟的英语尔虞我诈，对于老康闲置已久的发声系统是种极大的满足。老康是怀着一种不为人知的热情投身于边贸的，结果居然就成功了。今天，我们又一同追忆了大学时代，所有的缅怀此刻都已经化作了酒精。该聊的似乎都聊过了，如果还有什么没涉及，那就只剩下未来了。可是，在兴致勃勃的老康面前，我没有展望未来的力气，我觉得我在卫生间里，已经把自己的未来吐得空空如也了。

他们要的是套房，我很自觉地在外间的沙发上找到了自己的位置。当老康进去冲澡时，我已经蜷缩在沙发里睡着了。

睁眼醒来时，我的大脑一片空白，有的只是那种像黏液一样流淌着的无以复加的沮丧。房间里很黑，几乎是伸手不见五指，以至于我觉得自己依然紧闭着双眼。而且，我把这里当成自己的小宿舍了。我又徒劳地睁了睁眼，结果依然是漆黑一团。我安静地躺在黑暗里，双眼执拗地和黑暗较着劲，如果在这一刻我的下意识里还有什么愿望，那就是——将这漆黑的一团，盯出稀薄的光。小转子的身影就是这样逐渐浮现的，好像正在冲洗的相纸，缓慢地显露出图形。她从一个朦胧的轮廓渐渐变成一个剪影。我首先看清楚的，是她那像弓一样弯曲着的背部，那种造型有种不屈不挠的强度，仿佛有着锐利的锋芒，因此黑暗被它切割出了一道缝隙。然后我看到了她低垂的头发，毛绒绒地混淆在黑暗中。这样，我才基本上把眼前的影像落实成了一个人形。我能够看出，她是抱膝坐在地板上，头埋在两腿之间。我内心岑寂，丝毫没有现实之感。当小转子站起来并且一步步向我靠近时，我仍旧陷在梦境般的泥沼中。她来到沙发边，我几乎可以感觉到她散发出的体温。我的眼睛被某种力量吸引着，许久，黑暗像糖一样地融化，我们的两双眼睛相遇了。我们目不转睛地相互看着，彼此看着的，也只是对方的眼睛，仿佛这一刻对视着的，只是那四只兀自悬浮于意识之外的瞳孔。它们如同磁铁的两极，牢牢地相互吸引着。它们没有任何含义，只是——眼睛。

是我背离了这种凝视。今天想来，也许那一刻就是对我内心的一次鉴定，即使恍若梦中，我也不甘于满足那种毫无内容的对视，我的双眼令人绝望地需要额外窥探到一些东西，它顽固地需要给自己目睹的一切弄出些“意义”。它拔了出来，开始游移，并且依次看到了小转子生硬的乳房、平坦的小腹以及修长的腿。它们都遍布着黑暗稀释后的那种灰白色，却无端地显得更加黑暗。

后来我的眼睛逐渐具有了一种令人惊奇的能力，它不用上下转动，就可以一览无余地装下近在咫尺的一切，仿佛眼前的事物正在自动向深处隐退，一点儿一点儿，渐渐沉没在无尽的黑暗之中。

她就这样消失了。

我始终一动不动，平稳地滑进了另一个梦境。我梦见了左左，那个有口皆碑的美人。然后就乏善可陈了，像所有年轻人的春梦一样，结果也无外如此——我梦遗了。是老康叫醒了湿乎乎的我，他在阳光中趴在我耳边大吼：“上课了！上课了！”

我去卫生间收拾自己。小转子正在里面化妆，她朝我笑了一下说：“马上好。”我根本看不出她有任何蛛丝马迹，这更加令我将昨夜的一切归结为一个荒诞的梦。但是这个梦令我沉溺，令我内心滋生出污秽凄苦的渴望，以至于从这天开始，我夜夜留宿在了他们身边。我总有着隐约的期待。我知道自己在期待什么，无非是一个梦。我无法自控地甘于将一切披上梦的外衣，将肉体的孤独，将无辜的猥琐，乃至卑下的情欲置身于蒙昧之处，在那里，我才能够获得难以置信的安慰。

我热烈地关注着小转子。我知道她和老康本是中学同学，青梅竹马那样的，老康考上了大学，她却连续两年落榜，似乎是因为某种疾病，这种病让她永远和大学无缘了。那会是一种什么病呢？老康对此讳莫如深。由于带着一种隐秘的疾病，小转子在我眼里就有了一种忧郁之美。不过这也许是我的主观判断，事实上，小转子很少露出消沉的样子。她总是咋咋呼呼，时不时还吹吹口哨什么的，也许是自以为来到了边疆，她总是随口哼唱那首著名的《在那遥远的地方》，又记不牢歌词，总是哼出前面的旋律，最后才快活地来一句：和那美丽金边的衣裳！

我一厢情愿地认为，这只是她的面具，就像她总是把那张本来生动的脸画成一枚徽章一样。浓妆后的小转子依然是美的，是那种东北女人线条清晰的明亮的美，我却认为那只是表象，我自以为掌握着她的本质——平坦，甚至有些不够圆熟，身体仿佛一个男孩般的生硬和晦暗。而这些，却格外动人。在我年轻的心里，那种未加严格拉开性别差异的生涩的身体，那种微弱的亮度，反而值得信赖，它没有侵略性，不是咄咄逼人的，对于我，它的不完美恰恰是一种分摊，更加能够激起我的欲望。

我总在睡前拉着老康喝一场，我以为酒是引导我走向梦幻的媒介。然而我的夜晚一无所获，那一幕再未出现。这种不健康的期盼，令我在面对老康和小转子时感到羞愧。他们当然无法知晓我放诞的内心，他们更加不会知晓，有天夜里当我听到他们身体撞击发出的声音时，用手握住了自己的那根东西。

好在他们终于要走了。这些天，我们只是在兰城方圆五十里的范围“旅游”，但我的疲惫却已经写在了脸上。老康因此有些内疚，他以为我跟学校请的那些假成了我的负担。作为补偿，他非要给我买身价格不菲的西装。我顺水推舟地认可了老康的误判，当然也只能顺水推舟地接受了老康的西装。谁知道，几年后，这身西装成了我结婚时的礼服。

我和他们一同回到酒店。小转子一边帮我剪西装袖口上的商标，一边哼着《在那遥远的地方》，她用的是酒店针线袋里的那种小剪刀。剪到一半的时候，她突然闭上了眼睛，像是睡着了，半句“和那美丽金边的衣裳”挂在嘴边。过了一会儿，她站了起来，开始疾言厉色地说到她厌恶的某种东西。我听了半天，才听明白她说的那种东西可能是蜘蛛。

“太恶心了，一下子撞在我脸上，网也全挂在我衣服上，黏糊糊的，摘都摘不掉，我那可是件新买的白衬衫啊！”

她再三地说，她马上就得找到这个蜘蛛并把它捻死。然后，她举着那把小剪刀径直向老康走去。老康正在收拾行李，此刻脸色大变。一瞬间我恍然大悟，原来小转子痛恨的那个蜘蛛，就是老康。老康慌不择路地跳到了床上。小转子站住了，转过身看着我。她的眼睛依然是那么空洞，毫无内容，只是定定地望过来。当我们的眼睛对视的一刻，我仿佛又沉入了那个梦境。她一步步向我走来，我居然傻在了原地。

老康哇哇大叫道：“靠！跑啊！快跑！她犯病啦！”

老康的叫声令小转子再次把目标锁定到了他的身上。她重新回头向老康逼近。

“你先走，我没事，我他妈没事！”

老康在床上边跳边叫，让我感觉他是在大义凛然地喊：你先走，我掩护！

这就是小转子发病时的情形。原来，那种隐秘的疾病，就是梦游症。后来我听老康讲，每次发作，小转子都要找人搏斗，把她唤醒是残忍的，她一醒来就会感到难以忍受的头痛，痛到要去撞墙的地步。

老康有一套对付她的经验："她的眼睛虽然睁着，其实跟闭着一样，就是个睁眼瞎。你只要一直陪她玩，就跟捉迷藏似的，直到她玩累了，她就会真的睡过去了。"

我不能确信老康的话，小转子笔直地朝我走来的样子，无论如何也不像一个睁眼瞎。也许，在她身体里有着另外一套掌握方向的系统？这太玄奥了，也令人害怕。然而令我感到更加玄奥的是，那天夜里我们长久凝望之时，小转子为什么没有动手像捻一只蜘蛛似的捻我？如果真的有另一套系统指导着她的方向，那么黑暗便绝非她的障碍。

那天我从酒店逃出来，一个人在街上漫无边际地走了好久。这些天发生的事情没有给我什么刺激，反而令我麻木。我不想思考，无力归纳和判断，仿佛世界上有些东西你根本控制不了并且永远无法厘清，于是只能怀着一种怏怏的情绪，度日如年。

第二天一早我赶到了酒店，无论如何，我都要送送他们。他们是九点钟的机票，我到酒店时他们已经整装待发了。小转子的状态完全正常，她已经化好了妆，戴好了那枚徽章面具。老康看起来也算精神焕发，只是下巴上贴了块创可贴。那身西装已经拆掉了袖口的商标，小转子将它装好，亲热地塞到我手里。对于昨天的事情，大家都保持沉默，一切好像从未发生过。时间紧迫，匆匆告别后，他们就钻进了奔赴机场的出租车。小转子从车里探出头冲我喊：“再见，哥！”

我心头陡然一热，也冲着她叫：“下次你们天热的时候来，看草原，我们看草原啊！”

我的话音未落，出租车已经开出十多米了。

三

孤独的时候，我在学校的图书馆里查阅梦游症的资料。

我遇到了一个陌生的医学名词——唤醒疾患，它包括梦游、夜惊及意识不清的唤醒。这种病又是另一种名叫“睡眠暴力”的疾患的分支。“睡眠暴力”的病例有：一名患者在梦中遭到蛇的攻击，结果被自己用床单勒死，另一名患者在梦中为抵抗入侵者，用拳猛击床柱而将手臂折断。总之，伤的不是自己，便是枕边人。循着“睡眠暴力”再向上追溯，我又遇到了“抑郁症”，有证据表明，这两种疾病存在着某种隐秘的关联……

我发现，自己窥探着的，是人类肉体那庞大而又盘根错节的黑暗体系，想要梳理出线索，绝对是痴心妄想，因为那些无以穷尽的脉络，只被上帝的手数点着。于是，我只能把焦点对准“梦游症”本身，起码，这个靶心是我那有限的视力所能瞄准的。处于一种难以说明的热情，我把相关的知识整理成一枚枚卡片，如同做着此生最具价值的一门学问：

【梦游（Sleep Walking）】，又叫作睡行，在4岁以后的小孩中常见，特征是在前1/3的晚上，孩童从睡觉中坐起来，睁开眼睛，漫无目的地走来走去，但步伐缓慢且能避开障碍物，有时手上还把玩一些器具，如厨房的餐具或浴室的水瓢等，他们衣衫不整且喃喃自语。如果试图叫醒他们，他们可能会变得意识混乱并有躁动的现象。

这类疾病乃是患者从深度睡眠期觉醒，但却无法完全清醒过来，而表现出一些奇怪的动作或行为。隔天醒来，对发生的事一点儿都不记得。

孩童的唤醒疾病通常没有精神或心理上的问题；然而成人却常见到有精神或心理上的诊断，但即使你治疗他的精神心理疾病，唤醒病患并不会改善。孩童的唤醒疾患通常没有梦的记忆，如果有，也只是浮光掠影，没有一个完整的故事，但成人却常见有活生生的梦。

多项睡眠生理脑波仪通常显示病患从深度睡眠期醒来，醒来后的脑波依然可处在深度睡眠期，或变成浅度睡眠期，甚至处在清醒的状态。通常患者可以没有困难地回到床上，很快继续入睡，醒来对发生的事毫无记忆。

梦游并无男女的差异，但却常见有家族史。据统计，在所有的人口中，约有15%的人在他们的孩童时期，有过至少一次梦游的经验，发生的尖峰期在4岁至8岁，15岁后会慢慢地消失，只剩下约0.5%的成年人会有偶发性的梦游发生。而诱发因子包括睡眠不足、发烧、过度疲倦，使用安眠药和一些抗精神病的药物。

当孩童发生梦游时，应该引导他回到床上睡觉，不要试图叫醒他，隔天也不要告诉或责备病童，不然会造成孩童有挫折感及焦虑感。如果发作次数实在频繁，就应该求助医师给予药物的帮忙。

成人的梦游大多源自孩童时未完全缓解的梦游，当然成人的梦游亦可发生于以前毫无梦游病史的成人，他们大多有精神心理方面的问题，因此成人梦游除了药物控制外，精神治疗也扮演着一个相当重要的角色。

梦游症又称睡行症，是指一种在睡眠过程中尚未清醒而起身在室内或户外行走，或做一些简单活动的睡眠和清醒的混合状态。这类患者一般表现为反复发作的睡眠中起身行走，持续时间为数分钟至半小时。发作时，梦游者在睡眠中突然眼睛凝视起来，但不看东西，然后在意识蒙胧不清的状态下进行某种活动。行走时，周围即使漆黑一片，患者一般也不会碰到什么东西，而且还行走自如。据了解，梦游者眼睛是半开或全睁着的，走路姿势与平时一样，甚至他们还能进行一些复杂的活动。

梦游是一种奇异的意识状态，患者似乎只活在自己的世界中而与他人失去了联系。他们的情绪有时会波动很大，甚至说一大堆胡话，别人很难听懂，严重时，偶见攻击性行为。梦游时患者表情呆板，对他人的刺激基本上不作反应，也很难被强行唤醒。患者虽意识不清，但动作似乎有目的性，仿佛在从事一项很有意义的工作。发作后多能自动继续睡觉。

事实上，梦游与做梦无关，因为根据脑波图的记录，梦游是在沉睡的阶段并非快速眼动睡眠阶段，此阶段人是不会做梦的，因此梦游称为睡中行走可能更符合事实。关于梦游的原因，众说纷纭，至今仍无法确知。

…………

这样做的结果是，我常常会在夜晚，在万籁俱寂的时候，如此幻想——此刻，正有大批的男人和女人，正有大批的孩子与成人，他们以人类15%这样的一个规模，行走在自己意识的蒙昧处，仿佛行走在世界的边缘，他们走在黑暗里，熙熙攘攘，沉静而又疯狂，恬适而又悲伤。

四

此后我再没见到过小转子。

老康倒是又见过一面，三年后他来兰城谈生意，完全是顺道看了看我。老康带着个长发雪颈、杏眼黛眉的姑娘，令我吃惊的是，这个姑娘居然是个聋哑人。我们见面时她除了向我微笑，始终一言不发，直到她用那双水草一样灵活的手给老康比画起来，我才看出了端倪。

“这不是挺好嘛，一点儿也不烦人，多安静啊！”老康看出了我的诧异，皮笑肉不笑地说。

那时我们坐在酒店的咖啡厅里，老康完全发福的庞大身躯，像一堆没有骨头的肉瘫在沙发里，已经开始脱发的头顶鼓起一道粗隆，这让他的面目平添了一份凶恶。几年没见，发生改变了的，不仅仅是老康的体貌——他不再是一个喋喋不休的家伙了，甚至有些沉默寡言的意思，整个人都恹恹的。

“烦，真烦，知道不，我现在尽量做到每天说话不超过一百句。”

老康用自己熊掌一般的手向身边的姑娘简单地比画了几下，姑娘就安静地离开我们回房间去了。

我不由得问老康：“小转子呢，还好吧？”

老康哼了一声说：“还那样。”

“她的病呢，没法治？”

“治什么治，妈的她就没病，装的，都是装的。”

“怎么会？”这太出乎我意料了。

“我算是看透她的把戏了，当年她就是觉得考大学没戏才装出这么个病糊弄人，装神玩鬼的，倒弄成本钱了。你说哥们儿，人这东西怎么就这么险恶呢？”老康激动起来。

“你什么意思，这么说有依据没？”

我不能相信老康的话，那梦境般的一幕在我心里依然清晰，我无法相信小转子赤身裸体地出现在我身边，不是出自一种叵测的病因。或者，那真的只是我的一个梦？

“依据？我对她什么不了解，她就是要用那一套来迫害我，知道不，迫害我！她糊弄得过去她爹妈，糊弄得过去医生，糊弄得过去我吗？”

我不知道说什么。我只是有些反感老康说话的口气。

“她以为我能一辈子陪她玩捉迷藏呢。”

老康愤愤地捶了一下自己的腿，浑身的肉都随之震颤了一下。

我听不下去了，突然打断他：“老康，今天你说多少句话了？”

老康愣一下，随即说：“可不，又说超了。”

老康此行来去匆匆，我们只见了一面，我已经结婚的消息也没能引起他的兴趣，他连我娶的是谁都没多问一句。看来老康这么一个人的确发生了一些质的变化。他走后的第二天，商场的送货员给我搬来了一座巨大的落地钟，这是老康送给我的新婚礼物。这座钟比我还高半头，黄铜的钟摆比我的脸都大，发出的摆动声在夜深人静时足以令神经衰弱者从梦中惊醒，而且，每到整点报时的那一刻，它都会响亮地奏出一段旋律，那旋律如果配上歌词，居然是那句“和那美丽金边的衣裳”。这一切都与我的新居不甚协调，它们只能使我的居所显得更加逼仄。我当然会想到当年的那把大折扇，看来我和老康在审美上还是有一致的地方，那就是——贪大。钟里塞着张发票，表明它价值三万多元，从这样的做派看，老康的生意显然是蒸蒸日上的。

其后我们通过几次话。那时候手机已经不稀奇了，不知道是什么原因，当我有了部手机时，居然是打给老康家的。接电话的正是小转子。听到她在电话那头叫出一声“哥”，我百感交集。其实这种伤感正是我计划内的，否则我会把电话直接打给老康，而不是打到他们家去——我估计那会儿老康十有八九不会待在家里。但小转子的声音并不是我预想的那样，根本听不出我以为会有的那种消极。她依旧咋咋呼呼地说：“你可想死我了！”我说：“想了就来呗，哥也想你。”这时候我已经习惯了虚与委蛇的说话方式。她边笑边说：“那我可真来了，你说过让我们天热的时候去看草原呢。”

和老康的通话却是另一番状况。他有了我的号码后，基本上都是喝醉的时候打过来：“我说哥，别在家待着，来我这儿喝酒，我给你弄俩俄罗斯妞……”

“再有五分钟就到你们家楼下了，快点儿下楼，你那儿不能停车……”

“知道不，我在家装了摄像头，你猜怎么着？我不在的时候她从来就没犯过病，倒是对着镜子练过梦游……”

“离不了，她那病要离就得分一大半财产给她，你说这帮法官怎么就不信我呢？她狠着呢，竟然还想跟我弄出个孩子，知道不，她把套都扎了眼儿啊！”

“喔，打错了，对不起。哎，你谁呀？妈的……”

…………

诸如此类，我没法不当成胡言乱语。

我知道一切都变了。或者一切本来就是如此，只是我们曾经低估了它的复杂，不了解它的各种表现方式。

五

如今我已经干上了记者这个行当。半年前的夏天，我受命前往一个名叫“瘦岗村”的地方调查新闻事件。这个村庄几年来如同受到了邪恶的诅咒，许多村民患上了怪病，轻者表现为肌体无力，手足协调失常，乃至步行困难、运动及言语障碍，重者则神经错乱，甚至死亡。尤为可怕的是，天生弱智的幼儿也随之诞生。前不久，专家才锁定了那个诅咒瘦岗村的源头——兰城石化公司的一家双苯厂，就建在瘦岗村的东面，当年破土动工的时候，一度还是瘦岗人为之骄傲的事情。专家们给出了一个瘦岗人闻所未闻的疾病名称：水俣病。瘦岗人做梦也想不到，自己罹患的这种怪病，居然是因为日本一个叫水俣镇的地方而得名。五十多年前，在日本的水俣镇，出现了一些口齿不清、面部发呆、手脚发抖、精神失常的病人，这些病人久治不愈，最终会全身弯曲，悲惨死去。水俣镇有四万居民，几年中先后有一万人不同程度地患有此种病状，其后附近其他地方也发现此类症状，经过数年调查研究，最终证实，这是由于当地居民长期食用含有汞的海产品。

兰城的主要媒体行动起来，记者们展开联合调查。经过几个小时的颠簸，车队驶过很长的一段土路后，到达了目的地。那是一座墙头布满玻璃碴和尖锐铁棘的建筑，里面收治着瘦岗村的部分患病村民。这座建筑最初只是由村民们自发建立起来的，是一种互助性的民间行为，直到前些日子，才被有组织地接管。

几个身穿白大褂的农村妇女迎出来，恭敬地向领路的当地干部打招呼。她们的表情让我觉得，我们似乎并不怎么受欢迎。

院子居然很大，一栋三层高的小楼横在里面，前面是空旷的篮球场，但一个人影也没有，只有几乎看得见的风在水泥场地上打着旋儿。倒是墙角的煤堆旁有一条拴着的土狗，对着众人狂吠不止，一个穿白大褂的妇女一路小跑地奔过去用脚踢它。

上到楼上后，我见到了此生可以见到的一切残缺者和病痛者。他们勾着头，听话地坐在光秃秃的木板床上。每间屋子都挂着一台没有声音却开着的电视，而且整齐划一地都固定在某个音乐频道，电视上的人在无声地歌唱着。观众们神情纯洁，有一种并不令人憎恶反而甚至是感人的温柔，其中有一位妇女，袒露胸怀，专注地奶着怀里的婴儿。当地干部率领着一干人马，透过一扇扇铁窗户向里张望，不时回头询问一些情况：怎么样，伙食好吗，有没有新进来的，家属们还满意吧，有什么困难，诸如此类。那些穿白大褂的妇女七嘴八舌地回答，归纳起来，无外乎：一切都好，就是缺钱，领导要多支持。

我不想跟着看下去了，走到楼道的尽头，趴在栏杆上向外眺望。这座建筑里有股特殊的气味，让我觉得自己的双唇有种腐烂的滋味。我偏执地认为，这就是汞的味道。

夏天的田野近在咫尺。远在天边的，是一只长久浮于空中的鹞子，它那么远，也许在空气中感觉不到我呼吸时抛出的虚空。四下里一片静谧，我觉得自己悬在时间之外了。我们的车队停在院子外面，司机们在车下聚成堆抽烟。他们都是各个媒体的司机，已经习惯了这样的采访，此刻议论着的，大概是午宴将会是怎样的一个规模。在这样的一个时刻，世界这个庞然大物变得格外安详，成了一个没有差别的世界。在这样的一个时刻，你是个记者，就不过是个记者，你是个水俣病患者，就不过是个水俣病患者。

回到兰城，我把自己关在家里写稿子。我的状态很不好，我发现，我的情绪没有丝毫的激愤，反而在目睹了那些瘦岗村的患者后，我有种巨大的倦怠之感，仿佛一切都是非现实的，它们离我的距离，就像日本水俣镇之于瘦岗村一样的遥迢万里。

我坐在电脑前发呆，对“水俣病”毫无感觉，几年记者做下来，我已经被迫学习了太多五花八门的疾病名称，我再也没有了当年钻研“梦游症”时的热情。我坐了几个小时，电脑上也只是敲下了这样一个标题：

遥远的瘦岗村

房间里有种令人沉痛的声音，一下一下，有规律地捶打着时光——它来自老康送我的那座大钟。钟摆发出的声音像一记记重拳。小转子的电话就是这时候打来的。

“哥，”她一开口我就知道是谁了，“我现在正往兰城来，大概再有半小时就进城了，快下高速了。”

“什么意思？”

我的脑子里依旧是钟摆发出的空洞之声，基本上没听明白。

“天热的时候来看草原啊，你说的，我这可不就来了。”

“来了啊……老康呢，你让他听电话。”

“他来不了，就我一个人开车来的，真够远的啊，开三天了。”

一瞬间我又感觉沉入某个梦境中了，仿佛眼前的事物正在缓慢地向深处隐退。

“你直接来高速收费站接我吧，兰城路我不熟。”

我立即换上鞋向楼下跑去，甚至都忘了关掉电脑。

半小时后，我在高速收费站等到了驾着一辆三菱越野车而来的小转子。她并不显得风尘仆仆，白色的紧身夹克一尘不染，头上那顶棒球帽也戴得端端正正。我上了她的车，坐在副驾驶的位置上。

“老康呢，怎么不一起来？”

我去打量小转子的脸。和多年前相比，她显得成熟多了，也许是她鼻梁上的那副黑边眼镜给了我这种感觉。但是，我的确看到了她眼角细碎的皱纹。

“他来不了啦，我把他干掉了。”小转子一边一本正经地说，一边用手拍了一下方向盘。

我当然把这视为一句玩笑话。我觉得和小转子之间有种可贵的熟稔，这种感觉我对老康竟然都没有。也许，这一切都与那些记忆的残片有关。

“要不要给老康打个电话，告诉他我们顺利接上头了？”

“我不是说了嘛，我已经把他干掉了。”小转子打了个响指。

我笑起来，摸出支烟点上。小转子也要了一支，叼在嘴角并不点火。

“怎么走？哪条路是往草原去的？”在一个路口小转子问我。

“直接去？不在城里休息一天？”

我有些惊讶。但我觉得，这个惊讶还在我可以想象的范围之内，似乎我多少已经料到了，小转子就是会这样马不停蹄地直奔草原而去。

“休息啥，要休息我就在东北休息了。”小转子侧头看我一眼，“怎么样，哥，陪我一起去不？”

“让我想想。”我有些犹豫。

“别想了！是你请我来的，还想什么。”小转子突然变得有些暴躁。

是我请她来的吗？似乎也可以这么说，当年我是这么邀请过他们：下次你们天热的时候来，看草原，我们看草原啊！这是一笔岁月遗留下的债务，如今需要偿还了。事实上，我的内心本身就是松动的，我从小转子身上感到的那种熟稔已经替我拿了主意。

“好，上右边的路。”我为她指明了方向。

做出这个决定，我突然有种大的松弛，是种溺水者浮出水面透了口气的感觉。我想顶多就三两天时间吧，就让自己透口气。我甚至决定不跟左玲莉说一声，就这么消失几天。

左玲莉就是左左，当年那个有口皆碑的美人，如今她是我的妻子。这些年以来，我们分别离了一次婚，她辗转来到兰城，结果就遇到了我。可能双方都已经被上一个伴侣弄出了某种不可救药的慵懒，我们的情感生活基本上乏善可陈。

越野车穿城而过，当鳞次栉比的高楼被寥廓的长空所取代时，我有些夸张地体会到了某种舍弃与诀别的情绪。小转子的话并不多，她基本上没跟我嘘寒问暖，不打听我的近况，也不罗列自己的境遇，只是聚精会神地开车，偶尔和我说说路边的风景。这正是我愿意的，我也不想喋喋不休地把生活描述一遍，那样不啻于受二遍苦。

三个小时后，我们在一个小县城停下吃饭。小转子的胃口很好，那么大的一碗面条被她吃得精光。在她身边，我发现自己也有了食欲。我们本身是两个面色苍白的人，但这顿饭吃进去后，脸上都有了些血色。上车时小转子检查了一下后座，我跟在她身边，看到里面塞着一只硕大的皮包。

“猜猜，里面是什么？”小转子砰砰敲了两下皮包。

“猜不出。”我如实说。我想无外乎是些女人出门必备的东西。

她的脸上涌起兴奋的光，压低声音对我说：“是钱，我把老康的钱席卷一空啦！”

我仍然以为她是在开玩笑，但她说着已经拉开了皮包的拉链。我看到了什么？的确是钱，整整一大包。那么多的钱挤在一起，给人一种相当古怪的感觉，仿佛将要面对一次井喷。

“真的是钱啊。”我尽量保持冷静，“出门带这么多现金干什么，”我希望说得不痛不痒，“——这多危险。”

小转子呵呵一笑，关好后门上车去了。我跟着坐进车里，心不由得往下一沉。我搞不清楚这是怎么了，小转子的到来，难道真的是一场事故？我打算发条短信给老康，确定一下究竟发生了什么事。小转子吹着口哨，我摸出手机摁着字母。

她突然头也不回地说了一句："别费劲了，我说过，老康已经被我干掉了。"

我居然被吓了一跳，掩饰道："不是发给老康。"

"怎么，你不相信我？"她似乎没听我的，继续用责问的口气训我。

"当然不，我当然相信你。"

"那就答应我，别捣鼓你的破手机了。"

我只能把手机装进兜里。我决定什么也不想了，让自己彻底放松，既然是为了透口气，那就让这口气透得狠些吧。把此刻的旅途想象成一场亡命天涯的潜逃，不是也很刺激吗？这么一想，我竟然高兴起来。让老康见鬼去吧，权当他现在已经真的一命呜呼了。

"说说吧，你怎么干掉老康的？"

"捻呗，像捻只蜘蛛似的，嘎巴一下。"

我不由得笑了。记忆中的残片浮现出来：小转子手握小剪刀，一步步逼近老康这只肥硕的大蜘蛛。

如果小转子是一个货真价实的梦游症患者，我想这次她是在实现着最有规模的一次梦游，长途奔袭，从东北跑到了兰城这么一个西北的边疆之地。这个念头让我也跟着产生了某种美妙的梦幻感。可是这么说，会有人信吗？有谁可以在做梦的状态下开着一辆越野车翻山越岭？我偷偷观察小转子，此刻她一手握着方向盘，一手和着自己口哨的节拍轻叩大腿。不是吗？一切正常，起码在我看来，丝毫没有做梦的迹象。老康说她的病是装出来的，对此我没意见，我相信每个人自有他的逻辑，而世界最大的逻辑就在于——它根本没有逻辑，即使有，那也一定只掌控在上帝的手里。

已经是正午了，车外的风景有了高原的风貌。黄土堆渐渐被石头替代，空气中有了青草的味道；一些藏式的木楼出现在路边，渐渐地，大片的草地涌入视野；马、牧人、牛、羊，这些符号化的景致开始布满眼中。

前方的路被一群牦牛挡住了。越野车缓慢地从它们中间驶过。当路面刚刚开阔起来时，小转子兴奋地摁了一下喇叭。不料这一声激怒了一头巨大的藏獒，它在越野车提速的一刻悍然扑了上来。它的位置在我这面，我能够看到它面无表情的那张大脸凌空而来，湿漉漉的大嘴甩出泡沫一般的唾液。尽管隔着车窗玻璃，我仍然惊叫着一头扎在怀里。我身边的车门发出一声闷响，同时整个车身似乎都要横着飞出去了。这一幕只是发生于一瞬间，当我回头看时，我们的车子已经冲出了几十米，那头藏獒依旧在舍生忘死地追逐我们，但是显然，这家伙被撞晕了，它跑着跑着就像个醉汉似的原地打起转来了。我被吓出了一身冷汗。小转子却面不改色，她只是突然发出几声尖叫，但这种尖叫迟缓了半步，是一种享受式的回味，并不表示她受到了惊吓。

我们找了个合适的地方停下，检查车子的状况。右侧的车门竟然被撞出了一块深深的凹痕。那头藏獒的力量太惊人了，幸好它的头没撞上车窗，否则一定会撞碎玻璃，直接将我咬住。我暗自吸着凉气，那头藏獒奋不顾身的勇猛让我感到了莫大的虚无。

小转子啧啧地说："太有个性了，世上哪个男人能这样！"

我哑口无言，觉得她说得一点儿不错，将男人放在性别的铁砧上捶拷，只能让我在那块凹痕前自惭形秽。回到车里我突然感到了睡意，一种久违了的纯粹生理意义上的昏聩席卷而来，这令我心醉神迷。自从做记者以来，我就长期被失眠困扰着，现在终于重温嗜睡的滋味，简直是一种享受。我在小转子的口哨声中睡去，最后一点印象是她那从侧面看去有些像某种动物一样噘起的嘴唇。

黄昏的时候我们来到了小镇拉鲁。我去找了一个自己在中专任教时教过的学生。他叫张正，年龄比我小不了多少，那时候我们经常在一起喝酒，关系一直不错。张正在镇上的税务所工作，好像还是个所长，见到我们他高兴坏了。对于我身边的小转子，张正令人满意地克制住了好奇，他见过左玲莉，能够做到这点实属不易。招呼我们吃过饭后，张正把我们带到了他家里。他妻子恰好在兰城学习，他让我们就住在他家，自己去镇政府住。

"还是住我这儿吧，镇上的旅馆你们没法住，太脏。"

说完张正就告辞了。他这么做，好像很善解人意的样子，似乎是想尽量留出时间给我们。我没有对他多做解释，那样显得很多余。张正的家不大，一室一厅，而且说实话，有种我不太适应的气味。其实这种气味在这里就是空气的味道，只是人进到室内后，感到格外浓酣了些。

小转子终于也露出了倦态，我想起码她的嘴一定累得够呛，一路上她几乎就没有停止过她的口哨。分别洗漱后，我们就各自睡下了。小转子睡在卧室的床上，我睡在客厅一张陈旧的沙发里。出门时我除了一身衣服，基本上就是光着身子的，什么准备也没有，所以刚才只能用手指塞在嘴里权当牙刷鼓捣了一番，躺下后唯一的念头就是，明早第一件事就是去买把大号的牙刷。

这时候天已经完全黑了，藏区的夏夜居然有些冷。我裹着一张气味扑鼻的毯子想着牙刷的事，突然听到小转子在里屋叫了我一声哥。我应了一声，她问我，睡着没？我说没有，她说，那说说话吧。这好像提醒了我，我一边应着，一边摸出手机打算给老康发条短信。但是我刚刚把手机举到眼前，就听到小转子不满的声音："你答应我了，不捣鼓你的破手机。"

这让我大吃一惊。要知道，我们一里一外，她根本看不到我。她这种神奇的能力让我有些不知所措，大脑像短路了一样。

我支吾着说："我跟家里联系一下。"

这么说着我才意识到，左玲莉一直没给我打电话。尽管我们的情感生活基本上乏善可陈，但我这样不翼而飞她总该是要关心一下吧？我打算给家里拨个电话，没想到刚刚接通，手机就喑哑地关闭了。它没电了。我在黑暗中愣住，似乎感到一丝宿命的意味。不过这样也好，就彻底让自己和世界隔绝吧。这么一想，我立刻轻松了，好像一只风筝，掐断了系在身上的线。

我们隔着一堵墙开始聊天。夜色漆黑，有种油脂般的光泽。我感到了一种极大的宁静，觉得自己可以很坦率地和小转子谈论一些问题，比如她的疾病，她和老康之间的关系。

"能说说你的病吗，好些了没？"

"你觉得我有病没？"

"老康说你发作的时候就是个睁眼瞎。"

"我可心明眼亮着呢。"

“你们究竟怎么了，老康对你不好？”

“别提他了，我已经把他干掉了。”

她又绕回去了，让人猜不出究竟是在开玩笑还是在敷衍。

“我们那疙瘩发现铁矿了。”她话题一转。

我觉得她是在自言自语，或者，她已经是在梦呓？

“老康想开矿场。”

“噢，那不错。”

“但是他开不成啦！”她咻咻笑了一声，“我弄走了他准备用来行贿的那包钱。”

“噢。”我怔忪地应着。

“开什么矿厂？造孽的玩意儿，”她叨咕着，“已经够黑啦，老康已经够黑啦，这个世道已经够黑啦……”

我无言以对，只是感到，这个夜晚，更黑了。

“说说你吧，”她说，“干吗不要个孩子，你们不喜欢孩子吗？”

“也不是不喜欢吧……”我一时语塞。

“那为啥？”

不知道，我真的不知道。生活中那些让我们跌倒的事情，归纳起来就是这么困难，它们自己成了不可逆转的事实，就像上帝用一个又一个的黑暗日子来熬炼着我们的肺腑心肠，不由分说地让我们四脚朝天。

那种久违的睡意再次包裹了我，我已经不知道自己是怎么回答小转子的了，困倦像扇铁门一样压了过来，我就势睡了过去。

六

“和那美丽金边的衣裳！”

我在小转子的歌声中醒来。

拉鲁是典型的藏族小镇，清晨我们穿街而过，已经有虔诚的藏人在转动沿街漫长的转经筒。他们在盛夏季节依然穿着厚重的皮袍，然而高原的气温也在配合着他们，根本没有一丝酷热，甚至略有寒意。一切都那么相得益彰。反而是我和这里的温度不相适宜，我只穿着一件圆领衫，只好找出张正的一件制服套上。

我们驱车进入了草原。远处的云垂挂在天边，给人以某种狂妄的冲动，似乎加大马力，就可以冲进它的怀抱，和天上的事物融为一体；而草原却辽阔到矗立起来的地步，它仿佛正在向着天边缓缓站起，成了一道无边无际的绿色幕墙；间或又有大片的油菜花将草原拦腰斩断，它们像锦缎一般华丽，金灿灿的，犹如一条奢侈的腰带。

小转子依然吹着口哨，《村路带我回家》《昔日重来》什么的，其间偷袭式地来一句“和那美丽金边的衣裳”！我对一切满意极了，对一切都不再抱有怨艾，没有意见，我对这个世界没有意见，草原的气息多么美好，即使有着我暂时无法适应的浓酣，但绝对好过汞的气息，这还用说吗？

我们事先在小镇上买了食品，午餐是躺在草地上吃的。不远处的牦牛在咀嚼青草，我们在咀嚼酥油味很重的烧饼。高原的阳光太强烈了，我感到自己的皮肤火辣辣地痛，看看小转子，她那化了浓妆的脸也蒙上了一层紫色，颇像我印象中某个加勒比地区岛国的国徽。草地上随处可见牧民撒落的“风马”，一枚枚纸片上印着插翅飞翔的白马，在牧民们的信仰里，它们可以搭载着灵魂升上天国。我异想天开地联想到了小转子车里的那包钱，想象着将它们抛撒后，是否也会对灵魂产生一些效益。

我们在晚霞中回到拉鲁镇。张正在一家小饭馆准备好了丰盛的晚饭，整块的羊肉、土豆泥、大盘的炒面条，没有经过发酵的饼。我不知不觉习惯了那种浓酣的气味，吃得格外香甜。我觉得自己似乎在经历着某种康复，从睡眠到食欲，都在向着一个光明面好转。甚至，我的心里发出了这样的咏叹：

这里是七月的草原
这里是拉鲁镇
这里不是水保镇
这里不是瘦岗村

晚饭后张正带我们去镇上的小广场玩。那里已经聚集了一群年轻人，围着圈跳锅庄舞。但是显然，对于这种需要置身于队列中的娱乐，我依然不能投入。我以为小转子会喜欢，没想到她却表现出很紧张的样子，在人群里紧紧地抓住我，眼睑四周泛着一圈不易觉察的阴影。当篝火点燃的时候，她突然像受到了某种惊吓一般，紧紧地偎进我怀里。我决定带她回去休息，我想也许她是累了。

回去的路上小转子一直靠在我肩上，她说："哥，别让我睡着。"

我意识到了些什么，用力握着她的手。我使的劲够大了，可能都会弄疼她。我是真的害怕她睡过去。

可是她依然进入了自己的梦境。我们上楼时，她就开始气咻咻地诅咒起那只蜘蛛。我明白将要发生什么，但依然鼓足勇气引导她走向房间。我总不能任由她在漆黑的楼道里发作吧。我搀扶着她，配合着她的胡言乱语。

她说："真恶心！"

"真恶心！"我小心谨慎地随声附和，生怕惊着了她。

我能够感觉到她正在发生着的变化——身体渐渐变得生硬，仿佛酝酿着一场风暴。我的心悬在嗓子眼，几乎是用了所有的毅力才克制住自己没有拔腿而逃。

一进房间，她就向我扑来，我早有准备，一下子蹿出老远。她目光空洞地向我逼近。我绕到张正的写字台后面，她走过来时，我以为会撞在写字台上，不料她居然像个正常人似的也绕行过来。这哪里是个睁眼瞎呢？我不禁怀疑起她是否真的处于梦游的状态。但是很快我就不这样想了。她无声地追逐着我，脸上的表情从气势汹汹渐渐归于安祥，仿佛黎明前的天光，从黑暗一点一滴地转向明亮。她的脚步也迟钝了下来。我和她在房间里兜着圈子，内心突然被一种巨大的悲伤所笼罩，宛如走进了一个人的梦里，于是额外负担了另一个人的疼痛。这真的是不堪承受。我不再感到恐惧，一度甚至想停下来，迎着她，将她搂在怀里，即使她对我做出凶恶的举动。可我害怕将她惊醒。

终于，她像我期待的那样，当再一次移到床的位置时，自然地睡在了上面。

我关掉了房间里的灯。刚才我之所以没这么做，是担心她会在黑暗里撞坏自己，尽管黑暗看起来并不可能成为她的障碍。

月光照进房间，照在她无知无觉的脸上。她没有洗脸，因此那枚徽章依然罩着她，颜色斑斑驳驳。但是我分明看到那些麦穗、齿轮之类的东西在纷纷掉落，露出了她那张原本多少有些桀骜不驯而又惘然若失的脸。这张脸在高原月光和身体疾病的内外夹攻之下，比当年我初见之时更加生动，也更加令人沉痛。

第二天我们出发时，看不出小转子有任何不妥，她似乎对昨晚的一切浑然不知。我想，她的记忆中一定有着一段一段的空白，就像清理电脑碎片时那一节一节不可修复的间隔。

中午我们驱车找到了张正所说的那片海子。它隐藏在草地深处，远远看去仿佛倒挂的天空，但比天空更明亮，宛如天国跌落在尘世的镜子，泛着一层细碎的光。我们在一片山坡上躺下，任由强烈的阳光炙烤着我们。天地间毫无遮盖，一切都是暴露着的。天空没有乌云。大地没有阴影。我枕着自己的胳膊，看着小转子以一个中年女人罕见的敏捷在草地上打起了倒立。她将自己颠倒了过来，头发笔直地垂向地面，眼镜跌落在一边，就这么一动不动地坚持着，犹如一枚隐形的钉子倒挂在空中。

世界仿佛凝固了，水面上漂浮的野鸟，倒立的女人，远处的雪山、经幡，甚至煨桑升起的青烟和遍布一面山坡的羊群，全部纹丝不动。一切如此漫长，一切似乎永无止境。在这种超现实主义绘画般的风景中，我不知不觉地酣睡过去了，如同昏死一般。

当我睁开眼睛时，小转子和我近在咫尺。她半跪在我身边，目光凝望着远方出神。我伸出手，搭在她的腿面上。她像在梦中被人惊醒似的猛然抖动了一下。继而，她以一种恍然大悟般的神态开始脱衣服。她首先脱下了套头衫，露出小坑般的肚脐，接着她脱下了牛仔裤，露出略显细弱的大腿。但是，她却打不开自己胸罩的搭扣，双手绞在背后，徒劳地努力着。我只有去帮她，原来搭扣系错了，上下拧在一起。

我们与世界一同完全暴露了。她的身体与我记忆中的那个梦截然不同，已经有了无法转圜的丰腴，只是这种必然的变迁并不那么流畅，相对于丰满的乳房，她的腿却显得过于消瘦。这是一具病态的身体，绝对称不上完美，从腰臀以下，给人脆弱易损的感觉。而我呢，同样也是这种不协调的样子，虽称不上肥硕，却也已经遍体赘肉，只有两条腿保持着畸形的匀称。

我们在草地上干那件事。

我希望把这件事干好，却没有，起码它不符合约定俗成的那种“好”。这里面有爱，那是确凿无疑的，我怜惜身下的小转子，有种害怕将她弄坏般的谨小慎微；然而除了爱，这里面也有确凿无疑的悲苦与凄凉，毋宁说是一种抵抗，抵抗我们的不完美，抵抗被时光弄得支离破碎的一切。我甚至感觉不到一丝兴奋，好像履行着的，不过是一件上帝派下的活儿，只需怀着一份敬虔之心，专心致志地埋头苦干。小转子搔痒似的挠着我的胸口，渐渐游鱼般地摇摆起来。我们干了那么久，以至于我都觉得将一直这样干下去，干下去，最终成为画面中的风景。于是，我们顽强并且倔强地干着的这件事情，已经被风景赋予了别样的意义——我们是在为一切孤独申冤，我们用身体的公义判断，为困苦和伤痛辩屈。

那些天我们整日在草原上游荡，不知所终，忘乎所以。我偶尔也会想到老康，想到左玲莉，想到瘦岗村和水俣病，但仅仅限于“想到”，他们如同一些非常遥远的往事，就像前生一样，说和我有关就有关，说无关，也实在是无关。眼前的一切成了我生命中的一段盲区，从时光里抽出，悬置于蒙昧之处，就像小转子记忆中那些电脑碎片般的间歇性的空白。

在这个意义上，我们都是梦游者。

我已经搞不清确切的时间了，大约是七天后吧，我们刚回到拉鲁镇，就被堵住了。一辆黑色别克停在路边，老康带着几个人站在车旁。

除了老康，我还看到了左玲莉。对于老康的出现，我有些惊讶，尽管我从未相信过老康真的已经被小转子“干掉”了，但此刻看到活蹦乱跳的他，依旧有些诧异。至于左玲莉，我倒觉得毫不意外，除了她，谁还能找到这儿来？只有她知道我和张正的关系，按图索骥而已。张正此刻也的确一脸无奈地站在左玲莉身边。左玲莉并不看我，她显得比所有的人都要尴尬，我知道，此刻她不看我，就是在否定和贬低着耻辱的存在，她以此来对这桩浮浪荒唐之事表达出自己的愤怒。她一定感到了羞愧，使她羞愧的，毋宁说是这个世界令人羞愧的本质。这种羞愧何其锋利啊，站在夕阳下的左玲莉因此显得多么彷徨无助。我应该感到内疚吗？不管怎么说，左玲莉和我成了夫妻，我们这两个离异后才结合在一起的人，尽管情感生活乏善可陈，但上帝知道，千真万确，我们的内心是怀有某种“相濡以沫”般的情绪的。然而此刻，有什么好说的呢，假如生活背叛了你。

我和小转子无声地坐在车里。她的脸上毫无表情，有着一种莫大的静谧。她又开始哼唱《在那遥远的地方》——和那美丽金边的衣裳！许久，她才挠挠自己的鬓角，把一缕头发撩上去，扶一下鼻梁上的眼镜。她对我说：“我走了，哥。”然后她就打开车门离我而去。我看到，暮色四合中，她几乎可以称得上是昂首挺胸地走向了那辆别克。她倨傲地打开车门，侧身钻进去，随着一声沉闷的关门声，消失在我眼前。她甚至没有回头看我一眼。

老康向我走来，坐进小转子刚刚离开的位置上。他好奇地盯着我看。老康也许不太能确定我是谁了——这个满脸泪水的家伙，由于许多天没剃胡子，由于高原强烈的阳光，而变得面目全非，并且还穿着一件明显小一号的税务干部的制服。

“哥们儿，你没事吧？”他语带调侃地问我。

我枯坐着，对他的话充耳不闻。

“那女人是从医院跑出来的！”老康加重了他的语气。

“医院？”

“医院！精神病院！”

“你不是说她没病吗？”

“她病大发了！正经一个精神病！”

我抹了把脸，不打算再和他多话。

“你还挺有谱。”老康笑起来，摸出支烟点上，抽了几口后，又给我递了支过来。

七

当我回到兰城的家里时，发现我的电脑依然开着，显示器上，依然只有那几个字：

遥远的瘦岗村

就像我刚刚离开了一会儿，去泡了杯茶，或者下楼买了包烟。

许多事我都想不起来了，我想不起来了。

这些天我经常头痛，最厉害的时候，眼球似乎都有种胀裂的感觉。这种疼痛降临得毫无规律，往往是即兴式的。每当这个时刻，我只好放弃正在进行的工作，用手指摁住突突乱跳的眼球，在疼痛的摆布下自暴自弃。

刚刚我就这么经历了一番，此刻头部的血管兀自怦怦地跳着。

天色已经昏暗下来了，刚刚它还是明晃晃的，似乎是我的头痛直接导致了时间的更迭。灰色的光如同某种浮游的物质，在我的屋内制造出一种烟雾弥漫的效果，使得左玲莉搬走后形成的空旷之感愈加显著了。我知道，黑暗即将来临，我几乎可以看到它们，排着四列纵队，在进行曲中，一步一步地向我走来，直到走出一种强度。

我感到困倦，但我害怕自己睡去，于是只有带着疼痛的余悸翻看一堆没有拆封的邮件、书、刊物、直销广告册，其中算得上信件的只有一封。我拆开它，读到第一个字，耳边就响起了这样的一声呼唤："哥。"

哥：

我现在在医院里给你写这封信。医院里人满为患，因为这里发现了铁矿。好在我们有钱，有钱就不愁得不到医治。

医生说，我目前的状况可以做些力所能及的事了，比如看看书，听听音乐，或者写写信什么的。所以，我还是选择写一封信吧！

回来后，我做了手术，医生说我暂时不适合生育，我流了很多血，但是还好，并不怎么痛。

现在我每天都在医院的花园里跑步，做倒立，我希望自己能恢复得快一些。你知道，没有一个好的身体，我们谁也干不掉。

医生对我很满意，他们说，我是这所医院最懂得配合的人，只要我坚持下去，很快就会成为一个身心健康如初的人。他们鼓励我，说我有一个光明的前景。

就先写这些吧，医生不允许我超过一页纸。

另：我很想念那头藏獒。

祝你健康！

你的朋友

小转子

房间里全是那只钟摆发出的残酷之声，时光存在的意义仿佛就是用来这么一下一下地被它击碎的。我没有勇气重新去读一遍这封信，更遑论去分析信里透露出的血淋淋的讯息。我只有迫使自己去想象那头藏獒。当那头藏獒闪电般地冲进我的脑子时，那种坚决的一往无前，那种目标明确的骁勇，终于撞碎了我体内那种恒久的昏聩与消极，尽管只有那么一瞬间，但我也猛然地感觉到了，在这个瞬间，我是一个焕然一新的、宛如初生之婴儿一般充满光明面的完好如初的人。